KB022432

**김
탁
환**

1968년 진해에서 태어나 서울대학교 국어국문학과와 동 대학원을 졸업했다. 장편소설 『조선 누아르, 범죄의 기원』, 『혁명, 광활한 인간 정도전』, 『뱅크』, 『밀림무정』, 『눈먼 시계공』, 『노서아 가비』, 『혜초』, 『리심, 파리의 조선 궁녀』, 『방각본 살인 사건』, 『열녀문의 비밀』, 『열하광인』, 『허균, 최후의 19일』, 『불멸의 이순신』, 『나, 황진이』, 『서러워라, 잊혀진다는 것은』, 『압록강』, 『독도 평전』, 소설집 『진해 벚꽃』, 문학비평집 『소설 중독』, 『진정성 너머의 세계』, 『한국 소설 창작 방법 연구』, 산문집 『읽어 가겠다』, 『뒤적뒤적 끼적끼적』, 『김탁환의 쉐이크』 등을 출간했다.

열녀문의

비밀

1

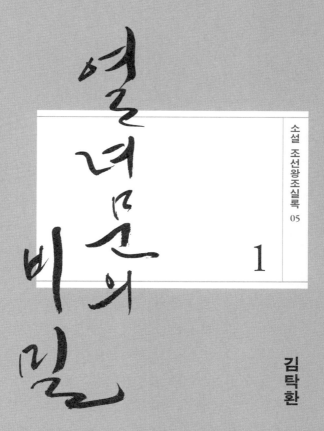

열녀문의 비밀

소설 조선왕조실록
05

1

김탁환

민음사

10년 후,
예영과 문영에게

積城縣 郡名乃重城重城乃別

東至楊州界黑乃五里
南至楊州界二三重

元戸二千三百七戸內
男一千四百四十四
女二千三百九十八合

宗田三百五十二結二十二負三束內雜頉除
宗畓二百二十四結十二負二束
還穀摠數

大米三百三十九石
田米二百三十三石
軍兵摠數

各穀雜穀五十七石六十四石
訓局砲餉保并七十二名
禁御各色軍保一百十三名
守禦廳軍需保五十七名
摠戎廳各色軍保并一百十五名
京各司各色軍一百五十九名
兵曹屬各色軍官父と兵并二十六名
監營旗手戸保并七十二名
各面縣內面東二面西面南面計
本高句麗七重縣新羅景王改重城為來蘇
群領唐高宗初今名顯宗屬長湍縣文宗開

城府廳宗始置監務我太宗時爲獨邑
古瀆吐卷古城一名古山在縣曲卷西晉屬爲
人水鐵城在縣 二十九里之古今慶 阿冬城
赤巖鄉東

東至長湍界八里
故州界八里
北至長湍界三里

南面廣州境里里
相將四
三十里

曲目坪界十五里

西面長湍界宗三里

감악산 제단
閣境
自作界
자작현
관아
객사
아현
대곡담현
향교
사직
칠중성
두지강江界頭

삼수역
설마령

東面原芩二重

北面大野坪
大野坪
三伊川

山川紺岳山
紺岳山顧類
神廟紺岳祠
津 湍院
靑鶴洞儒
漁 訥魚鱮
土産

적성현 지도

1750년대에 그려진 「해동지도」에 소설 속 주요 지명을 표기하였다. 지도의 아래쪽이 북쪽에 해당한다.

차
례 | 열녀문의 비밀 1   9

0

눌어(訥魚, 누치)와 금린어(錦鱗魚, 쏘가리) 계곡마다 꼬리 치는 경기도 적성(積城)에서 나는 스물여섯 살 늦여름을 보냈다. 겨우 두 달 남짓 머물렀을 뿐인데도 그 풍광이 지워지지 않는다. 홍모국(紅毛國, 네덜란드) 담요처럼 펼쳐진 감악산(紺岳山), 푸르기가 여인의 귀밑머리 같은 두지강(頭只江).

김진은 나부매(羅浮梅, 중국 나부산에서 나는 아름다운 매화) 닮은 연경(燕京, 북경) 여인을 보고도 눈길 준 적 없으나 골짜기 깊고 구름과 물 만만(漫漫)한 적성 여인들만은 깊이 아꼈다.

"아, 저 금린어 끓이는 아낙의 날렵한 발걸음과 율(律) 실린 칼놀림! 옷은 남루하고 코끝엔 마른 진흙까지 묻었으나 우러나는 미향(美香) 가릴 수 없네."

1

갑진년(1784년) 유월 스물아흐레 날.

묵향 가득한 규장각 이문원(摛文院)은 서책을 나르고 글을 짓는 손길로 분주했다. 백학 한 쌍 죽지 부비는 정원을 지나 서가(書架) 빽빽이 늘어선 동이루(東二樓)로 갔다.

내 이름은 이명방(李明房), 호는 청전(青箭) 자는 홍구(洪丘)로 이제 스물여섯 살이 되었다. 임진년과 정유년에 남해 바다 싸움에서 큰 공을 세우신 의민공(毅愍公, 이억기) 그 어른이 바로 오대조이시다. 의금부 도사 참상(參上, 종육품, 의금부 도사는 종육품인 참상과 종구품인 참하로 나뉨)으로 경상(京商, 서울 상인)을 전담해서 심찰(審察)한 지도 여러 해째다. 매일 한 차례 조선의 유리창(琉璃廠, 북경에 있는 문화의 거리)으로 불리는 소광통교와 대광통교 거리를 누비고, 매달 그

믐날엔 전(廛, 가게)에 새로 나온 그림과 서책 목록을 정리했다.

퇴청을 서둘러 이문원으로 달려간 것은 형님으로 모시는 형암(炯庵) 이덕무가 적성 현감에 임명되었다는 소식을 들었기 때문이다. 무술년(1778년)에 일어난 방각 살옥(坊刻殺獄)을 해결한 이래 나는 백탑파(白塔派)와 두터운 교분을 쌓아 왔다.

이덕무, 박제가, 유득공, 서이수가 규장각 검서관(檢書官)으로 일한 지도 벌써 5년이 넘었다. 보름 전 『이목구심서(耳目口心書)』 권지사(券之四, 넷째 권)와 권지오를 마저 빌리려고 대묘동 서재를 찾았을 때 나는 지난 5년 동안 얼마나 많은 글을 썼느냐고 물었다. 키가 껑충한 이덕무는 긴 손가락들을 높하느바람 맞는 갈대처럼 흔들며 답했다.

"100만 자쯤 썼을까? 그렇게 쓰고도 손목이 성한 걸 다행으로 여겨야겠지."

백탑(白塔, 원각사지 10층 석탑) 아래 한가롭게 모여 이두(李杜, 이백과 두보)를 논하고 벽옥배(碧玉杯) 기울이던 기억이 참으로 아득했다. 촌음을 아껴 읽을 서책과 지을 공문과 살필 일이 두루마리구름처럼 쌓여 있었다. 검서관들이 책무에 성실할수록 더 많은 일이 내려왔다. 이덕무는 「희롱 삼아 동료에게 보이다(戲示寮友)」라는 시를 지어 사검서

(四檢書)의 바쁜 나날을 다음과 같이 읊었다.

네 검서 번갈아 오가는데
열흘에 사흘은 숙직 서네.
차례로 이어져 회문금 같으니
어디가 처음이고 어디가 끝일까.

去去來來四檢書
三宵偶直一旬餘
連綿恰似回文錦
那箇爲終那箇初

을람(乙覽, 왕의 독서)을 즐기는 금상께서는 이문원에 머무르며 『춘추(春秋)』와 『시경(詩經)』 논하기를 특히 즐기셨다. 오음(五音)이 경쇠〔磬〕에 화합하듯 흡족하였다는 성음이 석거(石渠, 한나라 때 황실 도서관, 여기서는 규장각)에 내린 날도 적지 않았다. 백탑의 벗들은 몸가짐을 더욱 바르고 맑게 했다. 벽에도 귀가 있고 천장에도 눈이 있음을 잊지 않았다.

드디어 오늘 규장각 검서관을 겸하면서 적성 고을을 다스리라는 어명이 이덕무에게 내린 것이다. 2년 전 사근역

(沙斤驛, 경상도 함양) 찰방(察訪) 노릇을 한 적은 있지만 한 고을을 맡아 다스리는 외직이 내리기는 처음이었다. 이덕무가 적성을 얼마나 잘 다스리느냐에 따라 나머지 검서관의 목민관 임명이 결정되리라. 이덕무가 실수라도 하는 날에는 서책과 현실은 다르다는 비난이 쏟아질 것이고, 이문원에 갇혀 서책이나 옮겨 쓰면서 남은 생을 보낼 수도 있다.

나는 의금부에서 규장각까지 걸으며 금상께서 왜 검서관들 중에서도 이덕무를 현감에 명하셨는지 곰곰이 따져 보았다. 이덕무는 두루 능하긴 해도 박제가처럼 눈부시지는 않다. 경연(經筵)에서 칭찬을 한 몸에 받는 이는 이덕무가 아니라 박제가였다. 금상께서 건악(謇諤, 거리낌없이 올바른 말을 함)의 기풍이 넘치는 박제가보다 이덕무를 먼저 외직에 명하신 이유는 간서치(看書痴, 이덕무의 별호로 책 읽는 바보라는 뜻)가 지닌 그 넉넉함과 자애로움 때문이리라.

내가 소광통교 세책방을 즐겨 찾고 『이문총록(異聞總錄)』, 『요재지이(聊齋志異)』처럼 귀신과 괴물 이야기로 넘쳐나는 잡서에 열광한다는 풍문을 듣고, 이덕무는 자신이 내 나이 또래에 지은 서책들을 읽도록 권했다. 점필재(佔畢齋, 김종직의 호)의 문집과 함께 손수 필사한 이제현의 『익재집(益齋集)』도 선물했는데, 익재의 시는 노련하고 화려하며 정확하니 모두 외우고 익힐 만하다고 했다. 일찍이 목은(牧

隱, 이색의 호)도 익재를 가리켜 "도덕의 우두머리요 문장의 종주"라고 칭송했다.

이덕무는 스스로 깨달을 때까지 넉넉한 웃음을 머금고 기다렸다. 쌀을 빻는 쇠절굿공이도 언젠가는 닳아서 짧아지는 법이라며 강하고 억센 기운을 특히 경계하던 그였다. 나는 아침상을 받기 전 지금보다 20여 년은 젊은, 『한서(漢書)』 이불과 『노론(魯論, 『논어』를 말함)』 병풍을 덮고 잠들어도 추운 줄 몰랐던, 굶주려도 문자는 달여 먹지 않았던 가난한 학인과 대화를 나누었다. 서책을 덮고 공무를 보는 낮에도 그 정담은 이어져, 이럴 때 젊은 이덕무는 어떻게 말했을까 자문하기도 하고, 저런 일을 만나서 젊은 이덕무가 감(感)하여 동(動)했겠구나 고개 끄덕인 적도 있었다. 그 순간에는 몰랐더라도 서안에 앉은 후 이덕무의 깨달음을 내 것으로 받아들인 어둑새벽도 적지 않았다. 서책에 담긴 깨달음이 처음부터 내 것인 양 혼돈된다고 조심스럽게 밝혔더니, 이덕무는 사람 좋게 웃으며 말했다.

"신천옹(信天翁, 스스로 고기를 잡지 못하고 남이 잡은 고기가 떨어지기를 기다리는 새. 스스로 짓지는 못하고 남이 쓴 것을 모아서 글을 짓는 것을 비유함) 신세라며 부끄러워할 일이 아닐세. 나 역시 많은 서책을 읽고 외워 내 것인 양 적어 둔 것이니까. 세 사람이 함께 가면 반드시 스승이 있는 법(三人行必有我

師)(『논어』「술이편」)! 보잘것없는 내 책과 동행하며 얻은 깨
달음들을 자네 문장으로 옮겨 두었다가 먼 훗날 어린 벗들
과 나누길 바랄 뿐이야."

방으로 들어서니 박제가가 의자에서 일어나 손을 들어
보였다.

"여길세. 그러지 않아도 사람을 보내려던 참이었으이."

그 옆에는 깎은 서생 하나가 정자자〔丁字尺〕를 엄지와 검
지에 끼우고 탁자를 돌며 무엇인가를 열심히 살피고 있었다.

서생의 이름은 김진(金眞), 호는 화광(花狂), 아명은 덕형
(德亨)으로 나보다 한 살 어리다. 어려서부터 꽃에 빠져 꽃
들의 족보〔『백화보(百花譜)』〕를 짓고 있으며, 소광통교 백연
재(白緣齋)에 만 권이 넘는 서책을 꽂아 두고도 매달 100권
이 넘는 서책을 새로 사는 책벌레다. 6년 전 도성을 떠들썩
하게 만들었던 방각 살옥의 연쇄 살인범을 추적하여 밝힌
주인공이기도 하다. 그 후로도 규장각 서리(胥吏)로 검서관
을 보필하면서 독특한 추론으로 의금부 도사인 내가 해결
못 한 사건을 명쾌하게 파헤쳐 왔다.

"초정(楚亭, 박제가의 호) 형님! 자주 찾아뵙지 못해 면구

스럽습니다. 그간 별고 없으셨는지요?"

박제가가 감주 먹은 고양이 얼굴을 설레설레 저었다.

"말도 말게. 일이 얼마나 많은지 연엽반(蓮葉盤, 연잎 모양 상(床)) 놓고 마주 앉아 탁주 한 사발 들이켤 여유도 없으이. 화광 이 친구는 눈치 없게 새로운 일까지 만들어 내는군. 여독도 아직 풀리지 않았을 터인데."

"연경행은 어땠는가?"

반년 전 정월 초하룻날 새벽에 김진은 원밥수기(떡국에 밥을 넣어 끓인 음식) 한 그릇 먹지 못하고 규장각에서 필요한 서책을 사는 일로 유리창으로 떠났더랬다. 열흘 전 당도리(바다로 다니는 큰 나무배) 타고 돌아와 무사히 강화에 내린 후 탑전에 나아갔다는 소식은 전해 들었지만 아직껏 대면은 못하고 온 차였다. 지난 유월 보름날 봉모당(奉謨堂, 규장각에 딸린 부속 건물로 어제나 어필을 보관함)에 침탈하여 입직 검서관 박제가를 위협하고 어필을 훔쳐 달아난 자들을 쫓느라 바빴던 것이다.

김진이 정자자를 어깨판에 걸친 후 말없이 웃었다. 밤을 지새웠는지 흰자위에 실핏줄이 가득했다. 박제가가 끼어들었다.

"작년 여름, 천둥 번개가 잦고 우박까지 내린 것 기억하나? 화광이 바로 그 이유를 밝히고 싶다는구먼. 유리창에서 귀한 천문서를 제 돈 들여 스무 권이나 사 왔으이. 김영 (金泳)이란 내 친구도 천문 역법에 밝고 호기심이 많지만 화광 이이만은 못할 것 같아. 적당히 두고 넘어가는 법이 없으니 말일세. 남두육성(南斗六星)이 예전만 못한 이유를 찾으라고 관상감(觀象監, 천문 지리를 맡아 보던 관청)에 내린 어명도 자신이 받들고 싶다는군. 남두육성이 밝으면 어거리풍년(드물게 드는 큰 풍년)이 들고 만사가 평안한데, 그 빛을 잃는 날에는 끔찍한 흉년에 뒤이어 삼강오륜까지 흔들린다는 풍문은 청전 자네도 들은 적 있지?"

가까이 다가가서 탁자를 보니 별자리를 기록한 천문도가 놓여 있었다. 전왕(前王, 영조) 대에 연경을 통해 들어온 「황도남북양총성도(黃道南北兩總星圖)」였다. 별자리라면 나역시 관심이 있었다. 소설에 흔히 등장하는 오거성(五車星, 하늘나라 임금이 타는 수레를 뜻하는 별자리)이니 익수(翼宿, 음악을 맡은 날개 별자리)니 하는 별이 밤하늘 어디에서 어떻게 빛나는지 찾아보았던 것이다. 천문도에 담긴 몇몇 별자리가 낯설었다.

"이상하군. 이런 별은 난생처음 보는걸."

김진이 입을 열었다.

"우리나라에서는 보이지 않는 남쪽 별자리까지 모두 담겨 있어서 그렇네."

"남쪽 별자리라고 했나? 우리 눈에 보이지도 않는다면 구태여 이렇게 하나 가득 그려 넣을 필요가 있을까?"

"보이지 않아도 그 자리에 있는 건 사실이니까. 이 세상에는 눈에 보이진 않지만 소중한 것들이 참으로 많다네. 상하사방(上下四方)을 우(宇)라 하고 왕고래금(往古來今)을 주(宙)라 하니, 그 모두를 알아야 하지 않겠는가."

서가에 새로 꽂힌 서책들에 눈이 갔다. 김진이 내 시선을 따라 읽고 먼저 답했다.

"『규장각지(奎章閣志)』와 『홍문관지(弘文館志)』라네. 형암 형님이 몇 달간 고생을 많이 하셨어. 안질이 생길 정도였으니까. 지난 십이일 진헌(進獻)하였고, 전하께서 특별히 형암 형님께 두 서책을 각각 한 질씩 총석(寵錫, 은총의 물품)으로 내리셨지."

이덕무가 긴 팔로 두루마리를 한 아름 안고 들어온 것은 바로 그 순간이었다. 탁자 위에 두루마리를 놓자마자 긴 한숨부터 내쉬었다. 움푹 팬 볼과 각진 턱은 책 더미에 묻혀 지낸 시절을 담고 있었다.

"그건 뭡니까?"

박제가가 눈살을 찌푸렸다. 이덕무가 가져오는 두루마리나 서책은 대부분 검서관들이 읽고 검토할 것들이다. 이덕무가 대답 대신 내 얼굴을 쳐다보며 물었다.

"야뇌(野餒)는 아직도 기린(基麟, 강원도 인제군)에 거한(居閑, 한가롭게 머무름)하고 있나?"

조선 최고 협객 백동수의 근황이 궁금한 것이다. 술 잘 먹고 친구 잘 사귀는 협객의 두 살 위 누이와 혼인한 후, 이덕무는 늘 의기를 앞세우는 처남이 걱정이었다. 무위영(武衛營, 궁궐을 수호하는 관청)으로 들어오라는 어명도 아직 무예가 부족하다며 피한 백동수는 강원도 기린으로 낙향했다. 불쑥 도성에 나타나 며칠씩 머문 적은 있지만 거의 첩첩산골에서 찌러기(성질이 몹시 사나운 황소) 부려 밭 갈며 소일했다. 경기도와 강원도 일대 민심과 고을 수령들 언행을 살피라는 밀지를 받고는 의기로 뭉친 벗들과 함께 어심을 충실히 받들었지만 양지로 나서는 일은 아직껏 극구 물리쳤다.

"그렇습니다. 지난 일남지(日南至, 동지)에 뵙고 연통이 없습니다."

이덕무가 박제가 쪽으로 시선을 돌리며 말을 이었다.

"전하께서 하교하셨다네. 기강을 바로 세우려면 군(軍)이 튼튼해야 한다고 말일세. 특히 도성과 대궐을 지키는 장졸들이 맡은 바 소임을 다하지 못하면 큰 혼란이 찾아든다 하셨어. 야뇌에 관해서도 따로 상지(上旨, 특별한 형식을 갖추지 않고 왕이 내린 말)로 명령하셨으이. 숨어 움직이지 말고 곁에서 모셔야 할 때가 되었다고 말이야. 자네와 함께 미리 야뇌를 만나 다독이라고 하셨네. 병법서를 쓰는 것도 논의해야 하겠고, 참으로 할 일이 많으이."

"야뇌 형님은 아직 때가 아니라 하셨습니다. 기강을 바로잡으려면 먼저 문(文)을 정돈하여 나아갈 바를 밝히고 무(武)로 그 길을 지키면서 만들어 가는 법이라고 하셨어요. 형암 형님이 규장각 일을 어느 정도 마무리 짓고 나면 그때 나랏일에 동참하시겠다는 겁니다."

이덕무가 나를 똑바로 쳐다보며 혀를 찼다.

"황소고집 하곤……. 청전, 자넨 날 좀 도와주어야겠으이."

"무얼 말입니까?"

이덕무가 대답 대신 두루마리를 어루만지며 한탄했다.

"아, 어찌 이런 일까지 벌어진단 말인가!"

박제가가 더 이상 참지 못하고 두루마리 서너 개를 차례 차례 펴 읽어 내렸다.

"열녀로 정려(旌閭, 고을에 정문(旌門)을 세워 기리는 일)해 줄 것을 품신(稟申)하는 글들 아닙니까? 여인들에 대한 전(傳)까지 붙어 있군요. 이 일이라면 예조 소관인데, 어찌 규장각까지 저 무거운 것들을 가져오신 겁니까?"

그 순간 젊은 내관 다섯 사람이 두루마리를 한아름씩 안고 방으로 들어섰다. 이덕무가 자리에서 일어나 빈 탁자를 가리켰다. 내관들은 그 탁자에 두루마리를 가지런히 놓고 물러났다.

"내일 아침까지 다 살펴 정리해야 하네."

"밤을 꼬박 새워도 부족하겠습니다. 대체 무얼 살펴 어떻게 정리하라는 것인지 알기나 합시다."

이덕무가 천장을 한 번 우러른 다음 답했다.

"해마다 열녀 정려를 품신하는 글이 방방곡곡에서 올라오는 건 자네들도 알지? 올해는 유독 많구면. 언관들 뜻도 그렇고 성의(聖意, 임금의 뜻)도 마찬가지네만, 이 중에는 열녀가 될 수 없는 이들도 섞여 있다네. 정확하게 말하자면 열녀로 만들기 위해 거짓으로 꾸민 글들이 적지 않을 거라 이 말일세."

나는 고개를 갸웃거리며 말을 잘랐다.

"큰 못엔 미꾸라지 한두 마리 묻어 들기 마련입니다. 임병(壬丙) 양란 이후 삼강과 오륜을 따르지 않고 패악한 짓을 일삼는 경우가 늘지 않았습니까? 그런 놈들 잡아들이기에도 바쁜데 밤을 새워 진(眞)열녀와 가(假)열녀를 가려내자, 이 말씀입니까? 가려서 얻는 게 무업니까?"

"나 역시 그 점을 조심스럽게 아뢰었다네. 사교(邪敎)에 빠진 백성을 훈교하는 게 더 급한 일이 아니겠느냐고 말일세. 이렇게 하답하셨다네. '사교는 한여름 잡초와 같아서 아무리 뽑고 뽑아도 계속 자란다. 잡초를 뽑기 위해 동분 서주하다 보면 정작 곡물을 제대로 키울 수 없는 법! 곡물 을 아껴 골라 튼실하게 키우면 잡초는 저절로 사라지게 마 련이다. 과인은 나라에서 정려하는 열녀 가운데 잡초가 단 하나도 끼지 않기를 바란다. 공맹의 가르침을 목숨 바쳐 따른 열녀들을 모범으로 삼아 이 나라를 새롭게 가꾸고 싶 노라.'"

금상께서는 항상 중심을 강조하신다. 해가 밝게 빛을 발 하면 천하 어둠은 사라지게 마련이라는 것이다. 이덕무가 덧붙였다.

"지금부터 우리 일은 엄찰(嚴察)할 여인과 정려할 여인 을 가리는 걸세."

고개를 끄덕이는 박제가의 표정이 밝지만은 않았다.

"『사소절(士小節, 이덕무가 35세 때 지은 책. 여자의 예의범절을 논한 「부의편(婦義篇)」이 실림)』까지 지은 형암 형님이니 열녀 를 가리는 일에 적임이겠지요. 다만 이 많은 걸 내일 아침 까지 다 봐야 하는 특별한 이유라도 있습니까?"

곁에 있던 김진이 대신 답했다.

"비밀 유지를 위함이겠지요. 열녀를 내겠다는 가문에서 정려를 청하는 글만 올리고 가만히 있었겠습니까? 틀림없이 연이 닿는 당상관들에게 재물도 바치고 부탁도 하고 그랬겠지요. 열녀 정려를 품신했다가 떨어지는 것만도 가문의 부끄러움이거늘, 엄찰까지 받는다면 그 가문은 얼굴을 들지 못합니다. 이 일이 미리 알려진다면 엄찰 자체를 막으려 들겠지요. 그 때문에 이 일이 언관(言官, 사간원과 사헌부 벼슬아치들) 아닌 검서관에게 내려온 것이기도 하고요."

"하루는 너무 촉박해."

"그렇습니다. 거짓 문장을 지은 자들을 모두 색출하려면 한 달도 부족하겠지요. 엄찰에 들어가기도 전에 비밀이 누설되어 큰 혼란이 일어날지도 모릅니다. 전하께서는 한두 가지 확실한 본보기를 통해 민심을 다스리시려는 듯합니다."

이덕무가 고개를 끄덕였다.

"정확하게 성심을 읽었네그려. 내 생각도 자네와 같으이. 미꾸라지 한 마리 잡자고 맑은 시내를 막고 물을 다 걸어 내서야 쓰겠는가. 자자, 모두 이리들 모이세. 청전! 자네도 이리 오고."

"소장 말씀이십니까? 소장은 검서관이 아닙니다."

뜻밖의 제안이었다. 백탑 서생과 어울리며 시문을 읽고 배웠으나 그들과 함께할 실력은 아니다. 형암과 초정은 당대 최고 석학이 아닌가.

"우리가 가려 놓고 나면 자네가 도맡을 일일세."

"도맡다니요?"

이덕무가 주위를 살피며 목소리를 낮추었다.

"본보기로 엄찰할 일을 의금부 도사 이명방에게 맡기는 것이 어떻겠느냐고 하문하셨으이. 물론 나는 좋다 아뢰었네. 내일 아침 우리가 저 두루마리를 다 읽고 나면 자네에게 밀지가 내릴 걸세. 미리미리 떠날 채비를 해도 좋겠지. 화광, 자네도 청전을 도우라 하셨고."

"싫습니다. 그런 일이라면 암행어사를 보내셔야지요. 형님도 소장이 얼마나 바쁜 줄 잘 아시지 않습니까?"

올해 들어 대국을 통해 들어온 잡서(雜書)들이 부쩍 늘어났다. 그중에는 야소교(耶蘇敎, 예수교)에 관한 서적들도 적지 않았다. 들리는 풍문으론 야소교도들이 도성에서 은밀히 회합까지 연다고 한다. 양두사(兩頭蛇)나 구미호(九尾狐) 같은, 똥물에 튀할(털을 뽑기 위해 뜨거운 물에 잠시 넣었다가 빼냄) 연놈들을 잡아들이기에도 시간이 부족했다. 이미 죽은 여인이 열녀인가 아닌가를 살피는 일 따위 정말 내키지 않았다.

"어명일세. 충후(忠厚)한 자네에게 맡기겠다 하명하셨다네. 일을 맡기 싫다면 탑전에 나아가 직접 아뢰게나. 자자, 시간이 없네. 차례차례 나누어 읽으며 의심 가는 두루마리는 우선 이쪽 의자 옆에 모아 두세. 나중에 그 두루마리만 돌려 읽으며 다시 의논하자고."

우리는 이덕무가 정한 방식에 따라 탁자에 둘러앉아 두루마리를 하나씩 폈다. 처음 한두 개는 눈에 불을 켜고 읽었지만 곧 지루해졌다. 열녀문을 세워 달라 청하는 내용이 한결같았기 때문이다.

남편이 죽자 따라 죽은 여인들 경우를 보자. 우선 심성이 곱다. 친정에서 훌륭한 가르침을 받았기에 예에 어긋난 일은 결코 하지 않는다. 친정 부모 뜻에 순종하여 시집을 와서는 시부모와 남편을 극진히 모신다. 불행하게도 남편이 병들자 밤을 새워 구완하며 할고(割股, 허벅지살을 베어 먹임)까지 서슴지 않고, 남편이 끝내 죽자 식음을 전폐하고 슬퍼하다가 스스로 목숨을 끊는다.

큰 봉변을 당하였을 때 죽음으로 정조를 지킨 여인들도 마찬가지다. 곧고 바른 그 여인들은 평소에 외간 남자와 눈 한 번 맞추지 않았으나 불행하게도 우연히 흉적을 만나고, 더러운 몸으로 사느니 차라리 죽음을 택한다.

그 인품을 그린 단어들도 대동소이하다. 단정(端正), 고결(高潔), 청아(淸雅), 신의(信義), 청빈(淸貧) 같은 단어들이

번번이 눈에 띄는데, 그에 따르자면 이 여인들을 위해 열녀문을 내리는 것은 너무나도 당연했다.

밤이 깊어 자정에 이르렀을 때 결국 나는 양해를 구하고 서가 아래에 가 새우잠을 잤다.

"다들 공맹지도를 지켜 훌륭한 덕행을 쌓았는데, 흠결을 찾는 게 잘하는 짓인지 정말 모르겠네요."

그렇게 청한 잠이 새벽까지 이어졌다.

나뭇가지에 새순처럼 달린 올가미들이 보였다. 그 앞에 놓인 달항아리로 족제비들이 풀쩍 뛰어 숨었다. 올가미가 달항아리 입구에 닿자 족제비들이 한 마리씩 뛰어올라 올가미에 목을 들이밀었다. 올가미는 저절로 죄어져 족제비의 숨통을 끊어 놓았다. 이미 죽어 풍경(風磬)처럼 흔들리는 시체를 보고도 족제비들은 계속 빈 올가미에 목을 밀어넣었다. 열 마리, 백 마리, 천 마리가 넘는 족제비들이 붉은 혀를 빼물고 죽었다. 마지막 올가미까지 채워지자 올가미가 빙글 뒤집혔다. 그 순간 족제비들은 녹의홍상(綠衣紅裳) 여인네로 바뀌었다. 그들 목에 피범벅이 된 노리개가 하나씩 달려 있었다. 자세히 보니 열녀문이었다.

김진이 내 이마를 손바닥으로 짚은 것은 바로 그 순간이었다.

"악몽이라도 꾸었는가? 족제비라니? 노리개는 또 뭔

가?"

"아, 아닐세. 이제 일어나야지. 두루마리를 봐야겠으이."

"대충 마쳤으니 마지막 의논에만 참여하게."

"벌써 다 읽었단 말인가?"

"벌써가 아닐세. 돋을볕(해돋이 무렵 처음으로 솟아오르는 햇볕)을 본 지도 한참 지났으이. 자자, 어서 일을 마치고 아침 먹으러 가세. 연엽반에 탁주도 한 사발 곁들이자고."

눈을 비비며 벌떡 일어섰다. 날이 훤히 밝아 있었다. 박제가와 이덕무는 고치(叩齒, 아래윗니를 소리 나게 두드림)를 서른여섯 번 한 다음 포곤(抱昆)으로 넘어가 깍지 낀 손을 머리에 얹고 목뒤를 안아 귀를 막았다.

나는 손바닥으로 양 볼을 툭툭 친 다음 의자에 앉았다. 탁자에는 두루마리 네 개가 놓여 있었다. 이덕무가 김진을 보며 먼저 입을 열었다.

"초정과 함께 이 넷을 다시 읽었다네. 이쪽 셋을 고른 이유는 알겠네만 저 두루마리를 뽑은 이유는 뭔가? 경기 감영을 통해 올라왔군. 글을 올린 곳은 다름 아닌 적성현이고……."

김진이 두 사람을 번갈아 보며 짧게 답했다.

"너무 완벽하기 때문입니다."

"완벽하기 때문이라고? 그게 도대체 무슨 소린가?"

"소생도 처음엔 이 글을 읽으며 과연 훌륭한 여인이구나 생각했습니다만, 다시 곰곰이 살피니 문장은 정확하고 비유는 아름다우나 몇 대목을 은근슬쩍 넘어가고 있더군요. 허점을 가리기 위해 더욱 정성껏 전까지 지어 올린 것이 아니겠는지요?"

"어느 대목을 말하는 겐가? 아, 청전 자네는 아직 이 글을 읽지 않았지? 자, 어서 살펴보게나."

이덕무가 내민 두루마리 첫머리에 「열녀적성김씨전(烈女積城金氏傳)」이라는 일곱 글자가 눈에 띄었다. 나는 집중하여 그 글을 읽어 내렸다.

유인(孺人)의 성은 김씨고 진주에서 태어났다. 온순총명(溫順聰明)하며 시문에 밝아 항상 절의를 숭상하였다. 어려서 아버지를 여의고 어머니 홍 씨를 극진히 모시며 집안 살림을 도맡아 했다. 열 살에 『삼강행실(三綱行實)』을 읽어 강상(綱常)의 윤리를 배웠다.

신축년(1781년) 십일월 기질이 준아총혜(俊雅聰慧)하고 용모가 옥골선풍(玉骨仙風)인 임거용(林居用)과 혼인했다. 정성을 다하여 시부모를 섬기고 남편 뜻에 순종하였다.

임인년(1782년) 정월에 남편이 갑자기 성병불기(成病不起, 병을 얻어 병석에서 일어나지 못하고 죽음)하자 유인은 단

28

검으로 자진하려 했으나 족친들이 말렸다. 열흘 동안 자지도 먹지도 않으며 알바늘(실을 꿰지 않은 바늘)을 삼키고 죽으려 했는데, 시모가 먼저 쓰러져 위독하자 또한 극진히 수발하여 살려 냈다.

그 후 유인은 2년 내내 주야불망(晝夜不忘) 망극한 슬픔 속에서 지냈다. 겨울에도 솜옷을 입거나 거적을 덮지도 않은 채 방문을 활짝 열어 두고 지냈다. 사흘에 한 번씩 남편 무덤에 가서 예를 올리며 밤을 지새웠다. 안살림을 도맡은 후로는 일가권속(一家眷屬)을 위하고 비복들을 잘 이끌어 조금도 파사(婆娑, 흔들리는 모양)하지 않았다. 영락지환(零落之患)으로 기운 가세를 부흥시켰다. 유인이 시집오기 전보다 전답이 두 배로 늘었기에 칭찬이 자자했다.

갑진년(1784년) 정월, 유인은 방을 깨끗이 정리한 뒤 대들보에 목을 매어 오매사복(寤寐思服, 자나깨나 생각하여 마음속에 둠)하던 남편 뒤를 따랐다.

"간결하면서도 힘이 넘치는군. 참으로 아름답고 곧은 여인이로세. 화광, 이 전에서 어떤 부분이 미심쩍나?"

김진이 답했다.

"임인년 정월 남편이 죽은 후 2년 내내 슬퍼했다는 대목과, 그 2년 동안 기운 가세를 나서서 일으켰다는 대목이라네."

"가세가 회복되자 목을 매어 자진하였겠지. 그게 뭐가
이상하단 건가?"

"슬픔에 잠긴 여인이 두문(杜門, 문을 걸어 닫고 나다니지 않
음) 수절할 수는 있고, 또 그 슬픔을 딛고 앞장서서 집안을
다독거려 가세를 다시 일으킬 수는 있네만, 내내 슬퍼한
여인이 어찌 힘을 내어 가세를 일으키겠는가? 이 둘은 얼
핏 비슷한 일 같지만 아주 다르다네. 한쪽이 떨어지는 물
이라면 한쪽은 날아오르는 연자기(燕子磯, 나는 제비 모양 바
위)겠지."

"남편 잃은 슬픔이야 항상 지니는 거고, 당장 눈앞에 닥
친 어려움을 이기기 위해 노력한 것이겠지."

"그 어려움을 이기자 곧바로 자진하였다? 이상하지 않
나?"

"이상한 일도 많구먼."

김진은 고집을 꺾지 않았다.

"직접 가서 증인들을 만나고 또 적성현을 살펴야겠으
이. 형님들! 둔질(鈍質, 세상 물정에 어둡고 둔함)한 아우를 믿
고 이 두루마리를 가장 먼저 조사하겠다고 건백(建白, 왕에
게 의견을 말함)하여 주십시오."

이덕무가 선선히 승낙했다.

"그러세. 화광이 이상하다면 이상한 것이겠지. 다행히 내가 적성 현감으로 가니 자네들을 적극 돕겠네."

박제가가 양손을 맞잡으며 일어섰다.

"형암 형님 환송연도 할 겸 모처럼 백탑 동포(同袍, 옷을 서로 바꿔 입으며 괴로움을 함께 나눈 벗) 모두 모여 대취하는 자리를 가지세. 이틀 후가 어떻겠는가?"

2

과욕은 실수를 부른다.

다음 날 오시(낮 11시) 의금부 도사 이명방을 공무에서
제외시키라는 어명이 내려왔다. 퇴청해도 되는 일이었지만
나는 야간 근무를 자원했다. 열녀를 살피는 것은 살피는
것이고, 하던 일을 맺지 않고 적성으로 내려가긴 싫었다.

해넘이에 가게를 나선 남영채(南映彩)를 미행할 때만 해
도, 잘하면 늦은 저녁은 먹을 수 있을 듯싶었다. 영채의 아
비 남동소(南東小)는 소광통교에서 6대째 지전(紙廛)을 꾸리
고 있는 수완 좋은 경상이다. 어필에 필요한 서화지(書畫紙)
를 구하려면 남동소부터 찾으라는 말이 돌 정도다. 나 역
시 도화서(圖畫署)에 들렀다가 취화사(醉畫士, 김홍도의 호)를
따라 지전에 가서 그와 마주 앉아 흙냄새 짙은 보차(普茶,

중국 운남성 특산인 보이차)를 마신 적도 있다. 그 자리에서 남동소는 선덕지(宣德紙, 명나라산 명지(名紙)) 100장을 내놓으며 미인도를 부탁했다. 찔레꽃머리(찔레꽃 필 무렵, 초여름)로 넘어가는 봄 부여잡듯 오른손에 생(笙)을 들고 눈살 약간 찌푸린 화중미인(畵中美人)은 소광통교 서시라는 찬탄을 듣던 외동딸 영채를 꼭 닮았더랬다.

삼일 전 미시(낮 1시)에 열린 의금부 도사들의 정례 회합에서 남영채를 야소교도(耶蘇敎徒, 예수교도)로 지목한 이는 으뜸 참상 민승구(閔昇九)였다. 오월 스무나흗날, 의주에서 『야소경(耶蘇經)』 열 권을 한꺼번에 들여오던 서쾌(書儈, 서적 중개상)가 붙잡혔다. 청역(淸譯, 청나라 말을 하는 통역관) 노릇을 30년이나 한 서쾌는 그 책들을 소광통교에서 종이 가게를 하는 살랍(撒拉, 아브라함의 아내 사라를 이름)이란 젊은 여인에게 넘길 예정이었다고 토설했다. 민승구는 서쾌를 통해 종이와 서적을 사들일 젊은 여인은 소광통교에서 남영채밖에 없지 않느냐고 반문했다. 올해 벌써 네 차례나 "천국이 가까웠느니라. 회개하라."라는 방을 사소문(四小門)에 붙인 자들과 유월 보름날 봉모당에 침탈하여 어필을 훔친 자들도 야소교도가 아닌가 의심했다. 마지막 방이 붙은 날과 어필을 도둑맞은 날이 같았던 것이다.

남영채가 사교를 퍼뜨리기 위해 대국 서책을 몰래 사들

이고 민심을 어지럽히는 방을 붙였으며 침궐(侵闕)하여 어필까지 훔쳐 갔다면, 그 죄는 참형을 면키 어렵다.

양 볼에 마마 자국이 뚜렷한 민승구가 주먹코를 벌렁거리며 등채로 탁자를 쳤다.

"이 도사는 빠지시오. 공무를 그만두고 출장 준비를 하라는 명이 내렸지 않소이까? 하긴 출장을 가지 않더라도 이 일은 이 도사에게 맡기지 말라는 판의금부사 대감의 언질이 계셨소."

도사 조현(曺賢)이 끼어들었다.

"왜 이러십니까? 서쾌를 포함하여 광통교 거리에 전을 벌인 장사치들은 이 도사가 전담해 왔습니다."

나도 민승구가 뱉은 명령을 순순히 받아들일 수는 없었다.

"무슨 이유로 그러한 말씀을 하십니까?"

민승구가 등채로 제 어깨를 툭툭 치며 시선을 비스듬히 치켜떴다.

"하나만 묻겠소. 『야소경』을 탐독한 적 있소?"

조현이 대신 답했다.

"이 도사야 서쾌들로부터 별별 희한한 서책을 압수하지 않습니까? 소장도 『야소경』을 구경한 적이 서너 차례인데, 이 도사도 물론 있겠지요."

"물증 조사를 지적함이 아니오. 듣자 하니 이 도사는 백탑 무리와 『야소경』에 대하여 토론까지 벌인 적이 있다 하오만⋯⋯."

칼날이 노리는 부위가 분명해졌다. 나는 정면으로 그 칼날을 받았다.

"토론을 벌인 일, 물론 있소이다. 백탑 서생들이 『야소경』을 읽은 것은 연경까지 흘러든 서국 문물을 알기 위함이오. 『야소경』을 통독하신 후 연암(燕巖, 박지원의 호) 선생께서는 야화화(耶和華, 여호와)와 그 아들 야소를 따르는 것은 무척 어리석은 짓이라 하셨고, 백탑 서생들의 뜻도 그와 크게 다르지 않았지요."

"과연 그 토론이 학문을 논의하였던 것인지 사교에 빠진 무리가 벌인 흉측한 집회였는지야 모를 일이오."

"지나치시오이다. 『야소경』을 읽었다고 야소쟁이로 모는 것은 『화엄경』을 넘겨 봤다 하여 불제자로 모는 것만큼 어리석은 일입니다. 장담하건대 백탑에서 공부한 서생 중 야소교에 빠진 이는 없소이다. 야소쟁이가 단 한 사람이라도 있다면 소장 중벌을 달게 받겠소!"

민승구가 쥐눈을 반짝였다.

"좋소. 그 장담 기억해 두겠소만, 괜한 오해 살 필요 없으니 남영채 잡는 일엔 끼어들지 마시오. 조 도사와 내가 맡을 터이니."

도저히 참을 수 없었다. 나는 한걸음 더 나서서 큰소리를 쳤다. 남영채를 은밀히 미행하여 그 무리들을 모조리 잡아들여 보이겠노라고. 내일모레 적성으로 내려가야 하는 마당이고 보면, 흉당(凶黨)을 일소할 기회는 오늘 밤뿐이었다.

남영채는 이경(밤 9~11시)이 넘도록 발걸음을 쉬지 않았다. 바람 잦아들자 흩어진 매미 소리 찾아 헤매는 소년처럼 정처 없었다. 묵정동을 지나 수표교를 건너고, 탑골까지 올라갔다가 서남향을 택해 견평방과 의금부까지 내려와, 다시 남동쪽으로 돌아 대광통교 지나 소광통교에 닿기를 네 번이나 거듭했다. 행인에게 말을 건네는 적도, 멈춰 서서 주위를 살피는 적도 없이 옥색 명주 장의를 쓰고 종종 걸음만 칠 뿐이었다. 엄지발가락을 안쪽으로 어긋나게 꺾어 두 무릎이 아슬아슬하게 스치는 듯한 독특한 걸음걸이였다.

"이 도사! 나는 예서 기다리겠소. 또 돌아올 게 뻔하잖소?"

세 바퀴째부터 헉헉거리던 의금부 도사 조현이 기어이

꾀를 내었다. 올봄 꽃잠(결혼한 부부가 처음 갖는 잠자리)에 든 후부터 몸이 부쩍 는 것이다.

"그리 하십시오."

조현이 나장 둘을 데리고 수표교에 낭창낭창 가지를 늘어뜨린 버드나무 뒤로 숨었다.

층층파도(層層波濤) 무시하고 내닫던 남영채 발걸음이 대광통교로 접어들면서 갑자기 더뎌졌다. 소광통교에 첫발을 올려놓고는 다리 위에 내려앉은 전항백(纏項白, 염주비둘기)을 살폈고, 묵정동을 거의 지났을 때는 길을 막고 컹컹 짖는 청삽사리 두 마리에 놀라 장의를 목까지 내리고 뒷걸음질치기도 했다. 그사이 나도 속눈썹까지 흘러드는 땀을 손등으로 훔치며 숨을 골랐다. 옛정(情) 찾아 밤길 훑는 바람 한 줄기 없었다.

멀리 버드나무가 보였다.

뒤따르던 나장 둘이 볼멘소리를 해 댔다.

"이번에는 저희들이 한 바퀴 쉬면 아니 될깝쇼?"

"실성한 계집이 분명합니다요. 아니면 같은 자리를 꼬리 문 구렁이처럼 저렇듯 돌고 돌고 또 돌겠습니까요?"

남영채는 수표교 옆 버드나무를 지나자 갑자기 재게 걷기 시작했다. 어느새 지친 기색은 사라지고 없었다. 사위스러운 예감이 뒤통수를 쳤다. 미행을 눈치채고 일부러 걸음을 늦추었다면? 나는 속히 달려가서 버드나무 뒤를 살폈다.

"조 도사!"

조현과 나장 둘이 나무에 기댄 채 혼절해 있었다. 왼무릎을 꿇고 맥을 찾아 짚었다. 다행히 숨은 붙어 있다.

'남영채!'

급히 거리로 뛰어나왔다. 남영채 모습은 간 곳이 없었다. 내가 조현에게 달려갈 줄 알고 그 틈에 몸을 숨긴 것이다.

"놓쳤구마."

"땅으로 꺼졌는갑다."

뒤따라온 나장들이 장창을 흔들며 외양간 고치는 시늉을 해 댔다.

나는 소매에서 표창 두 개를 꺼내 양손에 들고 밤하늘로 날렸다. 허공에서 부딪힌 표창이 맑은 쇳소리로 울었다. 표창을 다시 받아 소매에 넣자마자 목에 분홍 고리를 두른 염주비둘기 한 마리가 어둠을 뚫고 내 어깨에 내려앉았다. 수표교 위에서 남영채와 눈을 맞추었던 놈이다. 손바닥에 올려 준 콩을 맛있게 쪼아 먹은 후, 다시 날개를 파닥대며 풍일(風鷁, 바람을 타고 높이 나는 물새)처럼 날아올랐다.

비둘기 수백 마리를 기르며 길들이는 유득공이 특별히 나를 위해 선물한 녀석이다. 처음에는 온몸이 흰 전백(全白)이나 머리부터 목과 가슴은 자주색이고 등과 날개와 꽁지는 흰 자허두(紫虛頭)를 택하려다가 목에 두른 고리가 염주처럼 주인의 평안과 극락 왕생을 빌어 준다는 말을 듣고 이놈으로 정했다. 유득공이 본래 붙였던 박지(博智)라는 이름처럼 영리했고 신기하게 밤눈이 밝아 해가 진 뒤에도 날기를 겁내지 않는 신통한 놈이었다. 선물을 받던 날 나는 이 염주비둘기의 이름을 달마(達磨)로 바꾸었다. 번들거리는 이마와 축 늘어진 턱살이 달마 대사를 연상시켰던 것이다.

달마는 북동쪽으로 50보쯤 날아가서 빙빙 돌더니 어둠 속으로 사라졌다. 단숨에 달려가 살피니 막다른 골목이었다. 높은 좌우 담벼락을 훑으며 명령했다.

"속히 의금부로 가서 나장들을 더 데려오너라."

"혼자 들어가시려는 건 아니죠?"

"명령이다. 어서 다녀들 와."

나장들이 재빨리 어두운 거리를 달려 내려갔다.

어둠을 뚫고 다시 나온 달마가 솟을대문에 앉았다.

공조 참판을 지낸 완월(玩月) 정병수(鄭秉洙)의 집이 분명했다. 음률에 밝고 시서화에 두루 능한 인물이다. 관아재(觀我齋, 화가 조영석의 호)와 겸재(謙齋, 화가 정선의 호)의 고담(枯淡)한 그림을 특히 즐겨 많이 소장한 것으로도 이름이 높았다. 김홍도도 정병수가 그린 「세검정도(洗劍亭圖)」를 찬찬히 살핀 다음 "마음이 눈을 잊고 눈은 팔뚝을 잊고 팔뚝은 손가락을 잊고 손가락은 먹을 잊고 먹은 벼루를 잊고 벼루는 붓을 잊고 붓은 종이를 잊은 경지"라며 손수 그린 「신선도(神仙圖)」와 맞바꿨을 정도였다.

가만히 대문을 밀었다. 잠겨 있지 않았다. 재빨리 들어가 거북이 빗장을 등 뒤로 잡고 섰다. 정원을 가로질러 중대문 옆 벽에 붙었다. 그 문도 역시 열려 있었다. 표창을 뽑아 들고 중대문을 반쯤 연 후 고개를 들이밀었다. 섬돌에 스무 켤레가 넘는 갓신과 짚신들이 가지런히 놓였다. 낮은 목소리로 무엇인가 주문을 외는 소리가 들려왔다. 빛이 너무 희미해서 방 안 사정을 짐작하기 어려웠다.

서늘한 기운이 뒷머리를 쳤다. 고개를 돌려 다시 한 번 주위를 살폈다. 도둑고양이 한 마리가 거북이 빗장 아래 앉아 나를 노려보고 있었다. 중대문을 닫고 잠시 건문(乾文, 밤하늘)을 올려다보았다. 붙박이별(북극성)이 유난히 빛났다.

'나장들이 올 때까지 기다릴 것인가.'

스무 명이 넘는 이들에게, 어떤 무기를 지니고 있는지도 모르면서 혼자 부딪치는 것은 섶을 지고 불로 들어가는 짓이다. 침궐할 만큼 대범한 놈들이라면 의금부 도사와 맞서 싸우기도 주저하지 않으리라. 아무도 다치지 않고 일을 매듭짓는 것이 가장 훌륭하다고, 야뇌 형님 불뚝성만은 닮지 말라고, 형암 형님도 누누이 강조했다. 느린 자의 고집과 과단이 재빠른 자의 공허와 쓸쓸함보다 낫다고.

다시 안방을 살폈다. 불빛이 완전히 사라졌다. 회합이 끝난 것이다. 섬돌 위 신발은 아직 그대로였다. 사람들이 방문을 열고 나와 흩어지면 물증을 잡을 수 없다. 혼자라도 나서야 한다.

섬돌을 차고 마루로 오른 후 방문을 열었다.

방에는 등을 보이고 병풍을 향해 돌아앉은 남영채 단 한 사람뿐이었다. 표창 든 손을 내리지도 못한 채 이 낯선 고요에 머무를 수밖에 없었다.

"앉으세요. 그냥 가 버리시지나 않을까 걱정했답니다."

남영채가 고개를 돌리며 눈썹을 살짝 찡그렸다.

"바, 밖에 많은 신발이……. 불은 왜 끈 것이오?"

남영채가 웅각등(熊脚燈)을 덮어 두었던 달항아리를 뒤집었다. 서책을 바닥에 좌우로 놓고 그 위에 달항아리를 엎어 등불이 단번에 꺼지지 않도록 한 덕분에 작아졌던 불꽃이 곧 살아났다.

"나리께서 방으로 들지 않으실까 저어하여 잠시 어둠에 젖어 보았어요. 신발은 햇살에 내어 쬐인다고 꺼내 놓은 것을 이 집 하인들이 깜빡 잊고 거두지 않았나 보죠. 의금부 도사시니 이 집 어른이 뉘신지는 아시지요?"

나는 표창을 소매에 넣고 엉거주춤 자리에 앉았다.

"이 밤에 완월 대감 댁에는 어인 일이오?"

남영채가 시선을 왼편으로 내렸다. 둥글게 만 종이 한 다발이 있었다. 눈썹을 찡긋 하며 도톰한 입술로 차분하게 설명한다.

"대국에서 좋은 서화지가 왔음을 알려 드리기 위함입니다. 완월 대감이 반년 전부터 구해 달라 청하신 금율산 장경지(金栗山藏經紙, 송나라 명지(名紙))예요. 대국 종이를 잘 살펴 고르는 서생이 대감 댁에 머물러 있다는 기별을 받고 밤길을 달려 급히 온 겁니다."

"거짓말 마오. 용무가 급한 사람이 거리를 다섯 바퀴나 빙빙 돌았소?"

"처음엔 서화지를 노리는 도적인가 했어요. 지난달에도 종이를 건네주러 신문(新門, 서대문) 밖을 나섰다가 도적을 만나 큰 낭패를 보았거든요."

"그런 사건은 들은 바 없소."

"다행히 가지고 있던 서화지를 빼앗기지 않았고, 또 이런 일이 알려지면 종이를 사고파는 데 지장이 있기에 감추었을 뿐이에요. 처음부터 길을 막고 말씀하셨더라면 발품

팔 필요도 없었겠죠."

말꼬리를 틀어쥐었다.

"내가 방으로 들어오기를 기다렸다고 했소? 날 안다는 게요?"

"취화사 선생과 함께 가게에 오시지 않았나요? 보차를 두고 담소 나누실 때 먼발치에서 뵈었답니다."

상산사세(常山蛇勢, 상산에 머리 둘 달린 뱀이 있어 머리와 꼬리가 서로 도와 적을 물리쳤다는 고사에서 온 말)였다. 시원하기가 이슬 같고 따사롭기가 봄 같았지만 지금은 그 모두를 경계할 필요가 있었다.

"왜 날 기다린 게요? 내게 할 말이라도 있소?"

"나리께 부탁 말씀 드리기 위함이에요."

"부탁이라니?"

"사교를 살피기로 하셨다지요?"

"그, 그것을 어떻게? 누가 금오(守吾, 의금부의 별칭) 일을 함부로 발설한 게요?"

"최근 도성에서 벌어진 일들은 저희와는 무관하다는 말씀을 드리고 싶었어요."

"저희? 도대체 낭자가 말하는 저희는 누구누구요? 또 그 부탁을 왜 내게 하는 게요? 가게에서 한 차례 얼굴을 익혔다고 이런 부탁까지 할 수는 없지 않소?"

"죽백(竹柏)처럼 곧고 푸른 분인 줄 알기 때문입니다. 나리께서 소녀를 믿어 주신다면 걸힐(桀黠, 사납고 교활한 일을 벌인 무리)이 누군지 설명해 드리겠어요."

더 이상 입씨름은 하고 싶지 않았다. 의금옥에 가두고 섣달그믐께 흰 떡 치듯 매맛을 보이면 남영채와 그 무리들이 벌인 옳지 못한 언행이 드러날 것이다. 남영채를 일으켜 세워 등 뒤에 오라를 지웠다. 남영채가 고개 돌려 내 눈을 들여다보았다.

"나리!"

"어허! 가만있으시오. 금오에 갈 때까진 아무 말도 듣고 싶지 않소. 한 마디라도 더 하면 재갈을 물리겠소."

"가여우신 분!"

눈썹이 가늘게 떨리며 입가에 슬픈 미소가 맺혔다.

남영채 어깨를 감싸듯 안고 방을 나가려는 순간, 둔탁한 흉기가 내 뒤통수를 때렸다. 병풍 뒤를 살피지 않은 것이 실수였다.

3

어둑새벽에 겨우 정신을 차려 보니 수표교 옆 버드나무 밑이었다. 옆에는 조현이 쓰러져 있었다. 뒤통수를 얻어맞은 탓인지 눈앞이 어질어질하고 속이 메스꺼웠다.

단숨에 남동소 집으로 쳐들어가 남영채를 끌어내고 싶었지만 똑바로 서려고만 해도 눈이 빙빙 돌았다. 한낮이 되도록 끙끙 앓다가 신시(낮 3시)에 겨우 의금부로 갔다.

민승구의 비웃음에 얼굴이 뜨거웠다. 다시 기회를 얻고 싶어도 어명을 받들어 적성에 다녀온 후의 일이었다. 열녀인지 아닌지 확인하는 일이야 사나흘이면 끝날 테니, 최대한 빨리 상경하여 다시 야소교도들 뿌리를 캐리라.

칠월 초하루, 이덕무가 적성 현감에 부임하게 된 것을

축하하기로 한 날에 맞추어 두 벗이 도성으로 찾아들었다. 한 사람은 기린에 머물던 야뇌 백동수였고, 또 한 사람은 경상도 안동부 안기찰방(安奇察訪, 각 역(驛)에 배치되어 교통 체신 사무를 관장하는 종육품 외직)으로 정월에 내려갔던 단원 김홍도였다. 김홍도는 도화서에서 작업 중인 조하도(朝賀 圖, 신하들이 입궐하여 임금에게 하례하는 모습을 담은 그림)의 마무리를 도울 겸 상경했다.

이덕무가 초계문신(抄啓文臣) 친시(親試)의 수권관(收券官, 과거 때 답안지를 회수하는 책임을 맡은 임시 관직)으로 뒷마무리에 바빴기에 해시(밤 9시) 가까워서야 모이게 되었다. 형조에 들러 올해 정월 자진한 김 씨의 검안(檢案)을 살피고 인정(人定, 밤 10시쯤 스물여덟 번 종을 쳐서 도성 내 통행 금지를 알리는 일) 전 겨우 대묘동에 닿았다.

이덕무의 서재는 여느 서재와 다른 점이 한 가지 있었다. 한쪽 벽면에 빼곡히 들어찬 모양과 크기가 제각각인 서책들은 남의 책을 빌려 일일이 필사한 것이다. 지독한 가난 때문에 종이 값을 아끼느라 승두세자(蠅頭細字, 파리 머리만 한 작은 글씨)로 겹겹이 써 내려갔다. 눈을 한껏 찡그리고 집중해도 줄을 건너뛰거나 글자를 잘못 읽기 쉬운데, 이덕무는 파리 머리가 코끼리 다리만 하게 보인다는 농담까지 곁들이면서 유쾌하게 서책들을 독파했다. 이틀을 굶고 홀태(배 속에 알이나 이리가 들어 있지 않은 홀쭉한 생선)처럼 야윈 몸으로도 대문 밖까지 들릴 만큼 낭랑하게 서책을 읽는 간서치다웠다.

서재로 들어가니 낯익은 얼굴이 가득했다. 특히 오늘은 건상(乾象, 천체 현상)에 밝은 김영과 만물을 원하는 대로 만드는 목치(木痴) 이길대도 자리를 함께했다. 금상께서 타고 다니시는 육비(六飛, 여섯 마리 말이 끄는 왕이 타는 수레)나 대연(大輦)도 모두 목치의 솜씨다. 김영은 키가 크고 호리호리한 몸매에 둥근 눈을 쉴 없이 굴리면서 오른 손가락 마디를 몇 번 짚는 것만으로 어려운 계산을 척척 해냈고, 이길대는 목이 짧고 어깨통이 넓으며 끝이 올라간 눈매가 날카로웠다.

칭찬에 인색한 김진도 김영 실력만은 인정했다. 자네도 그 정도 천문서는 읽지 않았느냐고 물었더니, 김진은 혼천의(渾天儀)를 들여다보며 이렇게 답했다.

"형암 형님이나 초정 형님도 꽃에 대한 서책은 나만큼 보셨다네. 감히 자부하건대 두 분 형님은 나보다는 꽃에 대해 모르시지. 왠 줄 아는가? 그건 바로 내가 두 분 형님보다 더 많은 시간을 들여 꽃을 관찰하고 기록했기 때문일세. 관찰과 기록이 반복되는 동안 다양한 고민이 쌓였을 테지. 천문을 관찰한 경험을 보아 나는 계함(季涵, 김영의 자)

의 상대가 되지 못하네. 비둘기에 관한 학식이라면 비둘기를 직접 기르며 교배까지 시키는 영재(泠齋, 유득공의 호) 형님을 넘어서지 못하는 것과 마찬가질세. 서책을 읽고 외우는 것만이 공부가 아니라네. 더 중요한 배움은 서책을 덮은 후부터 시작되지."

젊은 서생들과 즐겨 의논하며 깊은 가르침을 주던 담헌(湛軒, 홍대용의 호) 선생과 연암 선생의 빈자리가 아쉬웠다. 담헌 선생은 2년 전 지병으로 세상을 떠나셨고 연암 선생은 삼포(三浦, 지금의 마포) 세심정(洗心亭)에 머물러 도성 출입을 삼가고 계시다. 이덕무, 박제가, 유득공 세 검서는 바쁜 와중에도 시간을 쪼개어 세심정을 찾았는데, 지음(知音, 참된 벗) 잃은 슬픔이 너무 커 좋아하던 음악도 멀리하신다고 했다.

두 거벽(巨擘, 학식이 뛰어난 사람)은 이제 백탑 아래에 없지만 젊은 서생들은 만 리 밖을 살피며 발톱과 부리를 가다듬는 매와 같으려는 가르침을 잊지 않았다. 선생들이 남긴 글을 찾아 읽으며 천하가 얼마나 넓고 배움이 얼마나 깊은가를 두려운 마음으로 알아 나갔다. 특히 연암 선생의 『열하일기(熱河日記)』는 도성을 휩쓴 회오리 폭풍이었다.

몇몇 당상들은 『열하일기』의 문체가 순정하지 못하다고 트집을 잡았지만, 새롭고 우뚝한 정신이 젊은이들에게 스며드는 것을 막지는 못했다. 아예 선생의 문체를 '연암체'라 일컬어 높이는 이들까지 생길 정도였다.

부끄러운 이야기지만, 그때까지도 나는 『열하일기』를 완전히 받아들이지 못했다. 이덕무나 박제가는 이 책이야말로 조선 선비가 무엇을 배우고 무엇을 읽고 또 무엇을 고민해야 하는가를 단숨에 밝힌 명저라고 했고, 김진도 퇴계 선생이나 율곡 선생의 저술과 동렬에 놓인다고 극찬했는데 말이다.

여러 차례 연경에 다녀온 김진은 선생의 새로움을 이렇게 설명했다.

"연암 선생도 더러 놓치고 그냥 지나치신 대목도 있겠지. 사람이니 어찌 그 많은 여정을 빠짐없이 담을 수 있겠는가. 놀라운 사실은, 선생은 적어도 각각의 상황에서 가장 중요한 핵심만은 건너뛰는 법이 없다는 것일세. 예리한 감성이나 날카로운 직관이라고 간단히 치부할 수 없는 그 무엇이 있지. 혹자는 선생이 일부러 조잡하고 비루한 문체로 고문(古文)의 아름다움을 훼손시킨다고 비난하네만, 내가 보기엔 그렇지 않으이. 무엇이 비루하고 무엇이 순정하단 말인가? 고문도 한때는 금문(今文)이었음을 잊어서는 아니 되네. 지금 우리에게 닥친 삶의 문제들을 얼마나 정확하게 짚고 합당한 해결책을 제시하는가가 중요하네. 기이하면서도 올바름을 잃지 않고, 새롭게 지은 것이면서도 고아(古雅)함을 잃지 않는 선생의 문장은 한참을 앞서 나간 것이지. 새로움을 넘어 올바름에까지 근접한 문장일세. 연암 선생과 함께 여행한 나날이, 그분이 쓰신 몇몇 풍광을 기억 속에서 끄집어낼 수 있다는 사실이 행복할 따름일세."

나 역시 그 문체의 특이함은 인정하지만 철부지 서생들을 따라 소나기나 비바람처럼 들뜨고 싶지는 않았다. 남의 재예를 칭찬할 때 천하제일이라거나 고래무쌍(古來無雙)이라는 말은 피하는 법이다.

그날도 바닥에 엉덩이를 붙이자, 『열하일기』 중에서도 「옥갑야화(玉匣夜話)」를 서안에 올려놓고 박제가와 김진이 한창 쟁론 중이었다.

"허생 같은 방식으로 나라 전체를 좌지우지하는 일은 얼마든지 가능해. 경상이나 송상(松商) 중 일부는 대추, 밤, 감, 배, 감자, 석류, 귤, 유자 등을 비싸게 사서 고(庫)에 저장해 두었다가 명절에 금새(물건의 시세나 값)가 폭등할 때 되파는 수법으로 막대한 이문을 남긴다네. 과일뿐인가, 망건에 필요한 말총을 사들였다가 비싸게 파는 일도 흔하네. 삼공(三空, 농토가 비고, 조정에 인재가 비고, 창고가 빔)의 액을 만날수록 재물을 취하기는 쉬운 법일세."

김진이 맞장구를 쳤다.

"과연 그렇습니다. 문제는 그런 짓을 한다는 이유로 장사꾼들을 핍박할 게 아니라 상도(商道)를 가르쳐야 한다는 겁니다. 허생이 변산 도적 떼를 이끌고 섬으로 건너가 올바른 삶을 가르친 것이 그 예이겠지요. 지금 조정에는 이재에 밝은 신하가 드뭅니다. 장사가 중요하다는 사실은 인정하지만 자신이 직접 뛰어들지는 않겠다는 것이지요. 시문만 소중히 여기고 삶은 가벼이 치는 습성에서 비롯된 겁니다. 허생이 글 아는 자를 배에 싣고 섬을 빠져나온 것도 그 때문이겠지요."

나도 한 달 전 「옥갑야화」를 빌려 읽었다. 워낙 황당한 이야기들인지라 소설 읽듯 책장을 건성건성 넘겼는데, 사대부를 욕하는 대목에서만은 숨이 턱 막혔다.

"허생이 대단한 인물인 건 알겠습니다만 이완 대장을 꾸짖는 건 지나치지 않습니까? 바로 이 대목 말씀입니다. '이놈, 소위 사대부란 대체 어떤 놈들이냐? 오랑캐 땅에 태어나서 제멋대로 사대부라 뽐내다니 얼마나 어리석은가. 바지와 저고리를 소복(素服)으로 하니 이는 실로 상인(喪人)의 차림이요, 머리털을 한데 묶어 삐죽하게 짜는 것은 곧 남만의 북상투에 불과하지 않은가? 무엇이 예법이란 말인가? 옛날 번어기(樊於期, 진시황 암살을 위해 자객 형가에게 자기 머리를 내준 인물)는 사사로운 원수를 갚기 위해 제 머리 잘

리기를 아끼지 않았고, 무령왕(武靈王, 전국 시대 조나라의 왕)은 나라를 강하게 만들기 위해 오랑캐 옷 입기를 부끄럽게 여기지 않았다. 지금 대명(大明)을 위해 원수를 갚고자 하면서도 오히려 머리칼 한 올까지 아끼며, 또 장차 전쟁터에 나아가 말을 달리고 칼을 휘두르며 창을 쓰고 활을 쏘고 돌을 던지겠다고 하면서도 그 넓은 소매를 고치지 않는 것이 소위 예법이란 말이냐?' 소장도 청나라 문물 중 받아들여야 할 것이 있다고는 보지만, 이렇듯 복색까지 그들을 따라 하면 과연 조선다운 정신이 어디에 남겠습니까? 사대부가 중심을 잡지 않으면 나라 전체가 혼란에 빠지는 법입니다. 어찌 생각하시는지요?"

박제가가 답했다.

"자넨 연암 선생 말씀이 과하다고 여기는 모양이네만, 나는 오히려 부족하다고 생각하네. 이 땅 사대부들은 청나라를 닮자고 하면 혀를 깨물고 죽는 시늉을 할 걸세. 차라리 그 수를 절반은 잘라 내야 나라가 제 모양을 갖출 듯싶으이."

"잘라 낸다시면……?"

"죽이든 상민으로 내리든!"

"어찌 그 같은 말씀을……."

이덕무가 큰 흐름을 살피며 유연하게 나아간다면 박제

가는 단번에 근본을 뒤흔들려는 마음이 강했다. 규장각에도 박제가의 날카로움을 불편하게 여기는 사람이 적지 않았다.

처음에는 나 역시 박제가가 어려웠지만, 그 과격함에는 더 나은 시절을 향한 열망이 숨어 있었다. 타인을 향해 뽑아 든 비수는 자신의 폐부를 깊숙이 찌르는 흉기일 때가 많다. 경박한 말은 흉중에 짓눌러 입 밖으로 나오지 못하게 막아야 하는 이치를 아는 박제가였지만, 가슴 깊숙한 곳에서 터져 나오는 비명을 때로는 참을 수 없는 모양이다.

"그 외에 무슨 방법이 있겠나? 건단(乾斷, 왕의 판단)을 사사건건 어지럽히고 방해하는 자들이 누군가 보게. 이 당 저 당으로 갈라져 다투지만 결국 그들은 모두 공맹의 제자 사대부 아닌가. 그들만 없으면 이 나라는 몰라보게 달라질 걸세. 연암 선생 역시 사대부가 문제라고 생각하신 게지. 답답하셨던 게야."

이덕무가 박제가의 분노를 좋은 말로 누그러뜨렸다.

"초정! 우리가 어찌 자네 울분을 모르겠나? 부디 기용숙(氣容肅, 숨소리를 고르게 하여 거친 소리가 나지 않게 함)하게. 성마르게 서두르다가는 돌부리에 걸려 쓰러지게 마련이야. 천천히 천천히 차근차근 풀어 나가도록 하세나. 온아(溫雅)하고 교결(皎潔)하며 정민(精敏)하고 관박(寬博)하게 말일세.

53

자신은 무겁게 책망하고 남은 가벼이 지적하라는 말도 못들었는가. 우리에겐 성문신무(聖文神武, 문과 무가 모두 뛰어남)한 전하가 계시네. 규장각에 모인 젊은 신료들도 새 세상을 향한 열망으로 가득 차 있으이. 하나씩 하세, 하나씩!"

박제가의 눈가에 맴도는 쓸쓸한 기운은 사라지지 않았다.

"위태위태하지 않습니까? 외줄을 타는 것과 다를 바가 없어요. 이러다가 어느 순간 삐끗하기라도 하면 우리 꿈은 산산조각이 납니다. 그 생각만 하면 급해집니다."

나는 문득 이 구절이 떠올랐다. '믿는 데가 있어 교만을 부리는 자는 천단(淺短)하고, 믿는 데도 없이 교만을 부리는 자는 혼암(昏暗)하다.'

허생 이야기를 읽으며 궁금했던 점을 한 가지 더 보탰다.

"허생은 효종 대왕께서 꿈꾸신 북벌이 불가능하다고 전제합니다. 쉽진 않겠으나 처음부터 포기할 일은 아니지 않습니까?"

이덕무가 답했다.

"청전, 자네가 그런 소릴 하다니 뜻밖일세. 조선이 과연 청나라와 맞설 수 있다고 보는가?"

"그 말씀은 조선이 상대가 되지 않는다는 뜻입니까? 청군이 다시 압록강을 건너면 병자년 치욕을 맛볼 수밖에 없다는 건가요?"

김진이 끼어들었다.

"너무 앞서가지 말게. 형암 형님은 우리가 선공(先攻)하여 이로울 일이 없음을 지적하신 게야. 이완 대장 같은 이가 장졸을 강하게 훈련시키면 압록강을 건너 네댓 차례 승전고를 울릴 수는 있겠지만, 청군은 열 번 패한다 해도 기가 죽거나 두려워하지 않아. 첩첩산중! 이 전투를 이기면 저 전투가 기다리고 저 전투를 이기면 또 그 전투가 기다리는 형국일 테지. 지치고 두려운 건 연전 연승하는 조선군일 수도 있음이야. 결국 조선군은 산해관에 이르기도 전에 패퇴하고 말 걸세. 그리 되면 호랑이 수염을 뽑은 대가를 톡톡히 치러야 해. 저들은 조선군을 압록강 아래로 내쫓는 데 만족하지 않고 이 나라 전체를 삼키려 들지도 몰라. 명분이 옳다고 모든 일이 순리대로 흘러가지는 않네. 세상 만사가 명분을 따라 돌아간다면 명나라가 청나라에 짓밟혀 패망할 까닭도 없지."

"자넨 무기를 정비하고 진법을 고치며 무예를 다듬을 필요가 없다고 보는가?"

"아닐세. 지킬 힘이 없다면 어디 그게 나라겠는가? 나라를 지키기 위해 무(武)를 중히 여기는 것과 이미 멸망하고 없는 명에 대한 의리 때문에 중원을 점령한 청과 전쟁을 벌인다는 것은 전혀 다른 문젤세. 전하께서도 효종 대왕의 웅혼한 기상을 높이 사시지만 그 같은 북벌을 꿈꾸시지는 않네. 우리는 할 수 있는 일만 찾아서 하면 된다네. 욕심은 금물이야."

"그래, 그건 화광 말이 옳으이. 무반인 자네가 허생에게 편치 않은 감정을 갖는 건 당연하네. 이완 대장은 의주 호랑이 임경업 장군과 어깨를 겨룬 명장 아닌가? 하나 연암 선생도 이 대장을 비웃기 위해 그와 같은 글을 지은 건 아니라네. 효종 대왕 시절 북벌론이 얼마나 허황되고 준비가 부족했는가를 짧은 글에 선명히 담기 위해 총임(寵任)받던 이 대장을 끌어들였겠지. 무를 버리자는 뜻은 결코 아니니 자네가 밝게 헤아리게나."

이덕무가 고개 돌려 김홍도를 찾았다. 이십 대에 벌써 이름을 얻었던 그도 이제 마흔 줄로 접어들었다. 이마엔 주름이 늘고 양 볼엔 검버섯이 하나둘 피었다.

"안기찰방 일이 바쁜가 보지? 산으로 들로 다니며 음풍농월할 줄 알았네만 얼굴을 보니 그리 햇살을 많이 쪼인 것 같지 않으이."

김홍도가 오른손으로 왼뺨을 가리며 답했다.

"유산(遊山)할 기회야 많지만 혹시 손이 게을러질까 나가지 않고 방에서 세필만 놀려 그렇습니다. 더딤은 막힌 곳으로 흐르고 느림은 약한 곳으로 흐르는 법이니까요. 여름 청량산(淸凉山)이 좋다 하니 이제 부지런히 다녀 볼까 합니다."

"겸손의 말씀! 한두 해 쉰다 한들 그 솜씨 줄어들까. 일찍이 퇴계 선생도 청량산을 아껴 청량산인(淸凉山人)이라 자호(自號)하지 않으셨는가. 부디 그곳 풍광 아름답게 담아 우리들 눈을 기쁘게 하여 주게."

"밥 먹고 눕기나 즐겨 온몸 털구멍이 죄 막혔답니다. 맑은 바람 서늘한 대숲에 가도 상쾌함을 모를 지경이지요. 이번 상경한 틈에 양주, 파주, 적성을 돌며 풍광이나 몇 점 가슴에 품고 돌아가야겠습니다. 임진강 물줄기와 감악산 산줄기로 열두 폭 병풍을 만들면 그동안 게을러 흩어진 필체를 바로잡을 수 있으리라 봅니다만."

"단원 그림이면 다 좋지. 아직 야뇌가 도착하지 않았으니 술자리를 시작하기도 좀 그렇고, 잠시 그 현란한 붓놀림이나 구경시켜 주시게. 보는 값을 내라면 얼마든지 주겠네."

"백탑 서생들에게 어찌 값을 받을 수 있겠습니까? 모임 한귀퉁이에 앉은 것만으로도 크나큰 광영입니다. 그럼 신선도나 한 점 그려 볼까요."

박제가가 이덕무와 눈을 맞추며 좋아했다.

"단원이야 여러 그림에 능하지만 지난 10년 동안 그린 신선도는 발군입니다. 형님 덕분에 걸작이 탄생하는 순간을 음미할 수 있게 되었네요."

김홍도가 종이를 펴고 먹을 갈았다. 둥근 원을 그리며
먹을 돌리는 솜씨가 나무 같고 바람 같고 구름 같고 이슬
같았다. 중필을 들어 길게 횡으로 긴 선을 그었다.

"저게 뭐지?"

박제가가 물음을 던졌다. 나 역시 그 선이 무엇일까 궁
금했다. 김진이 오른쪽 귀에 대고 속삭였다.

"피리로군. 피리 부는 신선이야!"

김홍도는 악기도 능수능란하게 다루었다. 생황 솜씨는
궁중 악사들까지 혀를 내두를 정도였다. 이번에는 횡선과
대각으로 가는 선들을 쭉쭉 그어 내렸다.

"형암 형님 손가락만큼이나 희고 길군 그래."

이번에는 박제가가 알은척을 했다. 대충 얼굴 윤곽을 잡
은 다음 김홍도가 집중한 부분은 짙은 눈썹과 까만 눈이
다. 취기가 오른 듯 흘끔거리는 눈동자에는 더운 기운이
어렸다. 목 뒤에 혹처럼 달린 술병. 옆구리에는 앙증맞게
붙은 참새 두 마리. 바지는 허리에서부터 풍만하게 내려서
는데, 바람에 날려 하늘거리는 끝단. 그 아래엔 첫눈만큼이
나 흰 발등이 있다. 소리에 취한 신선은 맨발도 부끄러워
하지 않는가 보다. 그 선이 초승달처럼 곱다.

'대단하군. 저걸 어찌 단숨에 그린단 말인가. 과연 하늘

이 내린 솜씨로구나.'

경탄하지 않을 수 없었다. 김진도 두 눈을 깜빡이며 피리 부는 신선을 머리끝에서 발끝까지 반복해서 훑었다. 흠결을 찾기 힘든 모양이다. 김홍도가 신선도를 이덕무에게 내밀었다.

"부족한 솜씨입니다만 적성 현감에 임명되신 것을 감축하는 뜻으로 드리겠습니다."

김영이 동백나무 상자를 들고 이덕무 앞으로 나아왔다. 상자를 여니 소간의(小簡儀, 천문 관측 기구인 혼천의를 간소화한 것)가 나왔다.

"항상 살펴 주신 은혜를 조금이나마 보답코자 만들어 보았습니다."

크기는 비록 혼천의보다 작았지만 소간의의 세 겹을 이루는 육합의(六合儀) 삼진의(三辰儀) 사유의(四游儀)는 둥글고 선명했다.

박제가가 흠흠 목청을 다듬은 후 자리에서 일어섰다.

"한때 금오문 밖에 냉방을 하나 빌려 성당의 시를 독파하면서 변증(辨證), 소해(疏解), 품평(品評), 기사(記事)를 덧붙인 적이 있소. 그 밤 문득 형암 형님과 영재가 찾아왔더랬지요. 그때 우리 중 누구도 감히 규장각 검서관이 되어 나랏일을 볼 줄은 몰랐소. 적성 고을 다스리는 데 바쁘시

더라도 그 시절 울분과 초발심을 잊지 마시라는 뜻에서 시
한 수 읊겠소이다."

등불 줄지어 창에 비치더니
이덕무와 유득공 자지도 않고 뜻밖에 왔네.
이 세상에 함께 내려온 듯 친한 벗들
저마다 참다운 시 읊네.
구름 한 점 떠 있는 하늘가 달
눈 그득 쌓인 동산 북쪽 숲
취하여 돌아가니 올해도 다 갔네,
시름겨워 날마다 서로 찾는구나.

紅燈隊隊映門深
李柳無眠不意臨
至友元同斯世降
眞詩各出自家音
輕雲一點天邊月
積雪千章苑北林
小醉回頭仍此歲
幽憂强半日侵尋

박제가가 자리에 앉기도 전에 문이 열렸다. 더운 바람과 함께 지독한 술 냄새가 밀어닥쳤다. 백동수였다. 목과 귀가 벌겋게 달아오른 것을 보니 어지간히 마신 듯했다. 이덕무가 조용히 일어서서 손님을 맞았다. 백동수가 건드레하게 취하여 모임에 온 적이 여러 번이었기에 크게 놀라지는 않았다.

"어서 오게, 처남!"

백동수가 대답 대신 소간의를 내려다보았다. 이덕무가 그것을 가슴까지 들어올리며 말했다.

"계함이 선물한 거라네. 초정은 시를 읊었고 단원은 신선도를 한 점 그려 주었지. 고마운 일 아닌가."

백동수는 잠시 김영과 박제가를 노려본 후 곧장 김홍도 앞으로 나아가 털썩 주저앉았다.

"이런!"

김홍도가 깜짝 놀라 벌떡 일어섰다. 백동수가 엉덩이로 신선도를 깔아뭉갠 것이다.

"야뇌 형님! 일어나세요. 신선도를 깔고 앉으셨소이다."

박제가가 백동수를 부축하여 일으키려 하자, 백동수는 그 팔을 뿌리치며 아예 그림을 갈기갈기 찢어 버렸다. 너무나 갑자기 벌어진 일인지라 방에 모인 사람들은 멍하니 백동수 손에 들린 찢어진 종잇조각을 쳐다볼 따름이었다.

김홍도가 화를 낸 것은 당연했다. 이덕무를 위해 정성을 다한 그림이 아닌가.

"지나치시오이다. 소생이 싫으면 싫다 말씀하실 일이지 그림은 왜 찢는 겁니까? 이 그림을 찢는 것이 곧 소생 가슴을 찢는 것과 다르지 않음을 모르십니까?"

백동수가 호랑이눈으로 노려보자 김홍도는 숨을 흡 끊으며 시선을 아래로 내렸다.

"아직도 무엇이 잘못되었는지 모른단 말인가?"

"……."

"이 그림은 누구 주려고 그린 것인가?"

"혀, 형암 형님을 위하여 그렸지요."

"왜 하필 형암인가?"

"적성 현감에 임명되신 것을 감축드리며……."

갑자기 백동수가 주먹으로 방바닥을 내리쳤다. 쿵 소리와 함께 김홍도를 비롯한 모두가 꿀 먹은 벙어리가 되었다. 백동수가 거친 숨을 몰아쉬었다.

"지금 그걸 말이라고 하는 겐가? 고작 적성 현감에 임명된 것 따위를 감축하기 위해 신선도를 그리다니? 형암이 누군가? 조선 최고 학자 아닌가? 대제학을 시켜도 부족한 형암에게 현감이라니! 형암이 적성 현감으로 가게 된 것이 그리도 기분이 좋고 축하할 일이던가? 나는 부끄럽다네.

참으로 부끄러워."

박제가가 비로소 그 울분을 읽고 앞으로 나섰다.

"형님 심정 왜 제가 모르겠습니까? 우리도 모두 같은 생각입니다. 하나 아직 완전한 서얼 허통이 이루어지지 않은 지금 도성 근방 적성 현감에 임명된 것도 대단한 일입니다. 또 이를 축하하기 위해 신선도를 그린 단원 역시 잘못은 없습니다."

백동수는 고개를 힘껏 저으며 자기 뜻을 굽히지 않았다.

"아니야, 아니야, 아니야! 어찌 이것이 축하할 일이겠는가. 겨우 현감이나 하자고 백탑 아래 건건불식(乾健不息, 간단 없이 강건함)하던 서생들이 조정에 들어갔는가. 물론 자네들을 비난하는 건 아닐세. 자네들도 규장각에서 최선을 다하고 있음을 알아. 벌써 5년이 넘었네. 5년! 그 5년 동안 우리가 그토록 몰아내고 싶었던 자들은 당상관에 그대로 머물러 있고 우리가 존경하고 흠모했던 담헌 선생은 돌아가셨네. 자, 말씀들을 해 보시게. 무엇이 나아졌는가? 현감 자리가 대단하단 증거를 대란 말일세!"

침묵이 흘렀다. 백동수 기세에 눌린 탓도 있지만 백탑 서생들 가슴 깊은 곳에 자리 잡은 불안을 건드린 탓이다. 말이야 바른 말이지 전하께서 중용하겠다시던 검서관들은 전혀 조정 핵심으로 올라서지 못하고 있었다. 왜 벼슬을 승차하지 않느냐고 따지는 것은 망극한 불충이기에 언젠가는 첫고등(맨 처음 기회)이 오리라 믿고 버텼다. 백동수는 그 버팀마저 옹졸한 하루하루를 위로하는 수단으로 전락한 것이 아니냐고 따져 묻고 있었다.

백동수를 향해 입을 연 사람은 이덕무도 박제가도 아닌 김진이었다.

"지금 야뇌 형님을 훈련 대장이나 포도 대장으로 임명하신다면 나아가실 겁니까?"

백동수가 그 물음에 숨은 뜻을 파악하지 못한 채 두 눈만 두꺼비처럼 끔벅거렸다. 김진이 다시 물었다.

"외람된 질문입니다만, 여기 모인 규장각 검서관들이 내일 당장 정승이나 판서 반열에 오른다면 이 나라를 제대로 이끌 수 있다 보십니까?"

백동수는 화부터 냈다.

"하고 싶은 말이 뭐야?"

김진은 당황하지 않고 침착하게 답했다.

"지금은 기회가 주어져도 받아들일 수 없습니다. 그 까닭을 아십니까? 아직 우리는 두어(蠹魚, 책만 읽고 활용할 줄 모르는 사람)에 지나지 않기 때문입니다. 세상을 알고 백성들 고통을 헤아리려면 그들 곁으로 내려가서 보고 듣고 느껴야 하는 것이지요. 전하께서 형암 형님을 현감으로 임명하신 까닭이 바로 거기에 있습니다. 규장각에서는 서책만 읽고 정리할 뿐 사람이나 사건을 직접 다루지는 않으니까요. 시문을 논하는 일이야 누가 형암 형님을 따르겠습니까. 각 고을 고을 어려움까지 소상히 살펴 안다면, 먼 훗날일지라도 반드시 큰일을 도모할 수 있을 겁니다. 규장각 검서관들은 반드시 고을 수령으로 나갔다 와야 합니다. 어심(御心)이 거기에 담겨 있으니, 지금은 오히려 졸(拙)한 사람으로 지내는 편이 낫습니다. 졸하니 외람하지 않고, 외람하지 않으니 결백하고, 결백하니 정직한 것이 아니겠습니까. 진정하시고 이리 와서 단원에게 술이라도 권하며 화해하십시오. 날씨가 음산하면 새가 울음을 그치고 가장이 성을 내면 처자가 애태우는 법입니다. 흥을 깨셨으니 다시 즐거움을 불러일으키는 일도 형님께서 책임지십시오."

흐르는 물처럼 막힘이 없었다.

잠시 침묵이 흘렀다. 사람들은 말문 막힌 백동수가 주먹이라도 휘두르지 않을까 염려했다.

백동수는 양손바닥으로 얼굴을 툭툭 친 다음 김홍도에게 다가가 손을 덥석 맞잡았다.

"미안하네. 내가 성미를 누르지 못하고 큰 실수를 했으이. 바삐 먹을 갈다가 연지(硯池, 벼루에 물 고인 곳)에 빠진 꼴이로구먼. 용서하게."

김홍도도 마음을 가라앉힌 듯 웃으며 받았다.

"아닙니다. 소생 생각이 짧았던 것 같습니다. 가르침 주셔서 감사합니다."

이덕무가 긴 허리를 주욱 펴며 둘 사이에 끼어들었다.

"그림이 없어졌으니 어떻게 한다? 돈을 받자니 기린협 궁촌(窮村)에서 농사 짓는 중늙은이가 무슨 돈이 있냐고 버틸 테고……. 하는 수 없지. 단원, 수고롭겠지만 한 점 더 그려 줄 수 없겠는가?"

백동수가 말꼬리를 잡아챘다.

"꼭 그려 주시게. 고생한 값은 내가 내겠으이."

김홍도가 다시 흰 종이 하나를 바닥에 펴며 답했다.

"술이나 넉넉히 주십시오. 오늘은 백탑 아래 뜻을 세운 분들과 밤새 취하고 싶습니다. 이렇듯 정성을 다해 삶을 논하고 예(藝)를 어루만지는 분들은 조선 천지에 없지요. 자, 그럼 다시 그려 나가도록 하겠습니다. 방금 전에는 피리 부는 신선이었는데 이번에는 악기만 생황으로 바꿔 볼까요."

백동수가 웃으며 잔을 내밀었다.

"생황 부는 신선이 되는 게로군. 자, 내 술부터 한잔 받게."

김홍도가 잔을 받으며 미소 지었다.

"술 마실 때는 잔을 적게 들고 책 읽을 때는 권수를 많이 하는 법이지만, 오늘만은 잔도 자주 들겠습니다. 참으로 아득하고 또 아득한 밤이 아닙니까."

4

계획대로라면 이튿날엔 적성으로 내려가 밤부터는 엄찰을 시작할 계획이었다.

한성 판윤 임명보(林明寶)가 연거푸 보낸 서찰이 새벽 적성행을 막았다. 사팔뜨기 하인은 꼭 답을 받아 가야 한다고 막무가내로 버텼다.

임 판윤은 장헌세자(莊獻世子, 사도세자) 폐위에 앞장선 노론의 핵심이다. 일흔 살이 넘은 노구에도 열흘이 멀다 않고 사대문을 돌며 수문장에게 호통을 치고, 철이 바뀔 때마다 내사산(內四山)에 올라 풍광을 즐길 만큼 강건했다. 젊어 한때는 무과 출세를 고려했다는 풍문이 꼬리처럼 따랐다. 시비 구분이 분명하고 내 편 네 편 처우가 확연히 다른 위인으로, 노론 중론(衆論)을 등대(登對, 어전에 나아가 아

謁)할 때는 언제나 가장 앞자리에 섰다. 연암 선생과는 집안끼리 교분이 두터웠지만 『열하일기』를 읽은 후로 연통을 끊었다. 백탑 서생이라면 혀를 쯧쯧 찼고, 연암의 삐뚤어진 심성을 흉내 내며 담명(談命, 사주풀이), 석자(析字, 이름이나 글자로 점치는 일), 관상(觀相), 감여(堪輿, 풍수서와 지리술)를 일삼는 무리라고 헐뜯으며 모주 먹은 돼지 벼르듯 눈을 흘겼다. 나와는 재작년 늦봄 금오 앞에서 마주쳤을 때 이마를 쏘아보며 이렇게 충고했다.

"이단(異端)은 막힌 점이 많고 속론(俗論)은 늘 이랬다저랬다 한다오. 종친일수록 몸가짐을 각별히 조심해야 하오. 구용(九容, 군자가 갖춰야 할 아홉 가지 태도) 중 하나도 갖추지 못한, 어리석은 북학에 물든 효경(梟獍, 효는 어미새를 잡아먹는 올빼미, 경은 아비를 잡아먹는 짐승. 악인을 비유함)들에게는 아예 발걸음 마시오. 도움이 필요하거든 언제든 날 찾아오오."

그 후로 나는 임명보를 찾아가서 도움 청한 적 없고, 북학에 물든 이들에게 더욱 자주 발걸음을 했다. 백탑 서생에 대한 세간의 관심은 종종 어처구니없는 오해와 비방을 낳았다. 연암 선생과 담헌 선생이 집에선 항상 붉은 대국 옷을 입는다든지, 형암 형님과 초정 형님이 서국(西國)에서 들어온 천문도에 빠져 밤이면 별점을 친다는 것 따위였다. 내가 연암 선생 댁을 드나든 후 단 한 차례도 대국 옷 입은 선생을 뵌 적 없고, 별점 치는 검서관들도 만나지 못했다. 연암 선생은 조선 면주(綿紬)의 탁월함을 강조하며 아끼셨고, 규장각 검서관들은 혼천의를 가운데 두고 둘러앉아 밤새워 논박을 전개하였을 뿐이다. 중원벽(中原癖, 중국 것만 좋아하는 병)에 빠져 풍감(風鑑, 관상 보는 일)과 성수(星數, 사주 보는 일)를 일삼는다는 비난은 백탑 서생들이 모여 무엇을 하는지 모르는 자들이 짖어 대는 소리에 지나지 않았다. 날개가 없는데도 무섭게 퍼져 가는 풍문에 화를 낼 때면, 이덕무는 충고를 풍류처럼 듣고 허물을 도둑 다스리듯 고칠 뿐이라며 담담하게 고개를 끄덕였다. 만수받이(남이 귀찮게 굴어도 좋게 받아 주는 일)가 따로 없었다.

공무가 바빠 근일 뵙기 어렵다는 답을 정중히 보냈다. 적성 출발이 급했을 뿐 아니라 백탑 서생을 괴벽(怪僻)한 무리로 간주하는 노대신과 마주 앉고 싶지도 않았다. 그랬더니 당신 쪽에서 오늘 꼭 걸음 하겠다는 연통이 금방 또 돌아왔다. 거듭된 청을 피하기 어려울 뿐 아니라, 하필 지금 나를 찾는 이유가 궁금해져 잠시라면 찾아뵙겠노라 답을 보냈다.

촉룡(燭龍, 촉룡이 숨을 내쉬면 여름이 됨) 숨결 따라 대은암동(大隱巖洞) 백악산(白岳山, 북악산) 기슭을 땀 흘려 올랐다. 구름발치 백악 동쪽 비둘기바위 아래 계곡을 따라 흐르는 물소리가 경경쾌쾌(輕輕快快)했다. 패랭이꽃 밟으며 송림으로 접어드니 대낮인데도 응달에서 자란 들풀 냄새가 시원하게 코를 뚫었다.

독락정(獨樂亭)은 여러 갈래 계곡물이 모여드는 여울목 반석 위에 있었다. 물굽이마다 무르익은 벼 향기 풍겨나고 구름 항상 서려 있는 늙은 바위 앞에, 단풍잎 곱게 인사하는 아침부터 안개 짙어 꽃잎 가리고 풀 향기 물씬물씬 발바닥에 차는 저녁까지 벗들과 즐겨 머무는 자리라 했다. 오늘은 안개도 피어오르지 않았고 나는 마음 맞는 벗도 아니었다.

오래 자리할 것 없이 곧 물러날 요량이었다. 김진은 소광통교 서사(書肆, 서점) 몇 군데를 둘러보며 기다리겠다고 했다. 임명보를 만나지 말고 그냥 갈까 물었더니 김진은 이미 2월에 결안(結案)된 사건인데 하루이틀 늦는다고 큰일 있겠느냐고 반문했다. 촌각을 다투어 현장으로 달려가던 평소 모습과는 달랐다. 김 씨를 엄찰하겠다고 나선 진짜 이유를 듣고 싶었지만, 김진은 세책방 쥐수염 영감이 기다린다고 서둘러 나서며 충고만 늘어놓았다.

"애호하더라도 그른 부분을 찾고 사갈시(蛇蝎視)하더라도 옳은 부분은 배우는 법일세."

늙은 노복 대신 아름다운 가야금 가락이 마중을 나왔다.

우조 다스림〔羽調調音〕 가락이 계곡 물소리와 뒤섞여 흘러
내렸다. 뱀이 꼬리를 쳐 올리듯, 사슴이 뿔을 흔들듯, 나비
가 날개를 접듯, 여치가 뒷다리를 펴듯 내 걸음을 바쁘게
했다.

선바위 아래 이르자 이번에는 진짜 노복이 양손을 모으
고 기다리고 섰다. 뒷짐 지고 허리 펴며 걸음을 늦추었다.
모정(茅亭, 짚이나 억새로 지붕을 이은 정자)에 닿으니 우조 다
스림이 때마침 멈췄다.

풍류 가야금〔法琴〕을 들고 선 여인은 색기가 묻어나는
기녀였다. 모로 고개 돌린 턱선이 비둘기 깃털처럼 날렵했
다. 내가 정자에 오르기를 기다렸다가 풍류 가야금을 품고
내려갔다. 여인의 왼 어깨가 내 오른 어깨를 스치니 치자
꽃 향내 어지러웠다.

"앉으오."

나는 방금 기녀가 앉았던 자리에 엉덩이를 붙였다. 향내
가 바닥에서도 올라오는 듯했다.

산길로 접어들며 작정한 대로 선수를 쳤다.

"소장에겐 음률 즐길 여유가 없습니다."

"밀지 받았음을 아오."

숨이 막혔다. 밀지란 말 그대로 금상과 어명을 받는 신
하만이 아는 비밀 아닌가.

"놀라지 마오. 전하께서 직접 이 견마지치(犬馬之齒, 늙은 이가 스스로를 낮추어 이르는 표현)에게 귀띔하셨소이다."

믿을 수 없다. 금오로부터 소식을 듣고 넘겨짚는 것인지도 모른다. 일단 시치미를 뗐다.

"밀지라니요? 소장은 금시초문입니다."

임명보가 내 눈을 깊이 들여다보았다. 흰자위가 유난히 많고 툭 튀어나와 어목(魚目)을 닮은 늙은 눈이 내 머리를 후벼 파는 듯했다. 숨을 멈춘 채 그 시선을 되받아쳤다. 어제 읽은 문장들을 혀끝에 올려 주문처럼 되씹었다.

'남 앞에서는 가려운 데 긁지도 말고 이 쑤시지도 말고 귀 후비지도 말고 손톱 깎지도 말고 때 밀지도 말고 땀 뿌리지도 말고 상투 드러내지도 말고 버선 벗지도 말고 벌거 벗은 채 이 잡지도 말고 잡은 이 화로에 던져 더러운 연기 피우지도 말고 손톱에 묻은 이 죽인 피 씻지 않아 남이 추하게 여기도록 만들지도 말라. 말라. 말라.'

임명보 왼쪽 입꼬리가 조금씩 올라갔다. 낯선 미소였다.

"당장 적성으로 가고 싶을 게요. 나는 이 도사 충심을 잘 아오. 어명이라면 얼음 강이든 활화산이든 뛰어들 사람이니까. 그렇기에 전하께서도 종친 중 이 도사를 가장 아끼시는 것이라오."

적성 두 글자를 듣는 순간 참았던 숨이 터져 나왔다. 금상께서 하교하지 않으셨다면 한성 판윤이 어찌 나의 적성행을 알겠는가. 임명보가 쐐기를 박듯 말을 이었다.

"이 강더위에 감악산과 두지강을 돌아다니려면 힘이 많이 들 게요. 크게 염려는 마오. 임 참판은 내 팔촌 아우라오."

'팔촌 아우!'

이제 감을 잡았다. 내가 조사를 맡은 적성 김 씨의 시아버지가 바로 병조 참판을 지낸 임호(林虎)였고, 한성 판윤 임명보는 임호와 팔촌인 것이다. 열녀 정려를 위해 청탁을 넣으려는 것이리라.

자리를 박차고 일어섰다. 때마침 기녀가 주안을 차린 호족반(虎足盤)을 들고서 독락정으로 올라서다 큰 눈을 끔벅이며 돌부처처럼 멈춰 섰다.

"소장 오늘 이 자리에 오지 않은 것으로 하겠습니다."

"앉으시오. 아직 내 얘기 끝나지 않았소."

임명보가 시선을 내린 채 말했다. 나는 한걸음 물러서며 읍했다.

"가겠습니다."

"앉으래도!"

임명보가 고개 들어 노려보았다. 기녀가 걸어 들어와 임명보와 나 사이에 주안상을 내려놓고 권했다.

"태상주(太常酒, 개성에서 나는 최고급 술) 한잔 맛보고 가세요. 주안상 차린 이년 정성도 살펴 주시고요."

다시 자리를 잡고 앉았다. 임명보 입에서 부탁한다거나 후사하겠다는 말이 떨어지는 순간 상을 엎고 일어서리라.

"계목향(溪木香)이라 하옵니다. 첫 잔 올리겠어요."

호리병을 들고 눈으로 웃었다. 씻은 배추 줄기 같은 얼굴을 찬찬히 살폈다. 눈 코 입이 모두 큼직한데 두 뺨에 살짝 뿌려진 주근깨가 귀여움을 더했다. 도엽배(桃葉杯, 복숭아 잎 모양 술잔)를 높이 들어 부어 주는 술을 단숨에 비웠다. 상온(尙醞, 술 빚는 일을 관장한 내시) 솜씨로도 미치지 못할 만큼 맛이 맑고 깊었다. 더운 기운이 단숨에 손끝에 닿았다. 임명보 역시 계목향이 따른 술잔을 비웠다. 임명보가 도엽배를 내려놓고 고개 끄덕이자 계목향이 돌아앉았다.

"적성에 가면……."

나는 황급히 말을 끊었다.

"대감! 해어화(解語花, 기생) 앞에서 논할 일이 아닙니다."

임명보가 계목향 등을 보며 빙긋 웃은 후 다시 내게 시선을 돌렸다.

"우돌(于咄, 시문으로 이름난 고려 시대 기생)의 환생이라 불리던 기녀 계목향이 겪은 불행을 듣지 못하였소이까? 5년 전 겨울 극심한 해수(痎咳)와 현훈증(眩暈症), 요통증(腰痛症)까지 앓느라 귀가 먹고 말았소. 그 멋진 우조 다스림 가락을 정작 연주하는 자신은 듣지 못한다오."

"지금까진 어떻게 말을 알아들었나요?"

"우리 입술 모양을 보고 답했을 뿐이오. 저렇듯 돌아앉으면 결코 이야기를 듣지 못하오. 귀가 먹긴 했어도 시서화에 풍류 가야금, 보태평지무(保太平之舞)까지 두루 능한 보기 드문 아이라오. 마음도 따뜻하고 지략도 있소. 앞으로 이 도사도 이 아이에게 신세 질 날이 있을 게요. 입술 모양을 크게 해서 천천히 말하도록 하오. 처음엔 조금 힘들지만 곧 익숙해지리다. 하여튼 적성에 가면······."

"청탁이라면 그만 일어나겠습니다."

마주 앉은 것만도 역겨웠다. 내가 왜 무과에 응시하였던가. 금오에 들며 다짐한 맹서(盟誓)는 무엇이었던가. 나랏법을 어지럽히고 나라님 지엄한 명을 어기는 놈들을 잡아들이기 위함이다.

임명보가 백발 수염을 쓸며 읊조렸다.

"청탁이라니? 내가 뭣 때문에 청탁을 하겠소? 임문(林門)은 꺼릴 게 없다오."

나는 두 무릎에 힘을 주었다. 임명보 혀가 더 빨랐다.

"이 도사를 만나자고 한 것은 철저히 탐문해 달라 부탁하기 위함이오."

"철저한 탐문을 청하신다고요? 전 병조 참판 임호 대감이 팔촌 아우 되신다 하지 않으셨습니까?"

"그렇소. 형암을 비롯한 검서관들이 적성에서 올린 글을 택한 이유를 짐작은 하오. 임문을 짓밟으려는 불측한 의도라고 화부터 내는 문중 사람도 물론 있소. 나는 말이오, 성은에 깊이 감읍하고 있다오. 왠지 아오?"

임명보는 말을 끊고 내 얼굴을 쳐다보았다.

"임문 종부(宗婦, 종갓집 맏며느리)가 얼마나 시부모를 극진히 봉양했고 가솔을 따뜻하게 챙겼으며 먼저 간 남편을 그리워했는지 만천하에 알릴 기회가 왔기 때문이오."

점점 내 예상을 벗어나고 있었다.

"밀지가 이 도사에게 내린 것 역시 하늘이 임문을 돕는 게요. 이 도사라면 임문을 향한 저 시샘과 비난으로 가득 찬 눈초리에 흔들리지 않고 종부의 삶을 되새겨 주리라 믿소. 적성 현감으로 가는 형암이 청빈하고 박학하다고는 하나 그 역시 해괴한 북학에 물들어 있으니 종부 일을 제대로 살피진 못할 게요. 종친인 이 도사가 삼강오륜의 중심을 굳건히 세워 주오."

얼굴이 화끈거렸다. 방금 전까지 이 사내를 청탁이나 일삼는 탐관오리로 믿고 차디차게 노려보지 않았던가. 나는 자세를 고쳐 왼 무릎을 꿇고 머리를 숙였다.

"소장, 대감 뜻을 헤아리지 못하고 큰 무례를 범하였습니다. 용서하십시오."

임명보가 너털웃음 터뜨리며 휘휘 손을 저었다.

"편히 앉으오. 잘잘못을 따지는 게 무에 그리 중요할까. 편히 앉으래도. 자, 이제 이 구리터분한 늙은이가 따르는 태상주 한잔 받겠소?"

"예!"

임명보가 호리병을 집자 나는 가까이 다가앉아서 도엽배를 양손으로 공손히 들었다. 임명보가 넘칠 만큼 태상주를 부었고 나는 단숨에 잔을 비웠다.

"한잔 올리겠습니다."

"그래 주겠소? 이제야 처음으로 이 도사가 따르는 술을 마시는구려."

계목향이 갑자기 이쪽으로 돌아앉았다. 임명보가 검지로 제 코를 가리키며 나를 안심시켰다. 술 향기를 맡고 심각한 대화가 끝났음을 눈치챈 것이다. 계목향이 코로는 웃고 눈으로는 살짝 흘기며 끼어들었다.

"두 분만 취선(醉仙)에 들지 마시고 소녀 자리도 비워 두세요."

"상유만경(桑榆晚景, 저녁 해가 뽕나무와 느릅나무 가지에 비침. 늙은이를 비유함)보단 젊은 사내 손길이 좋겠지."

임명보가 양보했다. 나는 호리병을 들어 계목향이 내민

도엽배를 채웠다. 계목향이 잔을 비우고 거듭 술을 권했다.

다섯 순배가 돌고 나니 취기가 가슴을 타고 목까지 올라왔다. 해가 뉘엿뉘엿 지고 있었다. 훌륭한 사람은 술에 취하면 착한 마음 드러내고 조급한 사람은 술에 취하면 가막수리처럼 사나운 기운 내뿜는다 했던가. 이 밤에라도 당장 적성으로 떠나고 싶은 마음 간절했다.

작별을 고하려는 순간, 계목향이 다시 풍류 가야금 앞에 나아가 앉았다.

"처음 뵌 나리를 위해 이년이 한 곡조 타렵니다."

계목향이 밑도들이〔尾還入〕를 연주했다. 술기운이 우럭우럭 돌아서인지 곡조가 더욱 애절하고 현란했다. 나는 마음이 급했지만 계목향의 손놀림은 멈출 줄을 몰랐다.

갑자기 아랫배가 싸하니 아렸다. 장이 뒤틀렸지만 허리를 조금 숙이니 불편함이 덜했다. 음이 점점 올라갈 때 허구리(허리의 갈비뼈 아래 좌우 양쪽의 잘쏙한 부분)가 대침으로 찌르듯 다시 아파 왔다. 소소리바람이 한꺼번에 몰아쳤다.

퉁.

연주가 멈추었다. 내 얼굴을 살피던 계목향이 풍류 가야금을 내려놓으며 물었다.

"나리, 괜찮으세요? 얼굴빛이 창백하십니다."

나는 엉거주춤 일어섰다. 해우(解憂)하려면 독락정을 급히 내려가야 했다. 왼팔을 부축하려는 계목향에게 오른 손 바닥을 들어 보이며 괜찮다고 웃었다. 정자를 내려서기도 전에 무릎이 꺾이면서 곤두박질쳤다. 이맛전을 바닥에 부딪는 것과 동시에 내 안에서 들끓던 고통들이 밀려나왔다. 나는 또 정신을 잃었다.

5

결국 나는 적성으로 떠나지 못했다.

칠월 삼일 어둑새벽, 깨어나자마자 오른손으로 꼬리뼈를 더듬었다. 독락정에서 실신하는 순간 틀림없이 큰 실례를 했던 것이다. 계목향의 놀란 눈이 떠올라 얼굴이 화끈거렸다.

바닥엔 물기 하나 없었으며 엉덩이도 깨끗했다.

"깨어났는가?"

서안에서 책을 읽던 김진이 환하게 웃으며 내 이마를 짚었다.

"여, 여긴?"

"백연재일세. 아무리 기다려도 오지 않기에 대은암동까지 갔더니 마침 한성 판윤 댁 노복이 자넬 들쳐 업고 뛰어

내려오더군."

"……노복이! 다른 이는 없었나?"

"자네가 정자에서 낙상하는 바람에 급히 내려오는 길이라더군. 판윤 대감은 뒤처져 오신다 하였으이."

"내 몰골이 어떻던가? 혹 민망한 꼴……이 아니던가?"

김진이 이불을 내 목까지 올려 덮어 주었다.

"민망하긴 하더군. 갓은 찌부러지고 이마엔 주먹만 한 혹이 불쑥 솟았으니까. 걱정 말게. 내가 장의로 덮어 밤길을 달려왔으니 누가 보진 않았을 게야. 백연재로 통하는 골목은 소광통교에서 가장 인적이 드문 곳일세."

"그뿐인가?"

"혹 다른 걱정거리라도 있나?"

"아, 아닐세."

착각이었다면 참으로 다행이다. 김진이 대은암동에서 나를 보았을 때 몸에서 악취가 나지 않았음은 분명하다. 혹시 계목향이 내 몸을 씻긴 건 아닐까. 아니다. 실신하여 쓰러진 사내를 의원에게 보이는 것이 급하지, 옷을 벗기고 아랫도리를 씻길 여유가 어디 있겠는가.

한나절 쉬면 털고 일어설 줄 알았는데 사흘 내내 설사와 미열에 시달렸다. 끼니를 거르는데도 배가 더부룩하고 속이 보깼다. 억병으로 취한 사람처럼 토악질이 나왔고 흉격

(胸膈)이 막혀 답답했으며 양쪽 옆구리가 자꾸 결렸다. 도저히 길을 나설 형편이 아니었다.

김진은 밤낮으로 곁에 머물러 극진히 간병했다. 『의림촬요(醫林撮要)』와 『동의보감(東醫寶鑑)』을 숙독하며 평위산(平胃散, 위 치료약)을 짓고 땀을 뻘뻘 흘리며 대침까지 놓았다. 백탑 서생들은 시문뿐 아니라 중인들이 맡는 잡술에도 능했다. 왜어(倭語)니 대국어(大國語)에 능란하거나 의술에 밝기도 드물지 않은데, 김진은 두 분야 모두 뛰어났다.

적성에 먼저 가라 권했지만 김진은 받아들이지 않았다.

"청전이 없으면 내가 무슨 일을 제대로 하겠는가? 혹 못된 잡인들이 텃세를 부릴 수도 있으니 자네 표창이 필요해. 어서 쾌차하시게."

초면에는 거만한 기운이 감돌지만 사귀면 사귈수록 따사롭기 그지없는 친구다. 아픈 벗을 위해 밤을 새며 고수련(병구완)하기가 어디 쉬운가. 김진은 내 몸 돌보는 데 방해가 된다며 좋아하는 담파고(淡巴菰, 담배)까지 사흘을 끊었다.

칠월 사일 저녁, 미음을 뜬 후 그에게 말했다.

"이제 다 나았으니 자네도 쉬게. 벌써 이틀 밤을 지새우지 않았는가? 서초(西草, 평안도 삼등·성천 등지에서 나는 귀한 담배)도 피우고 눈도 좀 붙이고."

김진이 웃으며 답했다.

"잠은 괜찮네만 영(靈, 남령초(南靈草) 즉 담배)은 정말 그립구먼. 자네 몸이 완전한 게 아니니 오늘도 예서 머물겠네. 나 같은 놈한테 간병 받지 않으려거든 빨리 혼처를 구하게. 밤 잔 원수 없고 날 샌 은혜 없다 했건만 아직 미령 낭자를 잊지 못함인가?"

청미령은 조선 최고 매설가(賣說家, 소설가) 청운몽과 청운병 형제의 하나뿐인 여동생이다. 6년 전 방각 살옥을 조사하던 때 나는 그녀에게 연정을 품었다. 운몽이 억울하게 목숨을 잃고 운병마저 참형 당한 후 청미령은 세상을 등지고 불법에 귀의했다.

"알고…… 있었나?"

나는 틈틈이 첫사랑 청미령의 행방을 수소문하고 있었다. 김진이 수미산(須彌山) 문양 도드라진 연합(煙盒, 담배갑)을 만지작거리며 답했다.

"그이는 비구니의 길로 접어들었으이."

이불을 걷고 급히 일어나 앉았다.

"미령 낭자 근황을 안단 말인가? 알고도 왜 내게 말하지 않았나? 어떻게 행방을 찾아냈어?"

김진은 내 어깨부터 잡아 밀었다.

"늦게. 차근차근 답을 함세. 자네처럼 사찰 하나하나를 뒤져서는 낭자를 찾기 힘들지. 우연히 낭자가 머무는 곳에 이르렀더라도 낭자는 자네 그림자를 보는 순간 사라질 테니까. 3년 전 단원에게 미인도 한 장을 부탁하여 해인사에 맡겼네. 해인사 같은 대찰은 팔도에 흩어진 크고 작은 사찰과 1년에 한두 번씩은 연통을 주고받지. 여섯 달 만에 해인사 주지스님으로부터 쌍리(雙鯉, 편지)가 왔으이. 해남 미황사(美黃寺) 사미니(沙彌尼) 중에 그림처럼 고운 이가 있다고 말일세. 이미 미령 낭자는 음노치(淫怒癡, 음욕과 성냄과 어리석음)를 끊었네만 자넨 아직까지 6년 전 기억에 집착하고 있구먼."

"어디 있는가?"

"……."

내 목소리가 조금 더 커졌다.

"꼭 한번 만나야 하네."

김진이 좋은 말로 달랬다.

"사람이 사람 만나는 일을 어찌 막을 수 있겠는가. 다만 지금은 그때가 아닌 듯싶네. 사마(駟馬, 수레를 끄는 네 마리 말과 같이 빠름) 같은 세월에 잠시 심신을 묻어 두게나. 그렇게 지내다 보면 재회할 날이 올 걸세. 나도 그이 거처는 모르이. 미황사에서 곧 만행을 떠난다 하였으니까. 함경도에 있을지 전라도에 있을지……. 어쩌면 협선(狹船)에 의지하여 제주로 건너갔을 수도 있겠지."

다시 몸을 뉘었다. 청미령 행방을 알면서도 귀띔해 주지 않은 것이 못내 섭섭했다. 세월에 묻어 두라고? 계절이 바뀔수록 더욱 또렷해지는 기억도 있는 법이다.

"그런 자넨 왜 아직도 족장(足杖, 신랑을 거꾸로 매달고 발바닥을 몽둥이로 때리는 일)을 마다하는 겐가? 듣자 하니 규장각 당상 당하관들이 은근히 말을 넣어도 다 뿌리친다면서?"

김진은 두 눈을 크게 뜨고 처음 듣는 소리란 듯 딴청을 피웠다.

"꽃에 미친 사내에게 시집올 규수가 어디 있나?"

"허어, 자넨 다 좋은데 너무 자신을 낮추는 게 문제일세. 자네 시문이야 형암과 초정, 조선 최고 시인들이 인정할 정도로 빼어나지 않은가?"

김진 입가에 또 쓸쓸한 웃음이 맴돌았다.

"청전 자넨 사흘 전 아뇌 형님이 왜 그토록 언성을 높였다고 생각하는가? 또 당상관 반열에 오르고도 남을 형암 형님과 초정 형님이 왜 미관 말직을 전전한다 보는가? 그건 다 서출이기 때문일세. 조상 중 한 분이라도 서출이면 그 자손 모두가 서출이 되는 족쇄가 그들 삶을 송두리째

쥐고 흔들지. 나도 마찬가질세. 혼인하여 자식을 얻으면 그 아이는 글을 배우기도 전에 제 발목에서 찰랑대는 무시무시한 족쇄를 볼 걸세. 이런 고통을 자식에게 안겨 주고 싶지 않으이. 서얼이 허통된다면, 정말 그런 날이 온다면 천천히 생각해 봄세."

내가 헤아릴 수 없는 그들만의 슬픔이었다. 아무리 노력해도 오르지 못할 나무와 건너지 못할 강과 넘지 못할 벽이란 이덕무와 박제가, 김진과 백동수처럼 출중한 이들에겐 더욱 참기 힘든 속박이리라. 백동수가 그렇듯 자주 광취(狂醉)하여 괴성을 지르는 것도, 박제가가 말끝에 날카로운 비수를 벼리는 것도, 김진이 꽃과 음률에 미쳐 세상을 잊는 것도, 이덕무가 관후(寬厚)와 인덕으로 자신을 다듬는 것도 그들이 서출인 탓이다.

따지고 보면 무수리에게서 태어난 전왕(前王, 영조)께서도 세속 법도에 따르자면 서출이며 또한 그 손자인 금상께서도 서출인 것이다. 전왕께서 그토록 자주 서얼 허통을 언급하신 것도, 금상께서 서출인 형암과 초정을 규장각 검서관으로 특별히 불러들이신 것도, 어찌할 수 없는 벽의 슬픔을 알기 때문이다. 이 벽을 부수는 것. 그것이 전하와 백탑 서생들이 품은 마지막 목표였다.

❖

칠월 오일 축시(밤 1시)에 길을 나섰다.

김진이 하루 더 요양을 권했지만 이번에는 내가 고집을 부렸다. 사흘 계속 설사를 쏟은 탓인지 몸이 가벼웠다. 무더위를 피하려면 새벽이나 늦은 밤에 움직여야 했다.

파루(罷漏, 새벽 4시쯤 서른세 번 종을 쳐 도성 내 통행 금지를 해제하는 일) 전이었지만 도성 출입을 자유롭게 하라는 밀지를 보인 후 서문을 나섰다. 상수역(湘水驛)에서 초료첩(草料帖, 초료는 역참으로부터 제공받는 말과 음식물, 초료첩은 초료를 공급하도록 명령하는 문서)을 꺼내 체마(遞馬, 역참에서 말을 바꿈)하고 제비동자꽃, 털중나리, 옥잠화 어울려 핀 설마령(雪馬嶺)을 넘어 적성에 도착하니 미시(낮 1시)가 가까웠다.

아침을 건너뛰고 점심까지 굶었으니 허기질 만도 했다. 나는 아직 아랫배가 쓰려 거친 밥 먹기가 두려웠지만 낯선 곳에서 미음이나 죽을 얻을 수도 없는 일이었다.

역시 관아로 가는 것이 상책이다. 형암 형님이 미리 연통을 넣는다 했으니 볼가심(적은 음식으로 시장기를 면함)은 하리라. 잘하면 죽 정도는 쑤어 줄지도 모른다.

성황당이 있는 아현(阿峴, 하오개)을 넘으니 관아가 보였다. 도성 와가(瓦家)처럼 높고 크지는 않았으나 공무를 보기에는 불편함이 없을 만큼 단아하고 정겨웠다. 관아 주위로 크고 작은 두럭(여러 집이 한데 모인 집단)들이 보였다.

'배부터 채우고 한숨 자 두는 게 낫겠어.'

도성을 떠난 후 내내 찬물만 마셨더니 서리(暑痢, 더위 때문에 생기는 설사병)라도 걸린 듯 아랫배가 편치 않았다.

김진이 말고삐를 늦추며 다가와 이덕무가 써 준 간찰(簡札, 편지)을 내밀었다.

"자넨 쉬어야겠지? 밥도 먹고 말일세. 이 간찰을 보이면 극진한 대접을 받을 걸세."

"함께 관아로 가지 않겠다는 소린가? 어딜 가려고?"

"벌써 약조를 해 두었다네. 서두르지 않으면 늦을 듯하이."

머리가 복잡해졌다.

'약조를 해 두었다고?'

적성에 도착하는 순간부터 김진과 잠시도 떨어지지 않을 작정이었다. 이 영특한 친구가 홀로 기발한 상상을 펴기 전에 내가 먼저 공무를 마치고 싶었다. 그가 일하면 나도 일하고 그가 굶으면 나도 굶으리라.

"난 괜찮으이. 습설(濕泄, 물이 쏟아지듯 나오는 설사)에는 굶는 것도 한 방법이라지 않는가? 가세."

김진은 잠시 말을 끊고 내 안색을 곰곰이 살폈다. 병이 도져 낭패를 보지나 않을까 걱정하는 눈빛이었다. 나는 먼저 말에 오르며 그를 재촉했다.

"늦었다면서? 가세, 어서 가자고."

김진도 다시 나를 만류하지는 않았다. 그를 태운 흑마가 속도를 높였다. 갈림길이 나와도 주저하지 않았다. 나도 뒤처지지 않기 위해 더욱 힘껏 백마를 몰았다.

"적성에 온 적 있는가?"

김진이 고개도 돌리지 않고 답했다.

"없어."

"적성 지리를 어찌 이리도 소상히 아는가?"

"자네가 아픈 동안 사람을 사서 적성을 둘러보고 지도를 구해 오라 했지."

"약조도 그 편에 한 것이고?"

"그렇다네."

"누굴 만나기로 했는데 이렇듯 서두르는가?"

김진이 왼쪽으로 고개를 돌리고 답했다.

"적성에서 이름난 서당 훈장 임태명(林太明). 흔히 임 참봉이라 부르지. 저 하백운동(下白雲洞, 아랫배우니)에 살고 있다네."

"서당 훈장? 나는 자네가 객현(客峴, 선고개) 너머 임 참판 집으로 곧장 갈 거라 생각했네. 사건 현장부터 둘러보는 것이 당연한 수순인데 식사도 건너뛰고 서당 훈장부터 찾아가겠다?"

"사건 현장에 빨리 도착하는 건 매우 중요하지. 아무리 침착한 범인이라도 한두 가지 흔적을 남기기 마련이니까. 현장을 심찰하면 흔적을 찾을 수 있지만, 이번 사건은 달라. 김 씨가 자진한 건 올 정월 초하룻세. 그 후로 여섯 달이나 흘러갔으니 빨리 가고 늦게 가고를 따질 문제는 아니야."

옳은 지적이다. 자진한 사람이 쓰던 물품과 거처하던 방은 벌써 소제를 마쳤으리라.

'그런데 왜 하필 서당 훈장을 찾아가는 걸까?'

마을이 나타나자 김진이 말에서 내렸다.

"여기서부터 걸어가세. 자네도 알고 있어야 하니 설명해 주겠네. 임 참봉이 바로 「열녀적성김씨전」을 지은 사람일세. 적성에는 산풍(山豊) 임씨들이 집성촌을 이루어 사는데, 벼슬은 임 참판이 높지만 학덕은 임 참봉이 으뜸인 모양이야. 문중에 크고 작은 일이 있을 때마다 임 참봉이 도맡아서 글을 지어 왔다네. 「열녀적성김씨전」도 마찬가지일세. 임 참봉이 지은 전이 우리를 이곳까지 이끌었으니 그이부터 만나야 하지 않겠는가. 미심쩍은 몇몇 문장도 임 참봉에게 직접 확인받으려는 걸세."

"아무리 그래도 적성에 도착하기도 전에 연통을 넣은 건 너무 성급했으이."

"일부러 우리들의 적성행을 알린 것일세. 어차피 이 일은 은밀히 진행할 수 없네. 임 판윤이 독락정에서 내려오자마자 벌써 귀띔을 했겠지. 임문은 어떻게든 열녀 정려를 받으려고 노력에 노력을 거듭하고 있으니 우린 그 바람을 이용하면 되는 걸세. 알겠는가?"

이윽고 김진이 작은 초려(草廬) 앞에 멈춰 섰다. 나는 고개를 갸우뚱거리며 물었다.

"이 누옥에 임 참봉이 산다, 이 말인가? 이상하군. 문중 일을 도맡아 한다는 사람이 이렇듯 가난하게 산단 말인가? 임 참판은 배포가 크기로 유명한데, 친척에겐 인정을 베풀지 않는 모양이로세."

김진이 웃으며 이덕무가 지은 가난에 관한 가르침을 외웠다.

"지혜로운 이는 가난을 편안하게 여기고 어리석은 이는 가난을 원수처럼 여기다가 가난 속에서 죽어 간다지."

시비(柴扉, 사립문)를 밀고 마당으로 들어섰다.

초서로 멋을 낸 역락당(亦樂堂)이라는 당호와 함께 그 아래 가지런히 놓인 작은 짚신들이 눈에 띄었다. 학동들 것이다. 빙긋 웃음 짓는 순간 방문이 열리면서 아이들이 우르르 뛰어나왔다. 하나같이 서책을 옆구리에 끼고 제 신발을 찾느라 분주했다. 지겨운 글공부가 끝난 기쁨에 낄낄거리며 김진과 나를 쳐다보지도 않고 지나쳐 갔다. 제일 마지막에 고개를 내민 중늙은이가 마당까지 내려와서 우리를 맞이했다.

"어서 오십시오. 임태명이라고 합니다. 먼 길 오시느라 고생 많으셨습니다. 안으로 드시지요."

서안에 놓인 『동몽선습(童蒙先習)』을 덮은 후 여덟팔자 콧수염을 쓸며 섭선(摺扇, 접는 부채) 머리로 제 이마를 툭툭 쳤다. 방금 학동들이 나온 방 안에는 좌우로 서책이 쌓여 있었다. 가난 때문에 서가를 놓을 여유도 없는 듯했다. 김진이 위로부터 건넸다.

"부인께서 하루빨리 완쾌하시기를 빕니다."

임태명 미간이 좁아졌다. 무척 당황한 것이다. 놀라기는 나 역시 마찬가지였다.

"잠시만 기다리십시오. 차라도 한잔 내어오겠습니다."

임태명이 밖으로 나가자 소리 죽여 물었다.

"아내가 아프다는 걸 어찌 알았나?"

김진이 서책들을 두리번거리며 답했다.

"안방 섬돌에 놓인 꽃신에 흙먼지가 쌓였더군. 그게 무얼 뜻하겠는가? 이 집 안주인이 오랫동안 바깥 내왕을 하

지 않은 게지. 또 부엌 앞 배나무 가지엔 약탕관 두 개가
참배처럼 거꾸로 매달렸더군."

그랬는가. 이번에도 김진의 세심한 관찰을 따라가지 못
한 것이다.

임태명은 죽절반(竹節盤)에 우전차(雨前茶, 곡우(穀雨) 전에
딴 잎으로 만든 차)를 내왔다. 향이 그윽하고 맛도 깊었다. 김
진이 한 모금 마신 다음 평했다.

"귀한 맛이군요. 우리나라에서 이런 찻잎을 거둘 곳은
몇 군데 되지 않습니다. 감히 맛으로 추측하건대 두류산
근처가 아닐까 합니다만……."

임태명이 고개를 끄덕였다.

"맞습니다. 이 잎들은 경상도 진주에서 올라온 겁니다.
두류산 향취가 그윽하지요."

"진주라면……?"

그 지명이 귀에 익었다. 어디서 읽었더라? 임태명이 곧
궁금증을 풀어 주었다.

"종부 친정이지요. 저에게는 조카며느리뻘 됩니다. 종부
는 워낙 서책을 즐기고 시조와 절구(絶句)도 잘 지었기에
생시에 종종 이곳을 찾아왔지요. 소황(蘇黃, 송대의 문인 소동
파와 황산곡) 서책을 빌려 간 적도 여러 번입니다. 그게 고마
웠던지 세상을 뜨기 한 달 전 친정에서 보내왔다며 이 차

를 선물했답니다."

김진이 맞장구를 쳤다.

"그랬군요. 역락당에 오기 전까지는 임 참봉께서 열녀 정려를 품신하는 글을 문중 관행에 따라 지었겠거니 여겼습니다. 제 생각이 틀렸군요. 두터운 교분 덕에 그토록 애이불비(哀而不悲, 슬프지만 비통하지는 않음)한 문장이 나왔던 것 같습니다."

"과찬이십니다. 열녀문을 세우는 것도 중요하지만 종부 잃은 슬픔을 스스로 다스려 보고 싶었습니다. 몇 해만 더 살았더라면 사임당이나 난설헌에 버금가는 문장으로 이름을 드높일 수 있었을 것을."

"사임당이나 난설헌? 호오, 그 정도로 문재가 뛰어났습니까? 혹시 몇 작품 음미할 수 없겠는지요?"

임태명이 망설이지 않고 답했다.

"시문이 많지만 오늘은 시절단가(時節短歌, 시조) 두 수만 보여드리죠. 삼년상 마친 후 봄날 두지강에 운선(雲船) 띄워 유장하게 흐르다 꺾어 도는 창(唱)을 선보이겠노라 약조했던 것을……"

왼쪽 벽에 쌓아 둔 서책 몇 권을 내려놓고 비단 보자기 하나를 꺼내 왔다. 가난과는 거리가 먼 대국 비단이었다. 네 모서리에는 은구슬까지 주렁주렁 달렸다. 임태명이 눈물을 글썽이며 답했다.

"시조도 시조지만 이 비단을 볼 때마다 종부의 고운 마음을 자꾸 떠올리게 된답니다. 삼농월(三農月, 봄, 여름, 가을 농사철) 지나고 겨울로 드니 학동들은 자꾸 줄고 아내 폐비(肺痺, 풍한이 폐에 침범하여 기침이 나고 기가 위로 치미는 증상)는 점점 심해졌지요. 기침과 견식(肩息, 병 때문에 어깨를 들썩이며 숨을 가쁘게 몰아쉬는 상태)이 그치지 않아 속잠(깊은 잠)을 못 이루는 날이 많았습니다. 약값으로 재물을 탕진하여 끼니 잇기도 힘든 사정을 알고 이렇듯 값비싼 은구슬을 비단에 매어 선물하더군요."

"왜 팔지 않으셨습니까?"

"종부가 베푼 은혜를 영원히 기억하기 위해 열흘을 굶더라도 처분하지 않기로 했습니다."

나는 점점 김 씨에게 감동하고 있었다.

'친척에게 야박하게 구는 시아버지 대신 은밀히 온정을 베푸는 며느리! 드문 일이다.'

김진이 비단 보자기를 풀고 화전(華箋, 시나 편지를 쓸 때 사용하는 고급 종이)을 폈다. 단정하게 그은 획은 시내 같고 예쁘게 찍은 점은 섬을 닮았다.

　　범나비 님을 만나 구름 속 날개 접고

촉하(燭下)에 모진 인생 하룻밤 풀어내니
효계성(曉鷄聲) 잦고 높아도 꽃잠 깨지 않으리.

님 떠난 자리자리 낮밤 없이 품었다가
꿈길로 님 찾아가 원망 한숨 토할 때에
날아든 원앙 한 마리 먼저 눈물 떨구네.

"정말 좋군요. 명월(明月, 황진이의 호)과 견주어도 손색이 없겠습니다."

"그렇지요. 언가(諺歌, 한글 가곡)를 부르는 솜씨 또한 빼어났답니다. 한창려(韓昌黎, 당나라 문인 한유의 호)의 곡읍(哭泣) 시 300수를 시시때때로 외우고 「절명사(絶命詞)」를 혼잣말처럼 부를 때 눈치챘어야 하는데."

"「절명사」라면 지난 무진년(1748년) 스물다섯 살 꽃다운 나이로 먼저 간 남편에 종사(從死, 남편을 따라 죽음)했다는 이씨 부인이 지은 가사가 아닙니까?"

"그렇습니다. '슬프다, 추풍은 어느곳으로 오느뇨./ 외로운 마음은 더욱 슬프고 슬프도다.' 이렇게 남편 잃은 슬픔을 거듭 토로하는 가사지요. 따지고 보면 이씨 부인 처지나 종부 처지나 비슷합니다. 종종 흥얼거리곤 했지만 이씨 부인처럼 자진할 줄은 몰랐습니다."

김진이 말을 끊고 임태명의 작은 눈을 노려보며 물었다.

"김 씨가 목숨 끊은 곳을 혹시 보셨습니까?"

임태명이 차를 내려놓고 약간 떨리는 음성으로 답했다.

"아닙니다. 아침부터 저녁까지 학동들 보살펴야 하고, 또 아내가 저렇듯 누워 있으니 집을 비울 수가 있어야지요. 여유가 있었어도 참판 댁엔 가지 않았을 겁니다. 종부가 마지막으로 숨을 거둔 곳을 어찌 제 눈으로 보겠습니까?"

내가 물었다.

"김 씨 행적을 따로 모아 살핀 후 전을 지은 겁니까?"

"그렇습니다. 글공부가 끝난 밤에 그 일을 했지요. 종부가 남긴 시문을 우선 챙긴 후 가솔들 회상을 살폈습니다. 이 방에서 주로 많은 이야기가 오갔죠. 참판 대감도 두 번이나 다녀가셨고 내왕한 친척들과 종부를 모신 몸종까지 만났습니다. 그들 이야기를 옮겨 적을수록 종부야말로 열녀가 분명하다는 확신이 들었습니다. 부덕(婦德), 부언(婦言), 부용(婦容), 부공(婦功) 어느 것 하나 부족한 것이 없었으니까요."

"전 지은 대가를 얼마나 받았습니까?"

임태명이 부채를 흔들며 화를 냈다.

"사람을 어찌 보고 하는 소립니까? 어디까지나 내가 자청한 일이외다."

김진이 재빨리 사과했다.

"노여워 마십시오. 그렇듯 정성을 다했으니 참판 대감도 물론 흡족하셨겠지요. 어떤 식으로든 사례하는 것 또한 인사가 아니겠습니까. 아무것도 받지 않았다 하시니 참판 대감이 조금 인색하신 듯도 하네요."

임태명이 이의를 제기했다.

"그렇지가 않아요. 참판 대감은 언제나 정도(正道)만 가십니다. 임문을 이만큼이나마 일으킨 것도 그분 공입니다. 제가 보답을 원했다면 천벌을 받지요."

"그렇군요. 잘 알았습니다. 도움이 필요하면 다시 청하겠습니다."

김진은 내게 눈짓을 보낸 후 일어섰다. 나는 엉거주춤 엉덩이만 떼고 김진을 올려다보았다.

'고작 이러자고 식사도 건너뛰고 예까지 왔는가?'

김진답지 않다는 생각이 들었다. 임태명을 궁지로 몰 뜻이 처음부터 없었던 것이다. 마당에 내려선 김진은 다시 안방을 흘끔 쳐다본 후 작별 인사를 건넸다.

"차 맛도 깊고 말씀도 따뜻했습니다."

"종부 같은 여인이 열녀가 아니라면 이 나라에서 열녀로 정려될 이는 하나도 없을 겁니다. 잘 헤아려 주세요."

"알겠습니다."

덕담을 주고받은 후 뒤돌아서던 김진이 갑자기 오른 주먹으로 앞이마를 가볍게 두드리며 물었다.

"아차차! 전을 읽으며 궁금했던 게 하나 더 있습니다."

"뭐죠?"

"이름 말입니다. 김 씨 이름이…….."

"아영(蛾英)입니다. 순 임금을 따라 죽은 두 비(妃) 아황(蛾黃)과 여영(女英)에서 한 글자씩 땄지요. 이름은 왜 물으시는 겁니까?"

"상신(上申)하신 전에는 이름이 빠져 있더군요."

임태명이 콧수염을 쓸며 답했다.

"그랬습니까? 여자들이야 시집오는 날부터 이름이 없는 거나 마찬가지지요. 이름을 적지 않은 게 큰 흠이라도 됩니까?"

김진이 고개를 저었다.

"아닙니다. 김 씨와 두터운 교분을 나누셨다기에 여쭤 보는 겁니다. 그렇듯 문재가 뛰어났다면 황진이처럼 이름을 밝힐 만도 하지 않습니까? 나중에 혹 선집(選集)에라도 실릴 때는 적성 임문 김 씨보다 김아영으로 적는 게 훨씬 나을 듯하네요. 그럼 안녕히 계십시오."

마당에 우두망찰 선 임태명을 남겨 두고 말에 올랐다. 산모롱이를 돌아 초려가 완전히 사라진 후 김진이 윗배를 쓸며 말했다.

"자자, 어서 가자고. 배가 고파 미칠 지경이야. 차돌이라
도 씹어 삼키겠는걸."

6

객사에서 늦은 점심을 먹었다.

금상의 총애를 한 몸에 받는 규장각 검서관이 현감으로 온다는 소식은 이미 적성현에 파다했다. 벌써 연통을 받고 간찰까지 접한 질청(作廳, 아전이 업무를 보는 곳 또는 고을 수령을 보좌하는 아전 조직) 아전들은 넙죽넙죽 허리를 굽혀 댔다. 신임 현감에 관해 이것저것 물었지만 우리는 꾸어다 놓은 보릿자루처럼 침묵으로 일관했다.

정성을 다해 끓인 꽃전복죽(花鰒粥)을 먹고 나니 수마(睡魔)가 밀려왔다. 잠도 자지 않고 밤길 달린 강행군에 심신이 지친 것이다.

김진은 갓을 쓰고 다시 나갈 채비를 했다. 나는 목침을 손바닥으로 탁탁 치며 권했다.

"오늘은 쉬지 그래?"

김진이 오른손을 펴 이마에 대고 밖을 살피는 시늉을 했다.

"견딜 만해. 자넨 사흘이나 배앓이를 했으니 쉬게. 해 질 녘에 또 만날 사람이 있으니까."

"또 누굴 만난다고? 임 참봉 다음에 만날 사람까지 정해 두었는가? 혹 셋째 넷째도 있나?"

"하하, 아닐세. 두 사람에게만 연통을 주었으이."

"해 질 녘 만날 이는 누군가?"

"모든 걸 잊고 눈이나 붙이게. 꿈자리만 사나울 성싶으니 해넘이 일은 낮잠을 즐긴 후 말해 주겠네. 편히 쉬게."

"완벽한 문장 때문만은 아니지?"

나는 목침을 옆구리에 끼고 비스듬히 누우며 꾹꾹 숨겨 두었던 언침(言鍼)을 놓았다. 김진 표정이 순간 딱딱하게 굳었다.

나의 벗 화광은 의리 있고 총명하며 무엇보다도 정이 깊지만, 가끔은 자기 일에 빠져 벗들을 살피지 못한다. 무시한다는 뜻이 아니라 지나친 배려가 때론 섭섭한 것이다.

화광은 처음부터 예측한 길로 착착 나아가는데 동행인 나는 아직도 짙은 안개 속이다. 설명을 청하면 거절할 친구는 아니지만 처음부터 매달리는 것은 자존심이 허락하지 않았다. 나는 내 식대로 김아영에 관한 일을 처결하리라.

김진이 사람 좋은 웃음을 보이며 다시 앉았다.

"눈치채고 있었나?"

"임 참봉 문장이 흠잡을 곳은 없지만 그 정도 뛰어난 글이라면 그 외에도 많았으이. 열녀 정려는 큰 광영이니 각 문중에서 문재가 탁월한 이들이 모여 밀고〔推〕 두드리고〔敲〕 밀고 두드리기를 거듭했을 테지."

김진이 고개를 끄덕였다. 나는 배앓이를 하면서 가다듬은 추측을 펼쳐 보였다.

"내 친구 화광은 큰길을 걸을 때도 가장자리로 가는 사람이지. 흩어진 불은 밟아 끄고 엎어진 신은 뒤집어 놓고 떨어진 종이는 주우면서, 팔뚝을 흔들지도 않고 소매를 드리우지도 않고 등을 굽히거나 가슴을 내밀지도 않고 머리를 이리저리 돌리거나 좌우를 흘끗흘끗 보지도 않지만, 내 친구 화광은 거리에서 벌어지는 많은 일들이 어디서부터 비롯되었는가를 차근차근 따져 안다네. 그 입술에 흔들리는 옅은 미소나 작은 손짓 하나도 충분히 고민한 후에 나온 흔적들이지. 뒤죽박죽 섞인 채 관례에 따라 떠밀리는 일은 못 견뎌 하는 병을 앓고 있다더군."

"중증이로세."

"또한 그 친구는 말이 번다하면 일을 그르친다고 믿지.

간명함이 지나쳐 말 한 마디 않고 열흘이나 보름을 지나는 것은 흔한 일이네. 그 누구보다 음설(淫媒), 패란(悖亂), 탄망(誕妄), 기산(譏訕), 기사(欺詐), 과장(誇張), 원한(怨恨)에 젖은 이야기를 많이 알고 있으면서도 제 입으로 옮기는 법이 없으니, 음탕하고 황망한 말들이 이 친구 가슴에 쌓여 썩지나 않을까 걱정일세. 화광, 자넨 죽은 김아영을 예전부터 알고 있었던 게야. 그렇지 않은가? 혹시 먼 친척이라도 되는가?"

"청전, 자넬 속이진 못하겠군. 맞네. 난 김 씨와 딱 한 번 만난 적이 있으이."

"언제였나? 적성에서 만났는가?"

"아닐세. 2년 전 동짓달, 송악에서였지."

"송악이라. 2년 전 동짓달이라면 자네가 유리창에 갔을 무렵 아닌가?"

"그렇네. 검서관들로부터 서책 목록을 따로 받아 떠났지. 『고금도서집성(古今圖書集成)』 5022책을 정유년(1777년)에 들여온 이래, 대국으로부터 서책을 사 오는 일은 규장각 서리가 맡은 가장 중요한 업무였다네. 송악에 이르렀을 때 낯선 여인으로부터 만나고 싶다는 연통을 받았으이."

"기이한 일이로군. 내외 구별이 엄하거늘 어찌 참판 댁 종부가 먼저 연통을 넣는단 말인가? 남편 임거용과 사별한

지 아직 1년도 지나지 않았어. 탈상도 하기 전에 외간 남자를 만났다! 허어, 그래 자넨 덥석 그 청을 받아들였는가?"

"아닐세. 거절했으이. 그이가 상중인 줄이야 몰랐으나 유리창 가는 길에 뜻하지 않은 만남을 만들고 싶지 않았네."

"자네답군."

"한데 다시 보낸 음서(音書, 편지)를 읽고서는 마음이 바뀌었지."

"다시 보낸 음서라……. 사내를 만나고픈 간절한 바람이라도 담았던가?"

"음서에는 딱 여섯 글자만 적혀 있었으이. 『역상고성 후편(曆象考成後編)』."

"역상고성 후편? 그게 뭔가?"

"대진현(戴進賢, 예수회 선교사 쾨글러의 중국 이름)이 임술년(1742년)에 편한 역법서(曆法書)라네. 초정 형님도 이 서책을 꼭 구해 달라 하셨지. 적성 궁촌에서, 그것도 아녀자가 어찌 이런 서책을 알까 궁금했네."

"5년 전 규장각에 들면서부터는 서쾌 일은 그만둔 줄 알았네만……."

"그랬지. 규장각에 필요한 서책을 사 오는 데도 시일이 빠듯하니까."

"만나 보니 어떻던가?"

침묵이 나비처럼 떠돌았다. 눈을 감고 고개를 약간 든 김진은 첫 만남을 찾아가는 중이었다.

　"활기로 가득 찬 여인이었네. 단정하고 말을 아꼈으나 크고 반짝이는 눈망울은 세상을 향한 호기심을 감추지 못했지. 배움도 깊어 우리가 백탑 아래에서 읽은 서책들을 두루 섭렵하였더군. 지금까지 우리나라에서 나온 서책 중 셋을 꼽아 보라 하였더니, 도학에서는 『성학집요(聖學輯要)』, 경제에서는 『반계수록(磻溪隧錄)』, 방술에서는 『동의보감』을 주저 않고 택할 정도였네. 특히 천문 역법에 밝아서 『의상법식(儀象法式)』, 『측량법의(測量法義)』, 『칠정산외편(七政算外篇)』, 『서양신법역서(西洋新法曆書)』의 서목과 문장들을 줄줄 외웠어. 거극도(去極度, 하늘의 북극에서부터 잰 각도를 측정하는 법)에 대해서도 집요하게 묻더군."

　"어디서 그 공부를 다 했다던가?"

　"거기까진 묻지 못했네. 은밀히 대국을 오가는 장사치가 한 해 수백 명인데, 백탑 아래에서만 새로운 가르침과 배움이 일어나란 법은 없겠지."

　"화광 자넬 어찌 알고 연통을 넣었지?"

　"내가 대국에서 들여온 서책을 그이가 되산 적이 몇 번 있더군."

　"그렇듯 대국 사정에 밝다면 직접 아랫사람을 부려 서

책을 구하면 될 일 아닌가? 구태여 자넬 통할 까닭이 무엇이 있겠나?"

김진이 양손을 맞잡으며 가볍게 비볐다.

"날카로운 지적일세. 나 역시 그렇게 물었네. 아닌 게 아니라 두 번이나 하인들을 유리창에 보냈다더군. 한데 그들이 사 온 『역상고성 후편』이 낙본(落本)이었다는 게야. 유리창 서적상들이 장난을 친 게지."

"서책을 구해 주었는가?"

"유리창에서 어렵게 세 질을 구하여, 한 질은 초정 형님, 또 한 질은 김 씨, 마지막 한 질은 내가 가졌지."

"서책을 직접 건넸나?"

"아닐세. 의주 용만관(龍灣館)까지 곰보 하인이 마중을 나왔더군."

"요약하자면 이런 건가. 화광 자넬 상중에도 찾아와 대국 역법서를 구해 달라 청할 만큼 당당하고 총명한 여인이 자살 따위를 했을 리 없다고 믿는 게로군."

"자고로 세상에 관심 많은 사람치고 스스로 목숨 끊는 이를 보지 못했네."

"처음 만나는 사내에게 본심을 드러내는 여자도 없지."

"후후! 자네 생각도 무리는 아니지만, 김 씨는 정말 어제보다는 오늘, 오늘보다는 내일을 기대하고 있었네."

감춘 것이 더 있다는 의심이 들었다.

"어찌 그리 확신하나?"

김진은 맛 좋은 풀을 혀 아래 넣고 한참 동안 오물거리며 음미하는 암소처럼 시간을 끌었다.

"책값 때문일세."

"책값이라니?"

"그이는 내게 책값으로 은전 100냥을 치렀다네."

"100냥이나! 아무리 귀한 서책이라 해도 과하군."

"그렇네. 초정 형님께 받은 값이 은전 열 냥이니, 열 배를 낸 걸세."

"책값 비싸게 치른 일과 자살하지 않으리라는 확신이 무슨 상관인가? 은전 많이 챙겨 자네만 좋았겠군. 터무니없는 책값을 받아 폭리를 취하는 서쾌가 있다더니 자네가 바로 그 잔당일세그려."

김진이 내 농담을 미소로 받으며 답했다.

"이렇게 많이는 받지 않겠다고, 은전이 든 교피함(鮫皮函)을 내동댕이치기까지 했다네. 곰보 하인 왈 새아씨께서 부탁할 일이 앞으로도 많을 듯하니 받아 두시라 말씀하셨다지 뭔가. 그렇게 배포가 크고 앞날에 투자하는 이는 스스로 목숨을 끊지 않는다네."

"살해당했단 말인가? 흉배가 침입하여 김아영을 죽였다

고 보는 게야? 그런 일이 일어났다면 적성현 전체가 발칵 뒤집혔겠지. 자진한 게 분명하니 열녀로 정려해 달란 글까지 올리지 않았겠는가. 사건을 뒤집어 살피는 게 자네 특기인 줄은 아네만, 이번엔 그런 억측 말게."

"처음부터 면밀히 조사할 필요가 있겠지. 쉬고 있게. 잠시 살펴보고 연통을 주겠네."

김진이 나간 후 목침을 베고 누웠다. 간들바람이 꽃그림자 품은 호수처럼 내 몸을 감쌌다. 풀 향기 물씬물씬 발끝에 머물고 나무 내음 솔솔 두 뺨에 닿았다.

눈 붙이기 전 잠시라도 김아영 일을 고민하겠다던 결심은 이내 무너졌다. 양털구름 속으로 한없이 가라앉았다가 문득 꿈을 꾸었다.

우루루 차르르르, 파도 소리 들리고 깎아지른 절벽 끝에 한 여인이 서 있었다.

'물러서시오. 위험하오.'

여인은 오히려 한걸음 더 나섰다. 엄지발가락은 이제 죽음을 향해 까딱거렸다. 내 뺨에 무엇인가 떨어졌다. 하늘을 보았다. 구름 한 점 없는 창공. 빗방울이 아니다. 바닷물도 아니다. 짭쪼름한 물구슬은 그녀의 눈물이었다. 마파람에 날려 내 뺨에까지 닿은 것이다.

'당신이 지닌 슬픔, 고통, 아픔 모두 받아 주리다. 물러나

오. 제발!'

이름을 부르고 싶었지만 기억나지 않았다. 오늘 처음 만나는 여인인지도 몰랐다.

나를 향해 돌아섰다. 고개를 숙인 채 품에서 은장도를 꺼내 내려놓았다. 양손을 눈썹까지 올려 맞잡고 나를 향해 큰절을 올렸다.

'이리 와. 살아야지.'

내 부르짖음이 반말로 바뀌었다. 큰절 마치고 일어서던 여인과 눈이 마주쳤다. 처음 보는 얼굴이다.

"나리. 도사 나리 계시옵니까?"

간드러진 음성이다.

"누, 누구요?"

눈 비비며 일어나 문을 반쯤 열다 말고 다시 닫았다. 가마솥더위에 나도 모르게 윗옷을 벗어젖히고 있었던 것이다.

"잠시만 기다리게!"

서둘러 의관을 챙겨 입고 방문을 열었다. 갓 스물을 넘겼을까. 코가 크고 입술이 두툼한 관기가 옷고름을 입에 댄 채 방그레 웃었다.

"무슨 일인가?"

"소녀 추선(秋仙)이라 하옵니다. 도사 나리께 전해 드릴 간찰이 있어 왔사옵니다."

김진 얼굴이 퍼뜩 떠올랐다. 나는 주위를 살핀 다음 말했다.

"일단 들어오게."

"간찰만 전하고 소녀는 다시 설마령으로 가야 하옵니다. 오늘 거기서 향청(鄕廳, 향반이 머무는 곳 또는 고을 수령을 보좌하는 향반 조직) 어르신들이 모여 궁술 시합을 하거든요."

"들어오래도."

나는 손목을 끌다시피 관기를 방으로 불러들였다. 추선은 못 이기는 척 내 가슴에 머리를 붙이며 따라 들어왔다.

"곤히 주무셨던 모양이네. 호접지몽(胡蝶之夢) 방해해서 송구스러워요. 곧장 이걸 전하라 신신당부하는 바람에……."

손에서 서찰을 빼앗아 펼쳤다. 예상대로 곧고 맑은 낯익은 필체였다. 서찰을 내려놓고 말했다.

"이제 그만 물러가게."

추선이 볼멘소리를 했다.

"고놈을 은밀히 전하면 도사 나리께서 한 냥은 주실 거라 하셨어요."

'당했군. 친구, 이런 와중에도 장난을 치는가.'

나는 그 손에 아까운 돈 한 냥을 쥐여 주었다. 추선은 치마를 살랑살랑 흔들며 일어서더니 색이 뚝뚝 떨어지는 눈으로 말했다.

"나리! 모기 파리 날뛰는 여름밤 참기 힘드시거들랑 추선이 기억하세요. 나리 모실 준비를 진작 마쳤으니 단속곳 고쟁이 속속곳 다리속곳까지 벗어 두고 기다릴게요."

"알겠네. 추선이, 꼭 기억하지."

관기를 내보낸 후 다시 서찰을 폈다.

미행 조심하며 빠져나오게. 객사를 나서자마자 수상한 녀석들이 뒤따르더군. 신문에서부터 쫓아온 놈들일 수도 있고 질청에서 몰래 우리 동태를 살피는 것일 수도 있네. 지금으로선 후자인 듯하이. 조심하게. 어떻게 자네에게 서찰 전할까 고민하는데, 마침 유산가(遊山歌) 흥얼거리며 설마령에서 돌아오는 관기가 눈에 들더군. 운우지락일랑 나중으로 미루고 서둘러 오게. 설마령 아래 청학동(靑鶴洞)에서 기다림세. 뒷마당에 곰바위가 있는 주막을 찾게. 주모에게 몇 푼 쥐여 주면 내가 머무는 곳으로 안내할 걸세.

밖을 살펴보니 과연 담장을 기댄 참나무 뒤에서 족제비처럼 얼굴을 내미는 놈들이 있었다.

'고얀! 감히 의금부 도사를 감시하다니.'

이덕무가 손보기 전에 내가 먼저 혼을 내고 싶었지만 지

113

금은 몰래 객사를 빠져나오는 것이 급했다. 소매에서 표창 하나를 꺼냈다. 태연히 방문을 열고 마루로 나가 신을 신었다. 그때까지도 주위는 고요했다. 섬돌 위로 두 발을 딛기가 무섭게 표창을 날렸다. 내가 날린 표창은 참나무 가지 두 개를 우지끈 부러뜨렸다. 떨어진 가지에 맞은 사내 셋이 머리를 감싸 쥐고 일어섰다. 나는 다시 표창을 들고 던지는 시늉을 했다. 녀석들은 살 맞은 뱀처럼 냅다 달아났다. 나는 방금까지 녀석들이 숨었던 곳으로 걸었다. 나무 줄기를 발바닥으로 밀며 공중제비를 돌아 벽을 뛰어넘었다. 남쪽으로 힘껏 내달리기 시작했다.

청학동 곰바위 주막은 찾기 쉬웠다. 설마령을 오르내리는 사람들이 밤낮없이 붐비는 곳인 데다, 분홍 무궁화로 울타리를 두른 것이 특이했다. 주모는 내가 내민 엽전을 속치마에 숨긴 후 시큼한 탁주 냄새 올라오는 입을 내 뺨에 갖다 대고 속삭였다.

"소마동(所磨洞)으로 가세요. 고을로 들어서자마자 왼편에 신당이 있어요."

"소마동이 어딘가?"

"지나쳐 오지 않으셨나요? 예서 북쪽으로 10리만 가세요."

객사에서 청학동이 남쪽으로 15리니 5리만 걸었어도 소마동에 닿을 수 있었다. 10리를 되돌아가는 동안 상투 밑까지 분이 치밀어 올랐다. 처음부터 소마동으로 오라 할 일이지 청학동까지 다리품을 팔게 한 까닭이 뭔가. 낯선 동네에서 낯선 길을 걷는 것은 불안하고 불쾌했다.

소마동에 이르자 해가 완전히 졌다.

마을 들머리 까치박달 아래에 과연 신당이 있었다. 왼쪽으로 꺾어드는데 낯선 손이 어깨를 짚었다. 그 팔목을 비틀며 몸을 빙글 돌렸다. 사내는 으윽 소리와 함께 허공에서 한 바퀴 맴을 돌고 쓰러졌다. 나는 달려들어 뒷목을 두 손으로 움켜쥐고 눌렀다.

"넌 누구냐?"

"이, 이것 좀……. 소생 임거선(林居善)이라 합니다. 규장각 나리가…… 도사 나리를 모셔 오라고."

김진이 보낸 사람이었다. 사내를 일으켜 세웠다. 양 볼에 여드름 붉게 핀 스무 살도 안 된 청년이었다. 뒤로 넘어간 찌그러진 갓을 도로 씌워 주며 사과했다.

"미안하게 됐소만 그대 잘못도 있소. 밤길에 아무 말도 없이 손부터 뻗으면 누구라도 이랬을 게요."

임거선은 오른손으로 뒷목을 꾹꾹 누르며 답했다.

"미리 약조했다 하셨습니다. 아닌가요?"

'화광 이 친구, 장난이 과하군!'

"미안하오. 내가 깜빡 잊었군. 화광은 대체 어디 있소? 저기서 기다리는 게요?"

임거선은 신당 앞에서 펄럭이는 붉은 깃발을 경멸에 찬 눈으로 노려보았다.

"당치도 않습니다. 어찌 공맹지도를 닦는 학인이 신당 출입을 할 수 있겠는지요? 규장각 나리는 늙은 바위 쓰러져 용 비늘 되고 구름 닿은 장송(長松) 용머리로 바뀐 용두산(龍頭山) 누옥에 계십니다. 글공부를 위해 소생이 잠시 은거하는 움막이지요."

"용두산? 그 산은 예서 또 얼마나 가야 하오?"

"관아에서 서쪽으로 8리 정도니, 넉넉잡고 15리만 걸으면 되겠습니다."

'15리!'

숨이 막혔다. 아예 적성현을 한 바퀴 돌라는 편이 낫다.

엎친 데 덮친 격으로 용두산이 가까워지자 비까지 내렸다. 설마령에서는 미리내를 보았는데 용두산에서는 된비를 맞는 것이다.

"걸음을 빨리하셔야 할 듯합니다. 쉽게 그칠 비가 아닙니다."

임거선이 성큼 머리 위까지 자란 검종덩굴을 헤치며 나
갔다. 나는 진창을 피해 발을 놀리면서 물었다.

"열부 김 씨와 어찌 되오?"

임거선이 답했다.

"형수님이십니다."

"그럼 당신이 임거용의 하나뿐인 아우란 말이오?"

"예."

"왜 심심산중 움막에서 글공부를 하는 게요? 임 참판 정
도 명망과 재력이면 도성 남촌(南村) 좋은 선생 밑에서 수
학할 수 있을 터인데……."

"형수님은 소생에게 항상 이렇게 말씀하셨지요. '목표를
높이 세우세요. 도학은 공맹을, 문장은 반마(班馬, 반고와 사
마천)를, 시는 이두를, 글씨는 종왕(鍾王, 대서예가 종요와 왕희
지)을 바라보세요. 또래 서생들과 어울려 헛된 경쟁으로 시
일을 낭비하지 마세요. 공부란 모름지기 저고리 소매를 새
까맣게 물들일 때까지 홀로 배우고 익혀 깨치는 것이랍니
다.' 물론 적성에서 조금 여유가 있는 사(士)와 대부(大夫)
자제들은 도성으로 가지요. 아버지도 여러 번 소생에게 떠
날 것을 권하셨습니다. 필동에 와가까지 마련하고 언관을
역임한 훌륭한 스승까지 구해 주셨습니다만 소생 이곳에
머물렀습니다."

"이유를 물어봐도 되겠소?"

"글공부는 형수님 도움으로도 충분하니까요."

"김 씨 시문이 뛰어나단 소린 낮에 임 참봉에게 들었소만, 여자는 여자 아니오? 어찌 아녀자 밑에서 글공부를 하겠소?"

"아닙니다. 형수님 학덕은 이곳 적성에서도 가장 깊고 넓으셨지요. 초목, 금수, 충어에 이르기까지 모르는 것이 없으셨으니까요. 참봉 아저씨도 모르는 서책들을 형수님은 훤히 꿰고 계셨답니다. 시문뿐 아니라 소설도 즐겨 읽으셨지요. 『구운몽(九雲夢)』이나 『사씨남정기(謝氏南征記)』는 시종(始終)을 외우시고, 『소현성록(蘇賢聖錄)』과 『수호전(水滸傳)』, 『이충렬전(李忠烈傳)』, 『설성대전(薛成大傳)』, 『운장비록(雲長秘錄)』도 거듭 읽으셨어요."

낯익은 제목들이었다.

"『이충렬전』과 『설성대전』, 『운장비록』이라면 능지처참당한 청운몽이 지은 소설 아니오? 청운몽이 죽은 후 그 소설은 땅 밑에 묻혔다오. 부인은 그 소설을 지은 매설가가 청운몽이란 사실을 알았소?"

"매설가의 삶과 소설은 별개라고 하셨지요. 이백이 아무리 소나기술에 대취하여 실수를 많이 했어도 그가 이룩한 시의 경지는 무너지지 않는다 하셨습니다. 형수님은 경사

(經史)에 밝을 뿐만 아니라 서책을 읽을 때 꼭 지켜야 할 일들까지 세심하게 가르쳐 주셨죠."

나는 짚이는 대목이 있어 재빨리 물었다.

"서책을 읽을 때 지킬 일이라 하였소?"

"가령 이런 것들이지요. '손가락에 침 묻혀 책장 넘기지 말라. 손톱으로 긁지 말라. 책장 접어 표시 말라. 땀 난 손으로 서책 들지 말라. 베고 눕지도 말고 팔꿈치로 괴지도 말고 술항아리 덮지도 말고 던지지도 말고 다리 사이 끼우지도 말라. 서책 휘둘러…….'"

"창이나 벽에 묻은 먼지 털지도 말라."

임거선이 놀란 눈으로 물었다.

"나리가 어찌 아십니까?"

이덕무가 지은 『사소절』에서 내가 즐겨 외우는 청언(淸言)이었다. 죽은 열부 김아영은 백탑 서생 시문까지 두루 독파한 것이 분명했다.

김진이 잘못 짚은 게 아닐까. 임태명과 임거선이 들려준 이야기만 보아도 김아영은 열녀가 되고도 남을 사람이 아닌가.

"눈이 녹기도 전에 입산하였다 들었소만?"

"올여름만 산에서 지낼 계획이었죠. 형수님과도 의논을 마쳤습니다. 무더위를 피하고 이런저런 만남도 끊기 위함

119

이지요. 형수님께서 돌아가시는 바람에 마음도 잡히지 않고……. 장례를 치르자마자 곧바로 입산했습니다."

"참판 대감께서도 그리 하라 권하셨소?"

"아버지는 지금도 남촌행을 원하십니다. 아직 겨울에 산에 든 것은 어디까지나 제가 내린 결정이죠. 집에 남아 있어 봤자 형수님 생각에 서책을 못 읽을 것 같았고…… 형수님 시신을 처음 발견하신 어머니도 속히 어디로든 나가라 하셨고……. 형수님을 진정으로 기리는 일이 무얼까 생각했지요. 용문에 올라 금의환향하는 것뿐이었습니다. 아, 조심하세요. 여긴 각진 돌이 유난히 많습니다. 잘못 발목이라도 삐끗하는 날엔 밤새 비를 맞으며 웅크려 있어야 해요. 다 왔습니다. 저 모롱이만 지나면 움막이 나옵니다."

"호랑이 날아 내릴 것 같은 된비알에서 홀로 지내다니 참으로 대단하오. 이만한 담력이면 앞으로 큰일을 하고도 남을 게요."

"과찬이십니다. 이게 다 씩씩하고 삼가면 나날이 강해지며 안일하고 방심하면 나날이 게을러진다는 형수님 가르침 덕분이지요. 작은 불편함을 견디지 못하고 작은 분노를 참지 못한다면 어찌 사내라 할 수 있겠는지요."

역시 김아영은 전에 담긴 대로 열녀가 되고도 남을 만큼 행실이 바르고 배움이 깊은 여인이었다. 내일 당장 참판

임호를 만나 조사를 마무리 짓고 상경하여 남영채와 야소
교도를 쫓고 싶었다.

"자, 바로 저깁니다. 가시지요."

작달비 속에 희미한 불빛이 보였다. 굽바자(작은 나뭇가
지로 엮어 만든 작은 울타리) 속 움막이 병풍처럼 뻗은 바위를
등지고 앉은 덕분에 가까이 다가갈수록 바람이 잦아들고
빗방울도 약해졌다. 몸을 푸르르 떤 후 임거선을 따라 움
막으로 들어섰다.

"도사 나리를 모셔왔습니다."

흔들리는 조형등(鳥形燈) 아래에는 아무도 없었다.

"나리, 어디 계십니까?"

서안에 놓인 우서(羽書, 서찰)에 눈이 갔다. 임거선은 고
이 접은 우서를 내게 건넸다.

급무(急務)가 있어 진주로 떠나네. 자넨 내일 규장각으로
돌아갔다가 형암 형님 부임하실 때 동행하도록 하게. 세세
한 이야기는 그때 만나서 함세. 어떤가, 적성 풍광이 과연
좋지?

7

칠월 오일 밤을 용두산 움막에서 지새운 후 바라지(바람
벽 위쪽에 낸 자그마한 창)로 햇빛 한 줌 드는 닭 울 녘에 도성
을 향해 떠났다. 남의 집에서 잘 때는 편리함을 구하지 말
고 주인 뜻을 따르라 했지만, 모기와 벼룩, 이를 쫓으며 어
둠을 견디기란 쉽지 않았다.

규장각 검서관들은 송나라 사서(史書)를 가득 펼쳐 놓고
고양이 걸음으로 이리저리 옮겨 다니며 표를 그리고 문장
을 대조하는 중이었다. 박제가의 걸음은 빠르고 날렵했으
며 이덕무의 발놀림은 조용하고 부드러웠다. 무거운 서책
예닐곱 권을 치우니 세 사람이 앉을 만한 자리가 마련되었
다. 책 먼지가 심했지만 두 검서관은 대수롭지 않게 받아
들였다. 목수가 나무 먼지를 삼키고 사기장이 흙먼지를 마

시듯, 검서관이 책 먼지와 사귐은 당연하다고 했다. 세월에 묻혀 깊이 잠자던 서책이 기지개를 켜는 것 같아 오히려 반갑다는 농담까지 곁들였다. 규장각 그늘 아래 자리 잡은 5년 동안 그들이 얻은 것은 잔기침과 어깨 결림과 가끔 희뿌연 거품까지 섞인 가래였다.

"김 씨가 자진한 현장엔 가 보지도 못했습니다."

이덕무와 박제가는 덤덤하게 받아들였다.

"쉬이 끝날 일이 아닐세. 참판 임호라면 경기도 관찰사도 함부로 못하는 실력자 중 실력자야. 한때 집안 형편이 어렵다는 풍문이 돌았지만 명망만큼은 기호(畿湖)에서 최고라네. 그 집안 종부를 심찰하는 일인데 하루 이틀 만에 끝이 나겠는가? 화광이 황곡(黃鵠, 한번 날면 천 리를 가는 새)을 흉내 내어 진주로 갔다니 뭔가 소득을 가져오겠지. 자넨 잠시 금오에 머무르다가 보름 후에 나랑 같이 적성으로 가세."

"보름이나 더 도성에 머물러야 합니까?"

"그렇네. 『어정송사전(御定宋史筌)』 40책을 다시 고치라 명하신 건 자네도 알지? 초정을 중심으로 검서관들이 전체 편제와 오자를 살피는데 아무래도 시일이 걸릴 것 같네. 기초 작업이 끝나면 나머지는 적성을 오가며 일일이 살필 계획일세. 적어도 삼사 년은 걸릴 것 같으이."

"처음부터 끝까지 모든 문장의 강약과 청탁(淸濁)을 다 듬을 작심이시군요."

"그렇다네. 다듬는 것뿐만 아니라 몇몇 열전(列傳)은 내 가 직접 지어야겠어. 아직 구상 중이네만 요열전, 금열전, 몽고열전, 고려열전 등은 꼼꼼히 살필 부분일세."

어명을 받들어 최선을 다하는 자세는 늘 존경스럽다.

"소장은 오늘 다시 적성으로 내려가겠습니다."

이덕무가 반대 의견을 냈다.

"화광이 자넬 상경하라 했다면 필시 곡절이 있을 게야."

"아닙니다. 하루 정도 지체하는 거라면 괜찮지만, 보름 이나 세월을 헛되이 보낼 수는 없지 않습니까? 혼자라도 임 참판에게 가 볼까 합니다. 그 집 가솔도 두루 만나겠습 니다."

박제가가 미간을 찡그렸다.

"덫인 줄 알고도 발을 집어넣겠다 이건가?"

"덫이라니요?"

두 눈 크게 뜨며 되물었다.

"몰라서 묻는 겐가? 한 여자가 대들보에 목을 매 죽었 네. 이 일을 조사해야 하는 관원이라면 가장 먼저 어디로 달려갈까?"

"당연히…… 목을 맨 처소겠지요."

"화광은 그리로 가지 않고 임 참봉 초려와 용두산 움막만 기웃거렸으이. 왜 그랬겠나?"

"그거야 전을 지은 임 참봉을 만나고 또 가장 가까웠던 시동생을 만나⋯⋯."

얼버무릴 수밖에 없었다. 언제나 사건 현장부터 샅샅이 훑던 김진답지 않은 처사이긴 했다.

"임 참판은 지난 이틀 동안 자네 두 사람이 오기만을 기다렸을 게야. 구렁이 제 몸 추듯 자랑거리를 완비해 두고 말일세."

"완비한다 하셨습니까?"

"그렇지. 김 씨를 열녀 만들기에 부족함이 없는 물증을 모아 두었겠지. 자네와 만날 종복들도 미리 가르쳐 입을 맞췄을 테고. 화광은 이를 눈치채고 임 참판 집엔 아예 출입을 아니 했던 걸세. 모르긴 몰라도 임 참판은 지금쯤 애가 탈 걸세. 자네들을 빨리 만나 일을 마무리하고 싶은데 둘 다 코빼기도 보이지 않고 적성을 떠났으니까."

이덕무가 거들었다.

"초정 말이 옳으이. 좀 더 시일을 두고 차차 다가가는 게 좋겠어. 괜히 서두르다가 곤경에 빠질 수도 있고."

김진 편만 드는 두 검서관을 번갈아 쳐다보았다. 은근히 오기가 생겼다. 그들 주장이 옳다 해도, 덫인 줄 알고도 발목을 일부러 집어넣는 계책 또한 있지 않겠는가. 김진이 없는 동안 나 혼자 확실한 물증을 확보하고 싶었다.

"누가 감히 의금부 도사를 곤경에 빠뜨리겠습니까? 소장 표창 아직 녹슬지 않았습니다. 형암 형님! 일 다 보시고 오십시오. 먼저 내려가 있겠습니다."

"자넨 무슨 일이든 덤비려고만 들어 문젤세. 바둑은 두지 않음을 고상하게 여기고 거문고는 타지 않음을 묘하게 여기며 시는 읊조리지 않음을 기이하게 여기고 술은 마시지 않음을 흥취롭게 여긴다 했으이. 고요히 머물며 하지 않음의 아름다움을 되새기도록 하게나."

거듭 설득했으나 나는 고집을 꺾지 않았다. 오늘 밤은 이문원에 머물고 어둑새벽에 떠나라는 박제가의 마지막 권유도 거절했다.

바삐 돈화문을 나왔다. 마음은 벌써 신문을 지나 적성으로 향하고 있었다. 임 참판 집 대문을 열어젖히는 상상을 하며 정선방(貞善坊)으로 접어들 즈음 누추한 복색의 사내아이가 앞을 막아섰다. 나는 걸음을 멈추고 눈을 부라렸다.

"썩 비키지 못하겠느냐?"

사내아이가 손을 들어 길 옆 아름드리 느티나무를 가리켰다. 억센 가지가 들락날락 세상을 찌를 듯 힘이 넘쳤다. 나무 뒤에 서 있던 여인이 밝게 웃으며 손을 들어 보였다.

계목향이었다.

나는 급히 나무 아래로 걸어갔다. 계목향이 장의를 어깨까지 내리고 허리 숙여 인사했다.

"가을 중 나돌아다니듯 어딜 그리 바삐 가시는지요? 돈화문 앞에서부터 줄곧 따르며 말 붙일 기회를 찾았어요."

마음이 적성에 가 있어 주변을 살피지 못한 것이다. 정색하며 따져 물었다.

"내가 돌아온 건 어찌 알았소?"

입술을 바라보던 계목향이 어색한 미소를 지어 보였다. 말이 너무 빨랐던 것이다. 나는 다시 천천히 물었다.

"내가, 한양에, 돌아온, 걸, 어찌, 알았소?"

계목향이 그제야 답했다.

"판윤 대감께서 소첩을 은애하심은 나리도 아시지요? 사대문을 나고 드는 관원들 동정은 판윤 대감께 보고된다는 것 역시 아실 테고요."

"한성 판윤, 대감 명을, 받들어, 나를, 기다린, 게요?"

계목향이 행인들을 곁눈질하며 물었다.

"예서 계속 문답해야 하나요? 이야기가 길어질 듯하니 따르시지요."

나는 생파리 잡아떼듯 딱 잘랐다.

"공무 바쁘니, 다음 기회에 합시다."

뒤돌아서서 성큼 걸음을 내디뎠다. 그 순간 계목향이 흘리듯 뇌까렸다.

"급한 성미는 여전하시군요. 토악질한 음식을 치우고 백악 차디찬 계곡물에 바지를 빨아 모닥불에 말려 입혀 드렸는데, 고맙다는 인사 정도는 하셔야죠?"

걸음을 멈추었다. 얼굴이 화끈 달아올랐다.

'김진이 백악산 아래에서 나를 들쳐 업기 전에 계목향이 내 바지를 벗기고 아랫도리를 씻겼단 말인가.'

천천히 고개를 돌렸다.

"기억이 없소만, 그리 하였다면, 저, 정말 고맙소. 공무를, 마친 뒤에, 후사하리다. 그럼 이만!"

다시 걸음 떼려는 순간 계목향 음성이 또 귀를 파고들었다.

"적성 임문 종부 김 씨에 대해 더 알고 싶지 않으세요?"

나는 걸음을 멈추지 않을 수 없었다. 고개를 돌리자 내 눈을 보며 말했다.

"세 번 권하지는 않겠습니다. 소첩이 앞장설 테니 뜻이 있으면 따르십시오."

"김 씨를, 아오?"

계목향 걸음이 점점 더 빨라졌다. 나는 망설였다.

'김아영 때문에 나를 미행한 것이라면? 잠시만, 잠시만

들렀다 가자. 적성은 깊은 밤에 떠나도 늦지 않아.'

계목향은 신문과는 정반대 방향인 창선방(彰善坊)까지 단숨에 걸었다. 초교(初橋)를 지나자마자 좁은 골목으로 쏙 들어갔다. 급히 뒤따라 왼편으로 돌아드니 계목향이 허름한 쪽문 앞에 기다렸다가 문을 밀고 들어갔다.

섬돌 위에 신발을 벗고 방으로 올라갔다. 익숙한 냄새가 코로 파고들었다. 사방 벽을 가득 메운 서가가 내뿜는 서책 냄새였다. 그녀가 상석을 권했다.

"이쪽으로 앉으세요."

헛기침을 두 번 쏟은 후 봄 산 여름 강 가을 국화 겨울 폭포 아름다운 여덟 폭 병풍 뒤를 슬쩍 살폈다. 잡인이 숨어 있지나 않은지 확인한 것이다. 계목향이 서책 하나를 서안에 내려놓으며 말했다.

"소첩의 집이니 안심하세요. 부리는 아이 하나만 지금 부엌에서 주안상을 차리고 있지요."

"필요 없소. 하고픈, 말만 듣고, 일어나겠소. 김 씨하고는, 언제부터, 아는 사이요? 어찌, 알게 되었소?"

"답을 드리죠. 판윤 대감과 참판 대감은 팔촌 친척이기도 하지만 매달 두세 차례 음서를 주고받으며 시문을 논하는 막역한 사이지요. 저도 판윤 대감 따라 몇 번이나 적성을 내왕했습니다. 부인하고는 신행(新行) 와서 현고구례(見舅姑

禮)하는 모습부터 보았고 그날 이후 죽 알고 지냈어요."

"알고, 지냈다? 가까운, 사이였소?"

주안상이 들어왔다. 계목향이 은잔에 이화주(梨花酒)를 따른 후 답했다.

"의자매를 맺었다면 믿으시겠는지요?"

"의, 자매라 했소? 그것이, 가당키나, 한 일이오?"

계목향이 제 앞에 놓인 은잔에도 술을 채웠다.

"그렇지요. 임문 종부와 도성 해어화가 자매연(姉妹緣)을 맺을 수는 없다고 소첩도 말씀드렸지요. 부인은 선량한 웃음과 함께 '난 네 누이가 되고 싶은데 넌 아닌가 보지?' 하며 되물으셨어요. 그때부터 우린 언니동생이 되었지요."

"의자매를 맺기 전부터, 교유를, 했겠소이다. 어떤 식으로, 만났소? 적성으로, 김 씨를 찾아갔소, 아니면?"

"지금부턴 늘 부르던 대로 언니라 할게요. 괜찮죠? 우리 사이는 뭐랄까, 나비와 꽃에 비길 수 있겠죠. 나비 날아들 땐 세상 무엇과 바꿀 수 없을 만큼 기쁘고 머무는 동안에는 어찌 할 바 몰라 마음만 바쁘다가 훨훨 떠나 버리고 나면 그립고 애틋한 꽃의 심정을 아시나요? 언니는 문재가 참으로 출중했어요. 명유(名儒), 지사(志士), 고인(高人)의 시에 두루 밝았지만 멀게는 두시(杜詩, 두보의 시), 가까이는 대국 삼원(三袁, 명나라 시인 원종도·원굉도·원중도 형제를

이름)과 우리나라 사천(槎川, 이병연의 호. 영조 시절 최고 시인
으로 이름이 높았음)의 시를 으뜸으로 꼽았습니다. 소첩도 성
당(盛唐)과 만당(晚唐) 시라면 몇백 편 외우고 있고 또 공평
박아(公平博雅)한 두보와 이하(李賀) 시를 즐겼기에 곧 언니
와 뜻이 통했답니다. 언니와 한 이불 덮고 밤새워 시화(詩
話)를 나눈 적도 여러 번이었어요. 언니가 도성에 오실 때
면 이 작은 방에 머무르셨지요. 언니가 처음 방문을 열고
고운 발을 쏙 들이미셨던 겨울 저녁을 기억해요. 방금 나
리가 서책 냄새에 미소 지으셨듯 코를 킁킁 비비며 아이처
럼 좋아하셨죠. 또한 그 서책들이 전부 소설이란 걸 아시
고 더욱 환하게 웃으셨답니다."

"소설이라고, 했소? 저것들이, 몽땅, 소설이다, 이 말이
오?"

나는 일어나서 서가로 다가섰다. 손에 잡히는 대로 서책
을 꺼내들었다. 『태평광기언해(太平廣記諺解)』, 『창선감의록
(彰善感義錄)』, 『삼국지연의』, 『명행록』, 『비시명감』, 『옥원
재합기연(玉鴛再合奇緣)』, 『유효공선행록(柳孝公善行錄)』 등
조선과 대국의 뛰어난 소설들이 가지런히 놓여 있었다.

"나리도 이 작은 이야기들을 아시는군요. 소설을 즐기시
는 분을 만나니 더욱 기쁘네요."

나는 『소현성록』 권지십(卷之十)을 내려놓고 짐짓 이덕

무 흉내를 내며 딴전을 피웠다.

"소설을 좋아하긴, 누가, 좋아한단 말이오. 소설이란, 사람 마음을, 허탄하게 만드는, 어리석은, 이야기일 뿐이오. 나는, 평생, 네 가지 일을, 하지 않을, 결심을 굳혔다오. 바둑을 두지 않고, 소설을 읽지 않으며, 여색을 말하지 않고, 담배를 피우지 않을, 것이외다."

등 뒤로 다가선 계목향이 내가 내려놓은 『소현성록』을 손바닥으로 쓸어내리며 역공했다.

"견개(狷介, 절개가 굳어 굴종하지 않음)한 분이라 들었습니다. 낮밤 다투어 금오 일에만 매진하는 분이라 들었습니다. 세책방 오가며 소설 즐기시는 것이 유일한 취미라던데…… 아닌가요?"

계목향을 노려보았다.

"그대는, 대체, 누구요?"

계목향은 제자리로 돌아가 양손을 무릎에 가지런히 놓고 앉았다.

"벌써 잊으셨나요? 나리 아랫도리를 흐르는 계곡물에 씻어 드린 년입죠."

더 이상 이 방에 머물고 싶지 않았다. 계목향은 꽁꽁 싸맨 비단이불에 숨었고 나만 벌거숭이로 들판에 서서 마칼바람(차가운 북서풍) 맞는 기분이었다.

"김 씨와, 의자매 맺은, 사이다. 김 씨와, 당시 외우고, 소설 읽었다. 그게 다요? 나는 이만, 가겠소."

첫걸음을 떼려는데 계목향이 이화주를 내 은잔에 따랐다.

"자진하지 않았어요. 열녀로 칭송받기에 손색없는 언니지만 스스로 목숨을 끊은 건 아니에요."

"자진이 아니다? 어찌 확신하오?"

그녀가 서안에 놓인 서책을 왼손으로 어루만졌다.

"여기 물증이 있지요."

'물증!'

나는 허리 숙여 서책을 집어들었다.

『별투색전(別妬色傳)』.

처음 듣는 제목이었다. 세책방에 나고 드는 소설은 모두 통독하였다고 자부하는 나다. 김진도 때때로 내게 신작 소설에 대해 물을 정도였다. 오죽하면 내 별명이 설치(說痴)일까.

제목으로 보아 여인들의 경쟁을 그린 소설일 듯했다.

"이 소설이 어찌 김 씨가 자진하지 않은 물증이라는 게요?"

"맨 뒷장을 보시죠."

마지막 장을 폈다.

차설 마지막 날이라. 이비 이제 투색을 끝내려 하니 김

　문장을 끝맺지도 못한 채 겨우 한 줄만 채우고 나머지는
백지였다. 고개 들어 계목향과 눈을 맞추었다.

　"그래요. 아직 완성 못 한 소설이랍니다. 이제 영영 끝맺
지 못할지도 몰라요. 함께 소설을 지어 보자던 언니가 죽
었으니 소첩 혼자 마무리 짓는 건 큰 실례일 테니까요."

　"함께, 소설을, 지었단 말이오? 모든 걸, 밝히시오. 그대
가, 김 씨를 마지막 만난 게, 언제요?"

　"언니가 돌아가시기 열흘 전이에요. 저물 무렵 들르셨
죠. 그 밤 꼬박 새워 코끼리 입에서 상아 뽑고 무소 머리
위에서 서각(犀角) 잘라 팔며 산호 바다 수은 바다까지 구
경하고 왔답니다. 자세히 읽어 보면 아시겠지만, 이 서책에
는 유려한 언니 필체와 둔졸한 소첩 필체가 섞여 있죠. 언
니가 세필로 두어 바닥 적은 후엔 소첩이 넘겨받아 썼으
니까요. 언니 필체를 흉내 내려 애써도 나비 수염에 버마
재비 다리 신세를 면할 수 없었답니다. 줄거리를 의논하며
백지를 채우다 보니 금방 날이 새더군요. 그날 마무리를
하려 했는데 언니가 그러셨어요. 칠보 성장(七步成章, 일곱
걸음 안에 문장을 지음. 매우 빨리 글을 짓는 것)도 좋겠으나 한
번만 더 고민하자고요. 열흘 후에 만나 탈고의 기쁨을 나

누자 하셨답니다. 이 소설을 완성하기로 약조한 바로 그날 돌아가셨어요. 나리. 이제 소첩이 왜 언니가 자진하지 않으셨다 아뢰는지 아시겠지요?"

굵은 눈물이 두 뺨을 흘러 '끝내려 하니'와 '김' 사이에 떨어졌다. 나는 서책을 말아 소매에 넣고 계목향을 달랬다.

"방금 말한 것까지, 아울러, 조사하리다."

일어서려는데 계목향이 오른 팔목을 잡았다. 엉덩이를 뗀 채 놀란 눈으로 돌아보았다.

"오늘 적성으로 가시면 아니 되어요. 며칠 더 한양에 머무르세요."

즉답을 못하고 그녀 얼굴만 쳐다보았다.

"고백할 일이 더 있어요. 소첩을 용서하시겠다고 먼저 약조해 주세요."

"용서라, 하였소? 그대가 내게, 용서를 구할 일이, 무엇이오?"

"약조하시면 말씀드리죠."

"알겠소. 용서, 하리다."

계목향이 손바닥을 들어 보였다가 가볍게 주먹을 쥐었다. 갑자기 주먹을 뻗어 내 가슴에 갖다 댄 후 다시 폈다. 그 주먹이 가슴에 닿을 땐 움찔 어깨가 떨렸다. 야리야리한 주먹에서 오색 주머니가 나왔다. 온몸이 먹장 같아 부은 듯 검은 난쟁이가 유리창에서 선보인 요술과 비슷했다. 그때는 주먹에서 쥐도 나오고 옥반지도 나왔더랬다. 계목 향이 주머니를 열어 검은 환(丸)을 꺼냈다.

"그게, 뭐요?"

"소첩, 이 환을 태상주에 섞어 나리께 복통을 안겨 드렸답니다."

"무엇이라고?"

"대감께선 나리가 적성으로 곧 내려간다는 소식을 임참판께 알렸습니다. 판윤 대감께선 별다른 조사 없이 종부가 열녀로 정려되리라 장담하셨던 차였지요. 뜻밖의 상황에 두 대감 모두 당황하셨던가 봅니다. 곧 답장이 왔죠. 나리를 열흘 정도만 도성에 머물게 해 달라는 간곡한 부탁이 담겨 있답니다. 그때 소첩이 이 환을 보여 드렸죠. 팔이나 다리가 부러져 고생하는 것보다는 잠깐 복통에 시달리는 게 낫지 않겠어요?"

한걸음 다가서며 다그치듯 따져 물었다.

"이제 와서, 그런 고백을, 왜, 하는 게요? 그대는 판윤 대감이, 은애하는 해어화요. 내 어찌, 그대 말을, 믿겠소?"

"믿고 아니 믿고는 뜻대로 하세요. 이런 말씀 드리는 게 판윤 대감을 배신하는 일임을 잘 알지만 언니의 억울한 죽음을 밝히려면 나리께 고백할 수밖에 없었어요. 대감은 하루라도 빨리 언니 일을 덮고 싶어 하세요. 입으로는 철저히 조사해 달라고 말씀하셨지만, 설마 그 청을 곧이곧대로 믿는 건 아니시죠? 대감이 나리를 오래 잡아 두려 하시니 나리가 빨리 적성에 가는 게 좋겠다 여겼어요. 열흘 복통을 앓을 양의 절반도 못 되게 덜어 태상주에 섞었답니다. 물론 대감과 소첩은 미리 해독환(解毒丸)을 씹어 삼켰고요. 지금은 또 정반대 이유로 나리를 만류하는 거랍니다."

"정반대 이유?"

계목향이 고개 끄덕였다.

"아침에 적성에서 온 간찰을 받아 읽으시곤 혼잣말하시더군요. '사라졌다? 큰일이군. 하루빨리 돌아와야 할 텐데.' 서둘러 적성으로 가지 마세요. 나리가 적성에 나타나지 않을수록 걱정하는 쪽은 판윤 대감과 참판 대감이니까요."

8

『별투색전』은 놀랍고 흥미로운 만큼 힘겨운 소설이었다.

제목에 투색이란 두 글자가 담긴 소설답게, 소설에 등장하는 여인들이 각자 미모를 무기로 서로 다퉜다. 그 다툼은 『삼국지연의』에서 위촉오 삼국의 명장들이 전장으로 나아와 각 진의 선두에서 다채로운 무기를 들고 일 대 일로 겨루는 것처럼 호방하고 처절했다. 『삼국지연의』의 승패가 무공으로 갈린다면 『별투색전』에서는 미모가 최고의 기준이었다.

분량으로 따지자면 단권에 불과하니 세 번 통독해도 반나절이 걸리지 않는다. 나는 올해 들어서만도 스물다섯 권인 『성현공숙열기(聖賢公淑烈記)』, 거의 마흔 권에 달하는 『임씨삼대록(林氏三代錄)』을 독파하지 않았던가.

『별투색전』은 끝없이 이어진 고리 중 하나였다.

첫 장을 넘기기도 전에 서책을 덮고 깊게 숨을 들이마셔야 했다. 『사씨남정기』 여주인공 사정옥과 그녀를 따르는 여덟 여인이 한 편이라면, 『소현성록』의 여주인공 석숙란과 그녀를 따르는 여섯 여인이 또 한 편이었다. 이 열여섯 여인은 모두 세책방을 통해 널리 읽히는 소설의 등장인물이다. 다시 말해 『별투색전』은 다른 소설에 등장했던 여인들을 모아 이야기를 엮어 가는 특이한 소설이었다.

사정옥이나 석숙란처럼 성과 이름이 분명한 경우는 어느 소설에서 따왔는지 쉽게 확인할 수 있지만, '이 씨'나 '정 씨'처럼 성만 등장하는 경우는 어느 소설에 등장하는지 알 길이 막막했다.

『별투색전』을 정독하며 거기 나오는 여인들 이름을 일일이 백지에 옮겨 적다가 소광통교 세책방으로 향했다. 불현듯 3년 전 설렁설렁 읽었던 소설 하나가 떠올랐던 것이다. 그 소설 제목은 『여와전(女媧傳)』이다.

『여와전』도 『별투색전』처럼 소설 속 여주인공들이 등장하여 이야기를 풀어 가는 소설이었다. 책을 빌려 오자마자 『여와전』 말미를 펴고 순 임금의 두 아내가 황릉묘(黃陵廟, 소상강 근처 아황과 여영을 모신 사당)에서 거느린 여인들 명부를 확인해 보았다. 사정옥과 정 씨가 정숙비(貞淑妃)에 봉해졌고, 이 씨 두 명과 양백영이 효열비(孝烈妃)에 봉해졌으며, 최패염, 정숙렬, 조경아, 소월영도 명부에 이름을 올리고 있었다. 『별투색전』에 등장하는 사정옥과 여덟 여인이 『여와전』 말미 명부에 이름을 올린 아홉 여인과 동일한 것이다. 그러고 보면 『별투색전』은 『여와전』의 속편일 가능성이 컸다.

그로부터 이틀 동안 『별투색전』 대신 『여와전』에 매달렸다. 『별투색전』이 『여와전』에서 벌어진 사건들을 바탕으로 그다음을 잇는 속편이라면 『여와전』에 등장하는 인물들을 면밀히 살펴야 『별투색전』에서 툭툭 튀어나오는 황릉묘에서 전일 벌어졌던 사건들도 알 수 있기 때문이다.

역시 단권인 『여와전』은 『별투색전』보다 더욱 복잡하고 흥미로웠다.

여와가 태을단(太乙壇)에서 연회를 베푸는 것에서부터 이야기는 시작된다. 지상에서 올라온 낯선 기운을 살피니, 황릉묘에서 한당송명(漢唐宋明) 여인들이 아황과 여영 이비(二妃)를 모시고 투색 창업연(妬色創業宴)을 벌이며 각각 삼황 오제를 자칭하고 있었다. 크게 노한 여와가 문창, 문일 두 성군(星君, 별자리 또는 그 별을 다스리는 하늘나라 관리)을 보내니 그들이 기존 서열을 혁파하고 새롭게 아홉 여인을 명부에 올린다는 것이 소설의 전반부였다.

흥미로운 점은 황릉묘로 내려온 문창과 문일 역시 소설 속 등장인물이라는 사실이다. 문창은 『유씨삼대록』에 등장하였던 진양공주이고 문일은 『옥교행』에 등장하는 문성공주인데, 승천 후 옥황상제에게 각각 문일성과 문창성으로 중용된 것이다. 서열을 정하는 성군과 서열을 다시 받는 여인들의 행적이 모두 다양한 소설에서 확인되는 소설, 그것이 바로 복잡기이(複雜奇異)한 『여와전』이었다.

나는 그동안 읽어 온 소설들에 대한 희미한 기억을 더듬어 명부에 오른 아홉 여인부터 확인하기 시작했다. 『여와전』에 요약된 아홉 여인의 파란만장한 삶을 찾는 작업은 쉽지 않았다. 단숨에 찾는 여인과 눈을 맞추는 경우는 드물었고, 줄거리와 인물에 대한 잘못된 기억들 때문에 수십 권이 넘는 소설을 읽다가 덮고 다시 빌려 와야 하는 경우가 허다했다. 분명히 이 소설에서 본 듯한데도 여인들은 숨바꼭질을 하듯 꼭꼭 숨어 나오지 않았다.

아홉 여인을 담은 소설들을 그나마 확인한 데는 세책방 주인 쥐수염 영감 도움이 컸다. 키보다 높이 쌓인 소설 더미에서 어떤 작품을 고를지 몰라 울상을 지으며 서성거릴 때 친절하게도 몇몇 소설과 몇몇 장면을 지적해 주었던 것이다.

사정옥은 『사씨남정기』, 정 씨는 『유효공선행록』, 이 씨

두 명은 각각 『유씨삼대록』과 『현봉쌍의록』, 양백영은 『옥교행』, 최패염도 『옥교행』, 정숙렬은 『옥환빙』, 조경아는 『추학기』, 소월영은 『한씨삼대록』에서 각기 아름다운 얼굴과 맑은 목소리를 뽐냈다.

이 소설들을 일일이 검토한 후 세책방에 반납하니 해가 뉘엿뉘엿 지고 있었다.

'배불리 먹고 밀린 잠 실컷 잔 다음 어슴새벽에 적성으로 떠나자. 『별투색전』은 적성에 가서 다시 찬찬히 검토하면 돼.'

이렇게 마음먹고 가게를 나서는데 쥐수염 영감이 등 뒤에서 지나치듯 한마디 했다.

"명부에 오른 여인들만 찾습니까요? 명부에서 쫓겨나거나 벌 받은 여인들도 있던 것 같습니다만……."

손에 든 『여와전』을 허겁지겁 폈다. 과연 『여와전』에는 황릉묘 명부에서 쫓겨난 여인들도 있었다. 『소현성록』의 여주인공 석숙란은 정숙하고 현명한 여인으로 이름이 높았는데도 『여와전』에서는 삼왕(三王)의 지위에서 쫓겨났다. 『별투색전』에서 석숙란이 황릉묘 명부에 오른 여인들과 결투를 벌이는 것도 바로 이 축출의 부당함 때문이다.

'석숙란과 그녀를 따르는 여섯 여인은 『여와전』 명부에서 배제되거나 그 지위가 강등된 이들이 아닐까.'

꿀맛 같은 휴식은 다음 기회로 미루었다.

그 밤을 세책방에서 세우며 『여와전』을 다시 읽고 『별투색전』에 나오는 석숙란 편 여인들의 면면을 정리한 다음, 쥐수염 영감과 함께 다시 소설을 뒤지기 시작했다.

날이 훤히 밝을 때까지 소설을 옮기고 읽고 한숨 쉬고 탄성 지른 후 옮겨 적기를 반복했다. 그 결과 석숙란은 『소현성록』, 불교를 신봉한다는 이유로 황릉묘에서 축출된 윤혜영과 장단화는 각각 『소문록』과 『옥기린』, 가빙빙은 『빙빙전(聘聘傳)』에 등장하고 있음을 확인했다. 풍도옥에 갇히는 양태진(楊太眞, 양귀비)과 조비연(趙飛燕, 한 성제의 후궁)은 실존 인물이기도 하거니와 두 사람의 악행을 다룬 소설이 너무 많아 어느 소설 하나만을 연고로 삼기 힘들었고, 양선영이 활약하는 소설은 끝내 찾지 못하였다.

『별투색전』을 지은 매설가는 이 많은 소설을 두루 섭렵한 후에 책을 쓴 것이다. 대국 소설과 조선 소설 가리지 않고 쉼 없이 읽고 정리한 나날도 놀랍거니와 여자 등장인물들만 따로 발췌하여 한 편의 색다른 소설로 엮어 낸 솜씨가 대단했다. 김진이 『별투색전』에 대해 무엇이라 평할지 문득 궁금해졌다. 적성에 가서 함께 이 두 편을 검토하리라 마음먹었다.

쥐수염 영감에게 수고비를 주려 했지만 단골손님께 도

움 드린 것만 해도 기쁘다며 한사코 거절했다. 『여와전』빌리는 값도 받지 않으려 해서 잠시 실랑이를 벌였다.

몸은 피곤했지만 머리는 어느 때보다 맑았다. 『열녀전』에 등장하는 당찬 여인들과 휘몰아치듯 한뉘를 즐긴 기분이었다.

십칠일에 이덕무가 규장각 공무를 마무리 짓고 적성으로 내려가겠다고 아뢰니, 그동안의 노고를 치하해 납약(臘藥) 세 가지가 하사품으로 내려졌다. 안신원(安神元)이 두 알, 소합원(蘇合元)이 세 알, 사청원이 세 알이었다.

다음 날 도성을 출발하여 늦은 밤 상수역에서 쉬었다.

이덕무는 초행에 피곤할 텐데도 병야(밤 11~1시)까지 『근사록(近思錄)』을 읽었다. 내가 얼핏 잠에 빠질 때는 백록동규(白鹿洞規, 주자가 정한 백록동 서원의 규범) 외는 소리가 들렸던 것 같다. 어둑새벽에 눈을 뜨니 이덕무는 벌써 이불을 개고 의관을 갖춰 입은 후였다.

설마령은 당나라 장수 설인귀가 말을 타고 누빈 곳이면서 양주 백정 임꺽정이 도적들을 이끌고 자주 출몰하던 곳이기도 했다. 양주에서 연천으로 뻗은 능선은 이 세상 티

끌과 먼지 쓸어 버릴 듯 힘이 넘쳤다. 감탕나무, 측백나무, 노송나무, 녹나무 그늘에서 계곡물 맹렬히 울고 토끼 노루 두 눈 동그랗게 뜬 채 두리번거렸다. 돌길 따라 층층 바위 오를수록 상쾌한 기운이 더했다.

멀리 꺽정봉을 바라보며 이덕무가 물었다.

"혹시 한성 판윤과 특별한 인연이라도 있는가?"

"없습니다."

한성 판윤과 독락정에서 만난 일을 은근히 질책하는 것이다. 이덕무는 항상 에둘러 자기 생각을 드러냈다. 곰곰이 따져 보지 않으면 그 말에 숨은 뜻을 놓치기 쉬웠다. 나는 슬쩍 말머리를 돌렸다.

"형님은 일찍이 「향랑시(香娘詩)」를 쓰셨으니 열녀 살피는 일이 남다르시겠습니다."

경상도 선산(善山)에서 자란 향랑은 남편에게 매 맞고 쫓겨났다. 친정으로 갔으나 계모가 내치니 시집으로 되돌아가 문밖에서 종신토록 살기를 청하였다. 시부모가 그 청도 받아들이지 않자, 임오년(1702년)에 「산유화(山有花)」를 부르고 낙동강에 몸을 던졌다. 그 후 향랑은 선산 부사 조구상(趙龜祥)이 품신한 「의열도(義烈圖)」로 인해 열녀로 정려되고, 이후 여러 문인들에게 열녀 중 열녀로 칭송받았다. 이덕무 역시 화평하고 부드러운 성정을 지닌 깨끗하고 반듯한 여인이 남편에게 매 맞고 시댁과 친정에 버림받아 자살한 슬픔을 「향랑시」를 통해 곡진하게 그려 낸 적이 있다.

이덕무로부터 빌린 「의열도」의 자살 장면이 지금도 잊히지 않는다. 나무하는 계집은 지주비(砥柱碑, 야은 길재 유적비) 옆에 서서 낙동강 쪽을 바라보고, 양팔을 뻗고 거꾸로 뛰어내린 향랑의 정수리는 강물에 닿기 직전이었다. 삶에서 죽음으로 넘어가는 순간이다.

이덕무는 천천히 고개를 끄덕인 후 대국에서 들여온 구라원경(歐羅遠鏡, 유럽제 망원경)으로 주변 경관을 살피며 나아갔다. 나는 잠시 머뭇거리다가 좀 더 솔직해지기로 했다.

"계목향이라고 들어 보셨나요?"

"계목향? 처음 듣는 이름일세."

"판윤 대감이 은애하는 해어화입니다."

"해어화? 선연동(嬋娟洞, 평양 북쪽에 있는 기생들 무덤이 많은 곳)에 묻힐 이들과 특별한 인연을 쌓았는지 묻는 건가? 규장각에서 눈코 뜰 새 없이 지내는 걸 보고도 말이야."

청명한 몸가짐을 강조하는 이덕무는 기생과 어울릴 위인이 아니다.

"계목향이라는 기생이 내 얘길 하던가? 술이라도 한잔 올렸다고?"

"아닙니다. 그이가 지은 언문 소설에……."

나는 말을 잇지 못하고 잠시 이덕무 표정을 살폈다.

"소설 짓는 기생! 가관이로세. 고금 명시를 읊조리는 시기(詩妓)나 춤에 능한 무기(舞妓)는 들었지만 소설을 짓는 설기(說妓)가 있다는 소린 처음 듣는군. 판윤의 등글개첩(늙은이가 데리고 사는 젊은 첩)이 지은 소설이 왜? 그 허망한 소설에 형암 이덕무가 등장하기라도 한다던가?"

이덕무는 마음이 크게 상한 듯했다.

"아닙니다. 형님이 나오는 건 아닌데, 그 소설에 형님 문장이 몇 군데 보이는지라……."

"무엇이라고? 내 문장이 담겨 있다 이 말인가?"

"괴로우면 세밀해지고 즐거우면 거칠어지는 것이 마음이라는 문장도 있고, 처마에 흐르는 빗물은 새똥과 벌레집을 적셔 더러우니 그 물로 음식을 만들면 안 된다는 문장도 있습니다. 또한 돈이 있거든 종이를 사고 종이를 사면 책을 만들고 책을 만들면 격언을 적도록 하라는 가르침도……."

"그만!"

"……형님께서 계목향에게 서책을 빌려주시지 않았나 해서 여쭙는 겁니다."

"백탑 벗들에게 내가 쓴 청언(淸言)을 두루 읽히고 평을 받은 적은 있으이. 그때 누군가 필사한 문장들이 흘러 들어갔을 수는 있겠지. 내 문장이 언문 소설에 등장하다니 불쾌하군. 자네는 어쩌다가 해어화가 지은 소설까지 읽게 되었는가? 그이가 자네 동배주창(同杯酒娼, 술을 함께 마시며 정을 통한 기생)이라도 되는가? 언문 소설을 멀리하라 그렇게 일렀거늘 여전히 못된 버릇을 버리지 않은 게야?"

"정확히 말씀드리자면 이 소설을 지은이는 계목향 한 사람만이 아닙니다. 적성 열녀 김 씨, 김아영이 함께 지었지요."

"무엇이라고? 김 씨와 계목향이 함께 소설을 지었다 이 말인가? 참판 댁 종부와 해어화가 힘을 합쳐 헛된 이야기를 썼다는 걸 나보고 믿으라고?"

품에서 서책을 꺼냈다.

"여기 물증이 있습니다. 계목향이 소장에게 건넨 『별투색전』이지요."

"잠시 쉬세."

이덕무는 말에서 내려 그 서책을 넘겨받았다. 처음부터 꼼꼼히 서책 크기와 종이 재질, 필체를 살폈다.

"두 사람이 쓴 건 맞지만, 서책 어디에도 김 씨 이름은 없네."

"소설엔 매설가 이름을 적지 않습니다."

"그렇긴 하지. 자넨 이 소설을 계목향과 김 씨가 함께 지었다는 걸 어찌 알았나?"

"계목향이 소설을 넘기며 소장에게 밝혔습니다. 그 후로 여러 세책방을 돌며 혹시 비슷한 신작이 있나 살폈지만 없었습니다."

"계목향 말을 곧이곧대로 믿을 순 없으이."

"그렇긴 합니다. 이 서책에 두 사람 필체가 담겼고 그중 하나는 계목향 것이 분명합니다. 적성에 닿으면 김 씨가 남긴 글씨를 구해 심찰할 작정입니다. 여기 담긴 또 다른 필체가 김 씨 것이 맞다면 두 사람이 쓴 소설임이 분명해지겠지요."

"김 씨와 계목향 두 사람 필체가 맞다 해도 그들이 이 소설을 지었다고 속단하긴 이르네. 두 사람이 또 다른 매설가가 지은 소설을 베껴 적었을 수도 있으니까."

"그렇군요. 거기까지 염두에 두고 조사하겠습니다. 형님! 소설을 멀리하시는 건 알지만 한번 검토해 주시겠습니까? 소장이 읽은 어떤 소설보다 흥미롭습니다. 이 소설을 완전히 맛보려면 다른 소설을 열 편 이상 곁들여야 하지만, 이 소설만 읽더라도 뜻이 통하긴 합니다."

"흥미를 위해 소설 따위를 읽진 않네. 그럴 여유가 있으면 송나라 역사를 훑거나 역(易)의 오묘함을 되새길 걸세. 내 고을에서 열녀로 칭송되는 여인이 지은 소설이라니 넘

겨 보긴 해야겠군. 허탄하고 음란한 대목이 담겼다면 김
씨는 결코 열녀가 될 수 없네. 곧 읽고 돌려줌세."

"김 씨가 소설을 좋아했다는 계목향 말이 조금 의외이긴
해도, 전에서 칭송했듯 시부모를 극진히 봉양하며 가세를
일으켜 열녀로 손색이 없다는 사실은 틀림없는 듯합니다."

이덕무가 고개를 끄덕였다.

6년 전 백탑 아래에서 첫인사를 나눈 후 이덕무는 나를
친동생처럼 아꼈다. 담헌 선생이나 연암 선생은 존경하지
만 친하긴 힘든 분들이셨다. 초정 박제가는 때론 지나치게
날카로워 고민을 편히 털어놓기 힘들었고, 화광 김진은 이
유도 밝히지 않은 채 사라지거나 서재에 틀어박혀 나오지
않는 날이 많았다. 형암 이덕무만이 한결같은 웃음으로 맞
아 주었고 어리석은 질문에도 성실히 답하였으며 어렵게
필사한 서책들을 흔쾌히 빌려주었다.

서책이나 사물을 접하기 전에는 편견이 없는지 스스로
돌아보았으며, 살피기를 마친 후에는 처음부터 되짚어 실
수를 줄였다. 백탑 서생들 중 유독 이덕무는 언문 소설만
은 가까이 두지 않으려 했다. 청운몽처럼 친교를 나눈 매
설가가 없는 것도 아니건만, 내가 소설을 즐긴다는 풍문을
접한 후론 세책방 출입을 삼가라는 말과 함께 꼭 이야기를
즐기고 싶다면 사서(史書)를 읽으라고 권했다. 서로 공무가

바빠 중단하였지만『춘추좌씨전』을 읽기 위해 세 차례 대묘동을 들른 적도 있었다.

"일탈을 싫어하는 성품 탓일세."

글자를 추솔하게 날릴까 저어하여 초서 쓰기도 꺼리는 이덕무이니, 김진 주장에도 일리가 있었다. 주자의 서책 중에서도『소학』을 가장 아끼고, 스스로『사소절』을 지어 작은 예의 하나도 어기지 않으려는 학인에게 소설 속 인물들이 벌이는 장쾌한 일들은 받아들이기 힘들었으리라.『사소절』을 읽노라면 등이 꼿꼿하게 서고 눈이 맑아지며 입에서 향내가 나는 듯하지만, 나는 결코 삼천 가지 위의(威儀)만 따지며 늙고 싶지는 않다. 훨훨훨 비상하는 꿈을 포기하기엔 아직 젊다.

먼저 날려 보낸 염주비둘기 달마가 빙글빙글 맴을 돌고 있었다. 고갯마루에 누군가 있다는 신호였다. 표창을 소매에서 꺼냈다.

'양주와 적성에는 아직도 임꺽정 후예임을 자처하는 산적들이 무리 지어 다닌다고 했다. 신임 현감을 습격할 만큼 대범한 놈들일까?'

이덕무에게 물었다.

"형님! 설마령으로 누가 마중 나오기로 했습니까?"

이덕무가 내 눈을 들여다보았다.

"고갯마루에 낯선 자들이 있는 듯합니다."

"자네가 그걸 어찌 아는가?"

대답 대신 손을 들어 달마를 가리켰다. 이덕무가 혀를
끌끌 차며 고개를 두어 번 가로저었다.

"오지 말라 그리 일렀건만."

미리 연통을 받았던 모양이다.

"표창을 다시 소매에 넣게. 산적이 아니라네."

모롱이를 도니 고갯마루가 보였다. 두루마기를 갖춰 입
은 양반들이 앞 열을 차지했고 양손을 맞잡은 아전들과 더
그레 차림 나졸들, 녹의홍상 몸단장을 마친 관기들이 그
뒤에 열을 지어 서 있었다. 신임 현감을 맞이하기 위해 관
아에서 마중을 나온 것이다.

"괘씸한지고."

이덕무는 심기가 편치 않았다.

"예우를 하려는 것일 테지요."

"예우는 무슨. 상수역까지 오겠다는 걸 막았더니 기어이
저렇게 몰려들 왔군. 관아에서 공무를 봐야 할 사람들이
모두 나오면 누가 현민(縣民)을 돌본단 말인가. 어리석은지
고."

이덕무가 말에서 내리기도 전에 아전 하나가 양손을 다
람쥐처럼 모은 채 종종종종 달려왔다.

"어서 오십시오, 사또! 소생 이방 진독주(陳獨宙)입니다."

딸기코에 검은 구멍이 송송 뚫린 진독주는 넓은 이마와 뺨만큼이나 넉넉한 웃음을 흘렸다. 곧이어 아전들이 줄줄이 나아와 인사했다. 호방 황종석(黃宗昔)은 턱이 뾰족하고 눈이 매서운 여우상이었고, 예방 조충(曺忠)은 검게 썩어 들어간 이와 누런 안색 때문에 첫눈에도 골초임을 알 수 있었다. 병방 신익철(申翼哲)은 키가 크고 가슴이 두꺼웠으며, 형방 최승욱(崔昇旭)은 반대로 키가 작고 어깨와 목이 딱 붙어 거북을 닮았다. 마지막으로 공방 이학도(李學道)는 자주 눈을 끔뻑거리면서 할금할금 곁눈질을 하는 버릇이 있었다.

아전들이 인사 올리는 동안, 나는 스무 걸음쯤 뒤에 선 양반들을 살폈다. 서른 명이 훨씬 넘는 그들은 옷 자랑이라도 하듯 희고 깨끗한 두루마기에 크고 넓은 갓을 썼다. 중앙에 선 반백 늙은이는 도끼눈을 뜬 채 계속 밭은기침을 뱉어 댔다. 눈두덩에서 뺨까지 번진 검버섯과 왼쪽 귀밑에 작은 혹이 고집스러운 인상을 풍겼다. 관기들 뒤로 양반들이 타고 온 말과 가마, 100명 가까운 하인들이 보였다.

달마가 내 어깨에 내려앉았다. 볍씨를 내밀자 맛있게 손바닥을 쫀 후 다시 하늘로 날아올랐다. 설마령 주변을 돌며 잡인들을 살피기 위함이다.

질청 소개를 마친 진독주가 이덕무 눈치를 보며 한걸음 물러섰다. 아전들이 좌우로 갈라선 모양새가 그 사이로 양반들이 있는 곳까지 걸어가기를 원하는 듯했다. 낌새를 알아차린 이덕무가 고개 돌려 나와 눈을 맞춘 후 다시 짐짓 모르는 체하며 진독주에게 물었다.

"저치들은 누군가?"

진독주가 콧김을 품품 내뿜으며 답했다.

"좌수 어른과 별감 나리, 또 향청 어른들이십니다."

"향반들이란 말인가? 한데 왜 저렇듯 서서 날 노려보는 게야?"

예방 조충이 시커먼 이를 드러내며 답했다.

"좌수 어른이 설마령까지 마중을 나오셨으니 사또께서도 가서서 인사를 나누는 것이 좋을 듯싶습니다."

이덕무가 조충을 노려보며 꾸짖었다.

"누가 마중을 나오라 시켰더냐? 나는 은명(恩命, 왕의 관직 임용 명령)을 받들어 적성현을 맡아 다스릴 현감이다. 초모한사(草茅寒士, 재야의 가난한 선비)라면 당연히 현감에게 먼저 나아와 인사 여쭙는 것이 예의니라. 질청에 속한 아전들만 앞세우고 뒷짐 진 채 거드름을 피우는 까닭이 무엇인가? 사또를 능멸하려 듦인가?"

이방 진독주가 얼굴을 잔뜩 찡그리고 이덕무의 뜻을 전

하기 위해 양반들에게 갔다. 그사이 호방 황종석이 날카로운 턱을 주억거리며 입을 열었다.

"사또! 작년 섣달에 전임 현감 떠나시고 감영에서 관원들이 오가긴 했지만, 일곱 달 넘게 좌수 어른께서 현감 공무를 대신 맡아 하셨습니다. 여기서 다투시는 건 모양이 좋지 않습니다."

이덕무가 황종석 말을 잘랐다.

"나더러 향청 눈치를 보라 이 말인가? 현감이 없는 동안 향청과 질청이 힘을 합쳐 관아 공무를 보는 건 당연한 일일세."

진독주가 돌아왔다. 좌수로 짐작되는 늙은이가 앞장을 서고 양반들이 뒤따랐다. 나는 이덕무 곁으로 바투 다가섰다.

드디어 양반들이 모두 이덕무 앞에 섰다. 늙은이와 이덕무 사이는 세 걸음도 채 떨어지지 않았다. 이덕무는 그들 한 사람 한 사람과 눈을 맞추었다. 나는 오른손을 왼 소매에 넣어 표창을 쥐었다. 양반들 뒤로 늘어선 하인들의 소란한 발걸음이 차츰 잦아들었다. 늙은이가 먼저 읍을 하자, 나머지 양반과 하인들도 이덕무에게 허리를 숙였다. 그제야 나는 표창을 넣고 오른손을 소매 밖으로 내렸다.

"어서 오십시오. 적성 향청 좌수 최벽문(崔碧文)이라 합니다. 규장각 검서관으로 이름 높으신 사또를 맞게 되어

무한한 광영입니다."

이덕무도 한걸음 다가섰다.

"반갑습니다. 연암 선생과 친교가 두터우셨다 들었습니다. 초임이라 서툰 일이 적지 않을 겁니다. 앞으로 향청이 많이 보좌해 주리라 믿습니다."

"힘 닿는 데까지 돕겠소이다. 먼 길 오시느라 시장할 텐데 속히 관아로 가시지요."

"감사합니다."

이덕무가 다시 말에 오르자 양반들도 각자 말과 가마에 올라탔다. 아전들은 미리 가서 준비를 하겠다며 종종걸음을 쳤다. 이덕무와 내가 앞장을 서고 양반들이 길게 늘어서서 설마령을 내려가기 시작했다. 나는 목소리를 낮추어 이덕무에게 물었다.

"좌수에 대해서는 언제 알아보셨습니까?"

"한 고을을 맡게 되었는데 그곳 향청에 어떤 문중이 있고 또 질청에 어떤 아전이 뿌리내렸는지 알아보는 건 당연한 일일세. 최벽문은 문인화로 이름이 높고 대나무 그림을 특별히 잘 그리지. 설루(雪樓, 청나라 시인 여순의 자)에 비견될 만큼 그 시에 웅건한 맛도 있다네. 연암 선생과도 한때는 깊이 사귀었으나, 선생이 북행에서 돌아와 다양한 문물을 소개한 서책을 펴내신 후부터 순정함을 잃었다 하여 발

길을 딱 끊고 할석(割席, 절교)하였네."

"임 판윤 같은 이가 또 있었군요. 형님을 보는 눈도 곱진 않겠습니다. 고갯마루에서는 참으로 당당하셨어요. 초정 형님 혼백이 형님께 옮겨 갔나 했습니다."

이덕무가 눈으로만 미소 지었다.

"초정한테 배울 건 배워야겠지. 처음부터 향청에 꺾이면 공무를 내 뜻대로 볼 수 없네. 설마령에 좌수 홀로 마중을 나왔다면 정말 휘청거렸을지도 모르지. 오늘 좌수는 별감을 비롯하여 향안(鄕案)에 이름을 올린 양반들을 모두 데리고 나왔네. 우락부락하게 생긴 들떼밀(오만하고 고약한 하인)까지 거느리고 말일세. 좌수도 속으론 내가 두려웠으니 이놈 저놈 다 끌고 나온 것이 아니겠는가?"

"과연 그렇군요. 이제부턴 각별히 긴장하셔야 합니다. 향청이든 질청이든 저들은 호락호락 형님 명을 받들지 않을 겁니다."

"걱정 말게. 쉬운 일이면 전하께서 특별히 나를 이곳으로 내려보내지도 않으셨을 걸세. 청전, 자네가 곁에 있으니 든든하이. 관아 안팎을 주밀하게 살펴 주게."

"알겠습니다."

오른편으로 성황당이 자리 잡은 아현을 넘으니 멀리 관아가 보였다. 감악산에서 뻗은 산줄기가 아현과 칠중성, 대곡당현(大曲堂峴)을 이어 어머니 품처럼 둥글게 관아를 둘러쌌다. 아현에서 대곡당현으로 통하는 큰길을 사이에 두고 감악산 쪽에는 관아, 칠중성 아래에는 향교가 자리를 잡았다. 향교는 관아와 마주 보는 것을 피한 듯 조금 더 아현 쪽으로 치우쳤으며 그 옆에는 사직(社稷)이 있었다.

이덕무는 홍살문을 지나 외삼문과 내삼문으로 들어섰다. 내아(內衙)에 상이 차려져 있었지만 곧장 동헌에 오른 것이다. 설마령까지 마중을 갔던 이들이 모두 동헌으로 따라 들어왔다.

"이방!"

"예, 사또!"

"지금 당장 저 관기들부터 물리게."

"부임하시는 날 관기 점고(點考)는 오랜 관례인지라……."

이덕무가 등채를 집어 들었다.

"알겠습니다요."

진독주가 오른손을 들어 보이자, 행수 기생은 잔뜩 부은 얼굴로 관기들을 이끌고 동헌을 물러났다. 이덕무의 명령이 시원하게 이어졌다.

"좌수와 이방은 향청과 질청에서 지난 일곱 달 동안 처결한 공무를 책임지고 사흘 안에 정리하여 올리도록 하라."

최벽문과 진독주는 고개를 숙인 채 눈살을 찌푸렸지만

감히 불만을 드러내지는 못했다.

"형방!"

"예, 사또!"

형방 최승욱이 어깨를 흔들며 나섰다.

"옥에 갇힌 자들의 성명과 죄상을 챙겨 마찬가지로 사흘 안에 올리도록 하라."

"알겠습니다요."

호방 황종석이 불쑥 끼어들었다.

"사또. 음식이 식습니다. 우선 초다짐(시장기를 면하기 위해 간단히 먹는 일)이라도 하시고 노고를 푸신 연후에 공무를 보시지요?"

이덕무가 크게 꾸짖었다.

"보나 마나 상다리가 휘어지게 차려 놓았으렷다? 부임 첫날부터 배불리 먹고 늘어지게 자라 이 말이냐? 그렇게 날 탐관오리로 만들고 싶어?"

이덕무는 더욱 목소리 높여 각자 역할에 맞는 명을 내렸다. 육방과 향반들은 제각각 흩어진 자료를 모으고 정리하느라 질청으로 뛰고 향청으로 달렸다.

이덕무는 진수성찬을 물리고 밥과 국, 나물 반찬 세 가지만 가져오도록 했다. 미시(낮 1~3시)를 훨씬 넘겨 먹는 아침 겸 점심이었다.

"소장 지금까지 형님이 규장각에서 문장이나 다듬는 좀 생원인 줄 알았습니다. 적성으로 오면서도 과연 잘 해내실까 반신반의했더랬지요. 깊이 사죄드립니다."

이덕무가 숟가락을 든 채 짧게 답했다.

"이제 시작일 뿐이야."

"형님이 현감으로 부임하셨으니 오늘부터라도 당장 김씨 일을 엄찰하겠습니다."

이덕무가 숙주나물을 씹으며 곰곰 상량(商量, 헤아려 생각함)했다.

"하루만 더 기다려 봄세. 진주라 천 리 길을 내려갔으니 좋은 소식 가져올 걸세. 내일까지도 아니 오면 자네 뜻대로 하게."

9

김진은 약조라도 한 듯 다음 날 아침 돌아왔다.

나는 닭 울 녘에 이덕무를 따라 동헌 연못을 거닐었다. 편편한 돌을 쌓아 직사각형 틀을 갖추고 그 가운데 섬처럼 바위를 옮겨 노송까지 심은 연못이었다. 시마(詩魔)가 문득 날아들려는 순간 호방 황종석이 달려왔다. 이덕무 눈 밑이 가늘게 떨렸다. 분함을 참고 말을 아끼는 이덕무도 설마령에서부터 사사건건 간섭하는 황종석이 부담스러운 것이다.

"무슨 일인가?"

"두지진(頭只津)에 객주를 차리고 임진강을 오가며 장사를 하는 자들이 뵙기를 청합니다요."

"장사꾼이라고? 그들에게 무슨 일이라도 생겼는가?"

"아닙니다. 신임 사또께 인사 여쭙고 싶다 청하기에……."

"인사라고 했는가? 어제 내가 관기 점고를 하지 않은 걸 보고도 장사꾼들 인사를 받으라는 게야? 썩 돌려보내게."

이덕무가 언성을 높였지만 황종석은 눈을 내리뜨며 하고픈 말을 이었다.

"처음 오셔서 아직 잘 모르시겠지만, 향청과 질청 살림을 유지하고 공무에 충실하기 위해선 두지진 객주로부터 장세(場稅)를 거둬들여야 합니다. 문전박대하면 그들은 두 번 다시 구실(세금)을 내지 않을지도 모릅니다."

"함부로 지껄이지 말라. 입은 재앙을 부르는 문이요, 혀는 목을 자르는 칼이라고 했느니라. 더러운 우수(일정한 수효 외에 더 받는 물건) 받지 못할까 봐 지금 나보고 그들을 만나 어르고 달래라 이 말이냐? 치도곤을 당해야 정신을 차리겠는가? 돌려보내, 당장!"

이덕무가 화를 내며 내아로 들어갔다.

호방 황종석은 이마에서 뺨으로 흘러내리는 땀을 닦지도 않고 그 자리에 서서 허탈한 웃음을 지었다. 나는 이 고집불통 아전이 장사꾼과 어두운 거래를 해 왔다는 느낌이 들었다. 자기에게 이득이 돌아오는 일이 아니고서야 상관에게 비난당할 각오를 하고 이렇듯 아뢸 까닭이 없다. 요령이 부족하다는 생각도 들었다. 신임 현감과 장사꾼을 만나게 하고 싶으면 좀 더 그럴듯한 말로 환심을 샀어야 한다.

"허튼 돈은 한푼이라도 함부로 구하는 어른이 아닐세. 객사 뒤란으로 데려오게. 신임 현감은 몸살 기운이 있어 아직 기침 전이라 이르고, 현감을 수행한 의금부 도사 이명방이 그 인사를 대신 받겠다 둘러대게."

황종석이 눈꼬리를 치뜨며 한숨을 포옥 내쉬었다.

"알겠습니다. 그리 합죠."

적성 관아에 뒷돈을 댈 만큼 재력 있는 상인이라면 만나 볼 필요가 있었다.

두 사내가 황종석을 따라 객사 뒤란으로 왔다. 쉰 개가 넘는 독이 크기에 따라 네 줄로 늘어섰고 그 곁에 우물이 있었다. 우물로 쏟아지는 햇빛을 가리며 한들거리는 버드나무 가지 밑에서 낯선 장사꾼들을 살폈다. 중갓을 쓴 사내는 마흔이 넘어 보였고 패랭이를 쓴 청년은 아직 귀밑 솜털이 채 가시지 않았다.

"도사 나리! 뵙게 되어서 큰 광영입니다요. 두지진 객주 행수 정주동(鄭主東)이라고 합니다. 이놈은 제 일을 돕는 식철이라고 합지요."

정주동은 입가에 웃음을 머금은 채 침착하게 자기소개를 했다. 상대에게 호감을 얻는 언행이 어떤 것인가를 아는, 장사로 잔뼈가 굵은 사내였다. 식철은 코를 벌렁거리며 싱겁게 웃기만 했다.

"의금부 도사 이명방일세."

식철이 넙죽 허리를 숙이며 말했다.

"알고 있습니다요."

"나를 안다고?"

"참판 댁 새아씨께 열녀문을 내리기 위해 서울에서 의금부 도사가 왔다는 풍문이 적성 바닥에 쫙 퍼졌는뎁죠."

"풍문이 퍼졌다?"

적성이란 고을이 좁기는 좁았다. 하백운동으로 임 참봉을 찾아가고 용두산에서 임거선을 만났을 뿐인데도 벌써 장사꾼들 귀에까지 내 이름이 들어간 것이다.

"새아씨를 뵌 적 있느냐?"

"있고말곱쇼."

정주동이 딱부리눈으로 식철을 쏘아보았다. 식철은 양손으로 입을 눌러 막은 채 꼽추처럼 허리를 숙였다.

"가끔 저희를 통해 삼(蔘)을 사곤 하셨답니다. 사사롭게 뵌 적은 없습니다요."

정주동이 적당히 둘러댔다.

"삼을 살 때 아랫사람을 시키지 않고 새아씨가 직접 왔다, 이 말인가?"

"대부분 하인이 왔습니다만 비싼 산삼을 거래할 땐 두어 번 새아씨가 오시기도 했습니다요."

"두지강까지 말이지?"

식철은 힐끔 내 눈치를 살폈다.

임 참봉이 지은 전에 의하면, 김아영은 남편 임거용이 죽고 2년 만에 막대한 부를 쌓아 가문을 부흥시켰다. 어떻게 그 부를 쌓았는지는 차차 조사할 문제지만, 돈의 흐름을 쫓는 상인이라면 김아영에게 남다른 관심을 가졌을 수도 있다. 김아영과 두지진 객주 사이에 어떤 거래가 오갔을지도 모른다.

"행수는 김 씨가 집안을 일으켰다는 사실을 아는가?"

"적성 현민치고 그 사실을 모르는 이는 없지요. 열녀문이 세워진대도 놀랄 사람 없을 겁니다."

"한 가지만 묻겠네. 병조 참판을 지낸 가문이 무슨 일로 하루아침에 그렇듯 피폐해졌는지 이유를 아는가?"

"무슨 말씀이신지……?"

"독룡이 지나간 자리는 가을 역시 궁핍한 봄이라고 했던가? 김 씨가 시집온 후부터 가세가 급격히 기울었음을 모르는 건 아니겠지?"

빠져나가지 못하도록 강하게 몰아세웠다.

"알고 있습죠. 참판 대감께서 갑자기 고래실(바닥이 깊숙하고 물길이 좋아 기름진 논)을 많이도 파셨으니까요."

"논을 팔았다? 그 이유가 무엇인가?"

정주동이 어깨를 들어올렸다.

"거기까진 소인도 모릅죠. 아마도 큰돈이 필요하셨나 봅니다. 급히 전답을 파셨고 그다음엔 잘 모르겠습니다."

나는 슬쩍 정주동 속내를 떠보았다.

"김 씨는 시아버지가 판 전답을 남편 죽고 2년 만에 대부분 다시 사들였더군. 그 많은 돈을 어떻게 마련했을까?"

정주동이 침착하게 빠져나갔다.

"소인은 새아씨 마님과 말 한마디 섞은 적 없습니다요. 두지강에 나오시더라도 거래는 항상 몸종 향이를 시켰습죠. 소인이 어찌 새아씨께서 거금을 마련한 연유를 알 수 있겠습니까?"

첫 만남은 이 정도로 마무리하기로 했다. 김아영이 규방에 머무르지 않고 두지강 객주를 오갔다는 사실을 확인한 것만도 소중한 성과였다.

상인들과 헤어져 다시 동헌으로 갔다. 이덕무는 황종석에게 화를 냈던 자리에 서서 연못 안 노송을 바라보고 있었다. 한 자쯤 곧게 뻗어 올라가던 줄기가 바위에 눌린 듯 갑자기 굽어 뱀처럼 똬리를 틀었다. 어제 자랑스럽게 연못을 설명하던 이방은 이 작은 노송이 저래 봬도 감악산 꺽정봉 정상에서 700년은 족히 넘게 서 있었다고 했다. 100년 전 동헌 연못을 만들며 옮겨 심었는데, 나무를 옮긴 나졸은 동헌 마당에 떨어진 날벼락을 맞고 즉사했다 한다. 낙타 등처럼 굽은 바위 사이 몇 줌 안 되는 흙에 뿌리를 의지하며 푸른빛을 잃지 않은 자태가 신기하고 대견했다.

상인들과 만난 일을 감춘 채 다가섰다.

"어디 있었는가? 겸상으로 아침이나 먹을까 했는데."

"예, 형님! 잠시 객사 뒤뜰을 거닐었습니다. 버드나무가 좋더군요."

"사람 하곤. 산책도 밥을 먹은 연후에 하는 게야. 고픈 배론 화두를 결대로 풀 수 없으이. 자, 어서 내아로 가서 아침을 들게."

"아닙니다. 조금 더 기다렸다가 아침 겸 점심을 먹죠. 그보다 약속대로 오늘부터 김 씨 일을 심찰해도 되겠습니까?"

이덕무가 고개를 끄덕였다.

"왜 연못은 그리 쳐다보고 계시는지요?"

이덕무 시선이 머무는 곳을 살폈다. 노송 아래에서 참개구리 한 마리가 풀쑥 뛰어 올라 바위에 붙었다.

"이문원에서 살핀 열녀 정려 품신 글 중에 첩에 관한 글은 하나도 없었네. 기생이나 어부의 아낙은 몇 명 보였네만 첩은 아예 없었다, 이 말이지. 각 문중에서 초를 잡은 글이니 첩을 내세울 까닭이 없었겠지……."

그랬는가. 서얼인 이덕무는 그 점이 내내 불편했던 모양이다. 착하고 부지런한 여인은 항상 정처(正妻)가 될 수밖에 없고 게으른 첩은 정처를 괴롭히는 악한으로만 등장하는가.

"첩이라 하더라도 열녀는 얼마든지 있겠지요. 다만 품신되지 않았을 뿐입니다."

이덕무 표정이 더욱 쓸쓸해졌다.

"그렇겠지. 서얼 중에도 충신은 있는 법이니까."

"형님!"

"아쉽군. 서얼 허통이 힘든 만큼 처첩 구별의 벽도 높고 두터우이."

바로 그때 김진이 외삼문을 열고 들어섰다.

"아니 자네! 언제 왔는가? 미리 연통을 주었으면 마중이라도 나갔을 게 아닌가?"

김진은 머쓱한 듯 동문서답을 했다.

"이제 적성 현민들은 화평한 나날을 보내게 되겠군요."

나는 농담으로 가볍게 김진을 꼬집었다.

"지나친 칭찬은 아첨에 가까운 법!"

즐겁게 웃으며 내아로 들어가 환담을 나누었다.

"지금 바로 올라오는 길인가?"

김진이 고개 저었다.

"아닐세. 오긴 어제 왔네만 몇 가지 확인하느라 미처 연통을 주지 못했구먼."

"나와 함께 갔어야지. 자꾸 이렇게 자네 혼자 돌아다닌 다면 나는 그만 금오로 돌아가겠네."

자리에서 일어서려 하자 김진이 소매를 끌며 용서를 구했다.

"미안하이. 확실하지도 않은 일에 자네까지 밤을 새우게 만들고 싶진 않았네. 앞으로는 이런 일 없을 테니 용서하게."

이덕무도 김진 편을 들었다.

"김 씨에 대한 조사를 마칠 때까지 우리 셋은 한 몸이어야 하네. 한 사람이라도 없으면 일이 되지 않으이. 자자, 화풀게. 화광이 이제부턴 함께한다지 않는가?"

정말 도성으로 돌아갈 뜻은 없었다. 김진이 혼자 움직이는 것을 견제하고 싶을 따름이었다. 헛기침을 몇 번 뱉은 다음 물었다.

"그래, 김 씨 친정은 둘러보았는가?"

"그렇다네."

"알아낸 것이 있나?"

김진이 허리를 펴고 조금 느긋하게 웃어 보였다.

"너무 채근 말게. 천천히 이야기하지."

이번에는 나도 순순히 물러서지 않았다.

"자넨 꼭 그렇게 차차 말해 준다고 해 놓고선 혼자 사건을 해결해 버리지 않는가? 방각 살옥 때도 나는 들러리만 섰으이. 이번엔 형암 형님 말씀처럼 우리 셋이 함께 조사해야 하니, 처음부터 끝까지 숨김없이 말해 주게."

김진은 부채로 왼 손바닥을 툭툭 치며 이덕무와 나를 번갈아 쳐다보았다.

"좋아. 자네가 듣고 실망해도 좋다면 이야기하지. 경상도 진주에 다녀왔지만 수확은 거의 없네. 임 참봉이 올린 전에 나오는 대로 김아영은 어려서 아버지를 여의고 홀어머니 밑에서 빈궁하게 자랐으이. 지금도 어머니 홍 씨는 삯바느질로 하루하루를 연명하더군. 외동딸이 참판 댁 종부인데 도움을 받지 않느냐 했더니 손사래를 쳤어. 딸을 위해서라도 그런 도움 받을 수 없다더군. 경우가 바르고 자식 위하는 마음이 각별한 부인이었네. 그런 어머니 밑에서 배우고 자랐으니 김 씨 자품 또한 단아하고 정숙했을 게야."

"임 참봉이나 임거선 주장과 다를 바가 전혀 없군."

"임 참판이 김 씨를 며느리로 맞아들이는 대가로 사돈집에 재물을 주지 않았을까 의심했지. 남편 임거용이 혼인 후 두 달 만인 임인년(1782년) 정월에 급사하였으니까. 병든 자식 총각 귀신 만들지 않으려고 가난한 집 여식을 사들이는 경우도 종종 있지만, 이번엔 내 추측이 틀렸더군. 임거용과 김 씨는 진주 남강 촉석루에서 우연히 만나 사랑을 싹틔웠다네."

이덕무가 끼어들었다.

"몸도 약한 임거용이 적성에서 그 먼 진주까지 내려간 이유는 무엇인가?"

김진이 차분히 답했다.

"임 참판 아우 임훈이 신축년(1781년)에 잠시 진주 목사를 한 적이 있습니다. 숙부도 뵙고 하삼도(下三道, 경상도, 전라도, 충청도) 유람도 할 겸, 친한 벗 둘과 칠월 초 진주까지 내려갔던 게지요. 임훈은 조카 일행을 위해 촉석루를 내주고 즐기게 했는데 마침 남강에 뱃놀이를 나온 아리따운 규수를 보고 한눈에 반한 거랍니다."

"그 규수가 김 씨로군."

"그렇습니다. 두 달 남짓 열렬히 상사(相思)하였다는군요. 결국 임거용이 적성으로 돌아가기 전날 밤 남강 소선(小船)에서 거울을 쪼개 갖고 혼약을 두었다 합니다. 처음에 임 참판 부부는 큰아들 청을 단칼에 잘랐지요. 과거 공부에 매진할 나이에 혼인은 무슨 혼인이냐며 호통을 쳤답니다. 삯바느질로 연명하는 과부의 외동딸을 며느리로 받아들일 마음이 없었겠지요."

"몹시 기우는 건 사실이니까. 성사되기 힘든 혼인이었을 텐데……."

"임거용이 열흘 남짓 곡기를 끊고 잠도 자지 않았답니다. 금이야 옥이야 기른 큰아들이 사경을 헤매자 임 참판도 결국 승낙했다는군요."

이덕무가 장단을 맞추었다.

"지독한 사랑이었구먼."

"그런 사랑을 했으니 스스로 목숨을 끊을 작정을 한 게로군. 홍 씨가 거짓을 고할 리는 없고, 상황이 그렇다면 서둘러 엄찰을 마무리 짓고 열녀문을 세워야 하는 게 아닐까?"

김진이 부채를 내려놓고 소매에서 곰방대를 꺼내 왼 손바닥에 두드렸다. 구름에 휩싸여 승천하는 용 문양이 오롯이 새겨진 담뱃대였다.

"속단은 이릅니다."

이덕무가 고개 끄덕이며 물었다.

"다음엔 누굴 만나려는가?"

김진이 담배 연기를 내뿜었다. 흰 연기가 사라질 때까지 낯선 침묵이 흘렀다. 용고뚜리(골초) 김진은 종종 이런 침묵을 즐겼다. 참지 못하고 물음을 던지면 입술을 약간 내민 채 "으응" 하는 신음과 함께 알아듣기 힘든 혼잣말을 웅얼거렸다. 다시 물으면 담뱃대를 물고 연기를 더 많이 뿜으며 말[言]만 귀양 보냈다. 정리되지 않은 이야기는 뱉을 수 없다는 고집이리라.

"참판 대감을 뵈어야지요. 저녁에 그 댁으로 갔으면 합니다."

드디어 김아영이 2년 하고도 두 달 남짓 살았으며 대들보에 목을 맨 그 방으로 가는 것이다. 너무 늦었다는 생각을 지울 수 없었다.

찾아뵙겠다는 음신을 보내자 응낙하는 촌간척독(寸簡尺牘, 짧은 편지)이 왔다.

이덕무가 남은 공무를 보는 동안, 김진은 객사에서 밀린 잠을 자겠다고 했다. 그러곤 객사 벽에 「숙흥야매잠도(夙興夜寐箴圖, 이황이 지은 『성학십도』 중 열 번째 도표)」를 붙인 다음 죽 한 번 훑고 이부자리를 폈다. 나도 곁에 나란히 누웠다. 그가 양소유(楊少遊, 『구운몽』의 주인공. 성진이 꿈에 빠져 양소유로 거듭남)로 변신하기 전에 묻고 싶은 것이 있었다.

"홍 씨는 딸이 자진한 일에 다른 말은 없던가?"

김진이 똑바로 누워 눈을 감은 채 답했다.

"말을 아끼더군. 시댁에 누가 되지 않았으면 좋겠다고만 했다네. 상명(喪明, 자식을 잃음, 자하(子夏)가 아들이 죽은 후 실명했다는 고사에서 따옴)의 슬픔은 가슴 밑바닥에 감추고 말

173

일세."

"열녀문이 세워지면 그 바람이 이루어지는 셈인가."

홍 씨가 임 참판 가솔들보다 더 열녀문이 세워지기를 바랄지도 모른다.

"이런 말도 했다네. 나는 어린 딸 때문에 남편 따라 죽지 못했는데 그 아이는 세상에 남길 게 없으니 그리 훨훨 떠났다고……. 못난 어미 걱정을 끝까지 했을 거라며 슬퍼하더군."

"혼인 후 김아영이 친정에 다녀간 적은 있던가."

"없으이. 너무 멀어 엄두도 내지 못한 것 같네. 남편이라도 살아 있으면 함께 갔겠지만 남편 잡아먹은 여인네가 어찌 그 먼 길을 홀로 갔겠는가? 철마다 안부를 묻는 음서만 보냈다더군. 그 음서들을 꼼꼼히 확인했는데, 자기는 시부모 귀염 받으며 편히 지내니 아무 걱정 말고 어머니 건강이나 챙기시라 적혀 있었으이."

"나이 겨우 스물에 남편 잃고 낯선 고을에서 지내는 게 쉽지만은 않았겠지?"

"그랬을 거야."

"장례에 친정어머니는 왔더랬나?"

"아닐세. 비보가 진주에 닿았을 때는 이미 장례를 다 치른 후였지."

"딸 무덤이라도 보려고 적성에 왔을 수 있지 않나."

"몹시 아팠다더군. 외동딸 자진에 충격을 받고 사흘 넘게 정신을 차리지 못했으며 그 후로도 줄곧 앓아누웠대. 이웃 아낙들 역시 홍 씨가 바깥출입도 변변히 못한 채 석 달 열흘 내도록 통곡과 실성을 반복했다 증언하였으이."

"혹시 딸에게 누가 될까 발걸음 못한 건 아닐까?"

김진 목소리가 점점 작아졌다.

"그래, 충격과 슬픔 때문에 앓기도 했겠지만 그런 면도 당연히 있겠지. 친정이든 시댁이든 열녀문을 세우는 데 방해가 된다면 티끌만큼 작은 흠 하나도 모두 지워 버리려 애쓰는군. 난 그 여인 목소리를, 웃음을, 걸음걸이를 만지고 싶은데, 안개 속이군……. 너무 지독해……. 어둠이야."

"어둠! 화광 자네답지 않군. 진주에서 밝고 커다란 횃불 하나 들고 올 줄 알았는데 말씀이야. 이제 어찌할 작정인가?"

대답 대신 코고는 소리가 귓전을 때렸다.

이덕무가 이방 진독주를 보내 우리를 깨웠을 때는 해가 뉘엿뉘엿 질 무렵이었다.

10

하늘보다 먼저 깔린 어둠을 안고 객현 너머 임 참판 와 가로 향했다. 저녁 짓는 연기 백학처럼 떠돌고 주인 없는 개들 말발굽 소리 흉내 내며 짖었다. 첩첩 늘어진 산 겹겹 솟은 나무도 뚝 멎은 매미 소리와 함께 편히 쉬는 듯했다.

신축년(1781년) 구월부터 임문에 몰아친 불행을 정리해 보았다. 그때까지만 해도 병조 참판 임호는 문무에 두루 능한 당상관으로 금상의 총애를 한 몸에 받았다. 일 처리 에 막힘이 없고 어명이라면 목숨 걸고 따랐다. 술도 잘 마 시고 존주존명(尊周尊明, 주나라를 높이고 명나라를 높임)을 되 뇌며 의리 넘치는 호인이라 선후배 신망도 두터웠다.

갑자기 삭탈 관직을 당한 것은 충심이 지나쳤던 탓이다. 평안도와 함경도에서 근무하는 군졸 중 탈영병이 늘자 평안도 병마 절도사와 함경도 병마 절도사를 교체하자 주장했다가 오히려 장졸들 사기를 떨어뜨렸다며 옷을 벗게 된 것이다.

임인년(1782년) 정월 큰아들 임거용마저 급사하자 부인 남 씨가 먼저 앓아누웠고, 임호도 봄부터 석 달 가까이 자리보전을 했다. 그때 시부모 병간호를 극진히 하며 가문을 일으킨 이가 바로 김아영이었다. 병석에 누운 시부모가 음식을 충분히 소화할 수 있도록 잘 익힌 것, 더운 것, 연한 것만 골라 하루에 여섯 번 조금씩 나누어 밥상을 차리기까지 했다.

임 참판은 다행히 여름부터 서서히 기력을 회복하여 시회(詩會)에도 나가고 초지니(두 살 된 사냥매) 가지고 매사냥도 다닌다고 한다. 병조 판서로 화려하게 복귀하리라는 전망도 심심찮게 흘러나왔다.

김진이 규장각에서 하필 참판 임호를 거명했을 때, 솔직한 심정으로 말리고 싶었다. 웬만한 호반(虎班, 무반)도 그 앞에 서면 오금을 펴지 못할 것이다. 자기 확신이 강한 사람끼리 맞부딪치면 둘 중 하나는 뼈가 부러지거나 목이 달아날 수도 있다. 이덕무도 그 점이 염려스러운지 객현을 넘어 멀리 와가가 보이자 김진에게 당부했다.

"심찰은 하되 흉한 일은 피해야겠지? 화광 자네가 늘 침착하고 예의에 어긋남이 없음을 아네만 스스로를 너무 믿는 경향이 있으이. 허물은 자신만 옳다고 믿을 때 더하는 법이라네. 이 나라 병조 참판을 지낸 분일세. 금상께서도 각별히 신임하셨고."

"알겠습니다."

김진은 짧게 답했다.

나는 알고 있었다. 화광은 영의정과 마주 앉더라도 할 말은 꼭 하는 위인이었다. 그 점 때문에 박제가가 진작부터 아꼈던 것이다.

박석 촘촘히 깔린 고샅을 말발굽 소리 내며 타박타박 걷다가 문득 꺾어 도니 활짝 열린 솟을대문이 나왔다. 임거선이 대문 앞에서 반갑게 허리 숙여 우리를 맞았다.

"어서 오십시오."

김진이 인사를 받았다.

"용두산에선 언제 내려왔소? 공부는 다 끝낸 게요?"

"아닙니다. 귀한 손님 오신다는 전갈 받고 잠시 하산한 겁니다. 내일 새벽 다시 귀산할 겁니다."

이름만큼이나 선한 얼굴을 보니 마음이 한결 맑아졌다. 임거용도 아우와 닮았다면 피부가 희고 눈매가 고운 청년이었으리라.

"우리가 무슨 귀한 손님이라고 하던 공부도 미루고 내

려왔소? 이거 미안해지는구먼."

"상빈(上賓)이시지요. 형수님이 열녀임을 만천하에 알리실 분들이 아닙니까? 하루쯤 서책을 놓더라도 내려와야지요."

"참판 대감은 계시오?"

임거선이 초면인 이덕무의 큰 키를 우러러보며 답했다.

"벌써부터 기다리고 계십니다. 따르시지요."

앞장선 임거선을 따라 대문을 통과했다. 스무 명 가까운 하인들이 앞마당과 중문 여기저기에서 공손히 허리를 숙였다. 얼마나 빗질을 열심히 했던지 어둠 깔린 마당인데도 사선으로 그어 내린 빗금이 선명했다. 협문 하나를 더 지난 후에야 안채로 들어설 수 있었다.

"어서들 오시오. 전하께서 총애하시는 대학자가 내 집을 방문할 줄은 꿈에도 상상 못 하였다오."

임호는 앞마당 노둣돌까지 나와서 우리를 반겼다. 이마는 넓고 눈은 날카로우며 턱은 각이 분명했다. 벌어진 어깨와 두터운 가슴은 평범한 문신들과 달리 무예를 연마하고 얻은 것이다. 키는 작은 편이었지만 다리와 팔이 길어 성큼성큼 걸음을 옮기는 모습이 상대를 압도하고도 남음이 있었다.

대청마루에는 산해진미가 그득 차려져 있었다. 곱게 몸

단장을 한 기생 셋도 서서 손님이 마루로 오르기만을 기다렸다. 이덕무는 싫은 기색이 역력했지만 인사부터 답했다.

"대감을 찾아 뵈니 참으로 광영입니다."

김진도 답례했다.

"소생 역시 꼭 한번 가까이에서 가르침을 받고 싶었습니다. 큰 기쁨입니다."

"이 젊은 서반(西班, 무반)은 누굽니까?"

임호 시선이 내게 머물렀다. 임거선에게 이야기를 듣고도 시치미를 떼는 것인지 아니면 정녕 모르는 것인지 잠시 헷갈렸다. 이덕무가 재빨리 소개했다.

"의금부 도사 이명방입니다. 전하께서 특별히 이번 일을 맡기셨습니다."

"이명방이라……. 야뇌가 아낀다는 바로 그 종친……?"

"그렇습니다. 바로 그 사람입니다."

임호 표정이 더욱 밝아졌다. 무예를 수련하는 사람치고 백동수를 모르는 이는 없었다. 조선 최고 협객과 의형제를 맺었다는 이유만으로도 팔도 무예 고수들에게 대접을 받았다.

"정말 잘 왔소. 자자, 늦었소이다. 시장할 터인즉 어서 오르세요."

이덕무가 정중히 두 손을 앞으로 모으고 또박또박 말했다.

"저희들은 이미 저녁을 먹고 왔습니다. 맑은 차나 한잔 주셨으면 합니다."

그런 발명에 넘어갈 임호가 아니었다.

"저녁 약속을 해 놓고선 미리 저녁을 먹었다니요? 정성을 다하여 장만한 음식이니 한 젓가락씩이라도 드시오. 제비추리와 아롱사태가 제법 연하다오. 밥을 먹지 못하겠거든 청주라도 함께 합시다. 첫 만남인데 어찌 맹맹하게 차나 마시고 헤어질 수 있겠소? 난 결례를 하면 석 달 열흘 귀잠(깊은 잠)을 이루지 못한다오."

이덕무가 다시 거절할 뜻을 분명히했다.

"이제 갓 부임한 현감이 해어화 끼고 술 부으며 저녁을 보냈다는 풍문을 만들고 싶지 않습니다. 저희가 오늘 이곳에 온 것은 대접을 받기 위함이 아니라 이 집 종부의 장한 이야기를 듣기 위함입니다. 이야기를 주고받는 데는 차 한 잔이면 족하지요."

"허어, 규장각 검서관들은 일할 때 물 한 잔도 허투루 마시지 않는다더니 소문이 사실이었구려. 나는 그저 반가운 마음에 음식상도 차리고 기생도 부른 것뿐이오. 이 정도는 어느 고을에서나 흔하디흔한 일이라오. 현감이 자꾸 이렇듯 물리시니 괜스레 내 얼굴만 모닥불 뒤집어쓴 듯 화끈거립니다."

김진이 말꼬리를 잡아챘다.

"팔진미(八珍味, 여덟 가지 맛있는 음식) 맛있게 먹은 것으로 하겠습니다. 저희들은 정말 저녁을 먹었고 또 해어화는 아직 가까이 자리한 적이 없어 두려운 마음만 앞섭니다. 다음엔 꼭 참판 대감과 함께 넉넉한 저녁을 들도록 할 터이니 오늘만은 너그러이 용서해 주십시오."

임호도 결국 이덕무 고집을 받아들였다.

"알겠소. 벼슬할 때는 청빈함으로 편안함을 구하고 글 읽을 때는 배고픔으로 도에 나아간다더니 과연 대단하오. 자 그럼 서재로 가십시다. 거기라면 조용하고 잡인 출입도 없다오. 나만 보면 되오? 아니면 안사람까지 부를까요?"

김진이 답했다.

"오늘은 참판 대감 말씀만 듣고 싶습니다. 다른 분들은 따로 청하도록 하겠습니다."

"알겠소. 그럼 따르시오."

임호가 잡인 출입을 금하라는 엄명을 내린 후 앞장을 섰다.

안채에서 북쪽으로 협문 두 개를 지나니 곧 서재였다. 해서로 단정하게 쓴 당호(堂號)를 확인하는 김진의 두 눈이 놀라움으로 가득 찼다.

백연재(白緣齋)!

소광통교에 자리 잡은 김진 서재와 당호가 같았다.

"이 당호는 누가 지었습니까?"

"새아기가 시집와서 스스로 지은 거랍니다. 그 전에는 변변한 당호도 걸려 있지 않았지요. 저 글씨도 새아기가 썼어요. 석봉(石峯, 명필 한호의 호)을 흉내 내었다 합니다만, 어떻소이까? 과히 보기 싫지는 않지요?"

산수화 두 점이 양쪽 벽에 걸렸는데, 왼쪽 것은 감악산 겨울이고 오른쪽은 두지강 여름이었다. 김진이 감악산 겨울에 함께 적힌 글을 읽어 내렸다.

"영지(靈芝) 흰 구름 피는 둔덕에 나고, 늙은 잣나무 돌 틈에 자란다. 새벽바람 눈 몰아 나뭇가지에 지고, 아찔한 두 눈동자 구르는 수은 같구나."

이덕무가 고개를 끄덕이며 그림을 칭찬했다.

"군더더기 없이 맑은 그림입니다. 낙관을 보니 그린 이가 설향(雪香)이로군요. 듣지 못한 이름입니다. 대감께서는 이 귀한 그림을 어디서 얻으셨는지요?"

임호가 수염을 쓸며 답했다.

"얻은 것이 아니외다. 설향은 새아기가 스스로 지어 붙인 호지요. 이 서재는 새아기가 가끔 들러 책도 읽고 그림도 그리던 곳이외다. 저 두지강 여름도 새아기가 그렸어요. 새아기가 죽은 후 대부분 태워 없앴지만, 저 두 점만은 차마 버릴 수 없었다오."

이덕무가 다시 칭찬을 이었다.

"사임당의 재주를 지녔다고 전에서 읽었는데 거짓이 아니었군요. 과연 여사(女士, 학식 있는 여자 선비)라고 불릴 만합니다. 이렇듯 문장과 그림에 능한 여인들은 대부분 집안 살림에 어둡지 않습니까?"

임호가 답했다.

"그렇지가 않아요. 새아기는 어려서 아버지를 여의고 어머니를 도와 힘들게 살아온 탓에 음식 만들기부터 옷 짓고 집 고치는 일까지 못하는 게 없었소이다. 한마디로 두루치기(여러 방면에 능통한 사람)였지. 지닐총(기억력)도 대단하고 성격도 밝아 일이 힘들어도 전혀 내색하지 않았다오. 잘잘못을 가릴 줄 아는 지혜와 아랫사람을 아끼고 위하는 정도 깊어서, 나이는 어렸지만 내외 하인 모두가 새아기 말이라면 만사 제쳐 두고 따랐소이다. 선을 보면 실천하고 악을 보면 징계하며 다른 사람 허물을 들추지 않고 자기 재주를 과시하지도 않는 부덕(婦德)을 지녔지요. 얼마나 살림을 잘 했으면 그 아이 시집오고 석 달도 되기 전에 곳간 열쇠를 맡겼겠소이까?"

김진이 다시 물었다.

"너무 이르지 않습니까?"

"나도 말렸지만 새아기를 아끼는 마음은 아내가 더욱 지극했나 보오. 큰애가 먼저 저세상으로 떠난 후 며느리를 위해 보약까지 지어 먹였소이다. 슬픔이 너무 커 딴마음이라도 먹지 않을까 걱정해서 맡겼다는데, 화(和)하고 순(順)한 새아기는 참으로 열심히 살림을 했다오. 의심나면 하인 중 아무나 불러 물어보세요. 대부분 새아기 도움을 한두 번씩은 입었으니 그 은혜 감읍하며 눈물 떨굴 거요."

김진이 말머리를 돌렸다.

"큰아드님이 처음 며느님과 혼인하겠다고 했을 때 반대하셨다 들었습니다만……."

임호는 감악산 겨울 풍경을 살피며 한동안 입을 떼지 않았다.

"발목까지 쌓인 눈길을 걸어 본 적 있소? 거센 타두풍(打頭風, 맞바람)에 길을 잃고 헤맨 적은? 겨울 산에서 고생을 해 본 부모는 결코 제 자식에겐 겨울 산행을 권하지 않는다오. 진달래 피고 꾀꼬리 우는 따뜻한 봄길 운치를 안다면 더더욱 꽁꽁 언 겨울 산행을 막겠지. 불면 날까 만지면 이지러질까 자식 기른 부모라면 누구라도 반대했을 게요. 큰애는 다 좋은데 너무 성격이 급했소이다. 제 숙부에게 다녀오자마자 생쥐 볼가심할 것도 없는 과부 집 딸과 혼인하겠다고 고집을 부렸소. 순진한 아들을 홀린 못된 계집이라는 생각이 들 수밖에 없었소이다."

김진이 처마에서 떨어지는 고드름처럼 차고 날카로운 물음을 던졌다.

"큰아드님이 중병을 앓으셨던 건 아닙니까?"

되묻는 임호 목소리에도 날이 섰다.

"곧 죽을 아이를 혼인시키려고 가난한 과부 딸을 사들이기라도 했다는 게요? 삼도(三途, 큰 죄를 지은 벌로 태어나는 세 곳. 지옥, 아귀, 축생)에 떨어질 소리 마오. 큰애 몸이 약했던 건 사실이지만 죽을병은 아니었다오."

이덕무가 끼어들어 어색한 분위기를 녹였다.

"대감을 의심해서가 아닙니다. 작년 여름부터 그와 같은 몹쓸 일이 몇 차례 벌어졌기에 반드시 확인하라는 명이 내렸습니다."

임호가 수염을 쓸며 작년에 먹은 올벼 송편이 되살아 올라오는(먹은 것을 토할 만큼 몹시 불쾌한) 표정을 지었다.

"예의를 갖추게. 병조 참판을 지낸 내게 어찌 그 따위 질문을 하는가?"

이덕무가 눈짓을 보내자 김진도 곧 사과했다.

"심기를 불편하게 해 드렸다면 백배사죄하겠습니다. 저희들이야 대감을 믿습니다만 조정에 올릴 공문 때문에 어쩔 수 없이 질문 같지도 않은 질문을 드린 겁니다. 아드님과 며느님 혼인에는 아무런 문제가 없었으며 또 며느님이 2년 동안 임문을 위해 얼마나 많은 일을 했는지 충분히 알았습니다. 하나만 더 여쭈어도 될는지요?"

"물어보오."

"신축년 구월 관직에서 물러나시고 이듬해부터 가세가 급격히 기울었다 들었습니다. 전답을 절반 이상 파신 걸로 아는데 그때 어떤 어려움이 있었는지요?"

임호가 큰 한숨 쉬며 잠시 머뭇거리다가 결심이 선 듯 입을 열었다.

"그 일을 따져 물으리라 예상했소. 다시 돌이키기도 끔찍한 일이지만 말을 하리다. 큰애 원기를 북돋기 위해 산삼 네 뿌리를 행수 정주동에게서 샀더랬소. 대국 조정에 들어갈 값비싼 삼이었지. 먼저 산삼을 받고 이튿날 값을 치르기로 했는데, 그 밤 양주 도적 떼가 우리 집을 덮쳤다오."

"도적 떼가 말입니까?"

"그렇소. 산삼은 물론 산삼 값을 치르려고 마련한 돈까지 모두 가져간 게요. 그뿐 아니라 하인들도 도적들과 맞섰다 십여 명이나 크게 다쳤소이다."

끔찍했던 광경이 되살아나는 듯 임호가 눈을 질끈 감았다가 떴다.

"그 산삼 값을 치르기 위해 전답을 절반 넘게 파셨단 말쏨이십니까?"

"어쩔 수 없었다오. 전답을 팔지 않으면 이 집이 넘어갈 판국이었으니까. 관아에 도적맞은 일을 알렸지만 이미 산을 타고 달아난 놈들을 잡을 순 없었다오. 도적질한 산삼을 처분하러 바로 압록강을 건넜던 게지."

김진이 임호를 위로했다.

"그랬군요. 도적 떼가 들이닥쳐 산삼과 돈을 훔쳐가고 곧이어 큰아드님이 돌아가시고, 우환이 겹친 게로군요. 큰아드님 급사도 도둑 든 일과 연관이 있습니까?"

임호가 대답 대신 우리 세 사람 눈을 차례차례 들여다보았다.

"비밀을 지켜 주겠소?"

"목숨을 걸겠습니다."

"도적 떼가 떠난 후 앞마당에 쓰러져 있는 큰애를 발견했다오. 담을 넘던 놈들에게 겁없이 달려들었던가 보오. 뒷머리를 크게 다쳐 정신을 차리지 못하였소. 사흘 후 유언한마디 남기지 못하고 세상을 떴다오. 관아에는 도적들이 큰애를 죽였다는 사실을 숨겼소. 집안에 도적 든 것만 해도 수치인데, 그놈들에게 종손까지 잃은 사실이 세상에 알려지는 건 견딜 수 없었다오. 이해할 수 있겠소?"

김진이 공손히 답했다.

"충분히 알겠습니다. 질문은 이 정도로 하겠습니다. 혹 예의에 어긋나는 질문이 있었다면 너그러이 헤아려 주십시오."

"끝난 게요? 궁금한 게 있으면 더 물어도 좋소. 먼저 간 큰애 부부에게 상처 주는 일만 아니라면 무엇이든 좋소."

김진이 답했다.

"됐습니다. 대감 말씀 큰 도움이 되었습니다. 자꾸 귀찮게 해 드리는 것 같아 송구스럽습니다만 오늘 하루 이 집에 머물 수 있을까요?"

잠을 재워 달라는 갑작스러운 요구에 임호는 당황하는 빛을 감추지 못했다. 곧 안색을 고치고 답했다.

"얼마든지 좋소. 외촘(침실)을 준비하리다. 세 분 모두 유(留)하시려오?"

이덕무가 답했다.

"저는 관아로 돌아가야 합니다. 마무리 지을 일이 두어 가지 남았습니다."

김진이 정중하게 청했다.

"누가 되지 않는다면 이곳 백연재에 그냥 머물렀으면 합니다."

"며느리가 자진한 후론 출입 않던 방이오. 여러모로 불편한 점이 많을 텐데 괜찮겠소? 바로 옆이 작은아이 처소인데 그곳을 비워 드릴까 하오만……."

"작은아드님도 모처럼 하산한 참이 아닌지요? 번거로움을 피하고 싶습니다. 저희 둘은 이곳이 좋습니다."

임호도 더 이상 권하지 않았다.

"좋도록 하오."

김진이 다시 임호를 쳐다보며 또박또박 말했다.

"잠들기 전에 집안을 거닐어도 되겠습니까? 밤이 되니 바람도 서늘하고, 또 워낙 이곳 풍광이 좋은 탓에 쉬이 잠이 들 것 같지 않습니다. 혹 하인들이 저희를 도적으로 오인하지 않도록 일러 주셨으면 합니다."

임호가 무뚝뚝하게 답했다.

"그리 하오. 변변찮은 집이지만 구경하겠다니 조족등(照足燈) 밝힐 아이를 하나 붙여 드리리다."

"아닙니다. 안내를 받는 것도 좋지만 이리저리 헤매며 살피는 맛도 남다르지요. 아직 달이 밝으니 저희끼리 다녀 보겠습니다."

"좋도록 하오. 며느리 방도 보시려오?"

"아닙니다. 차차 살피도록 하지요."

어색한 침묵이 흘렀다. 이번에도 김진은 발을 뺀 것이다. 임호는 김진이 당연히 김아영 처소부터 나아가리라 여겼을 것이다.

"좋을 대로 하오."

김진이 갑자기 생각난 듯 물었다.

"부리는 하인이 몇이나 되시는지요?"

"장정만 쉰 명이 조금 넘고 아이들까지 합쳐 일흔 명이오. 모두 이 집에 사는 건 아니고 열다섯은 구렛들(기름진 들)을 지키면서 외거하고 있소이다."

"그 수를 정확히 아시는군요."

"장수가 거느린 군졸을 돌아보고 가장이 식솔을 파악하는 건 기본이외다."

"처음 며느님 시신을 발견한 사람이 누굽니까?"

"몸종 향이라오. 한시도 새아기 곁을 떠나지 않았지."

관아로 돌아가는 이덕무를 솟을대문까지 배웅한 다음 우리는 넓은 집을 거닐기 시작했다. 해가 지고 한참이 지났건만 덥고 습한 기운이 발목을 타고 올라왔다. 나는 자주 이마를 훔치며 허리를 폈지만 김진은 담벼락을 손바닥으로 꾹꾹 눌러 가며 재빨리 걸음을 옮겼다.

처음엔 나도 김진이 김아영 처소를 살피기 위해 묵겠다고 한 줄 알았다. 그러나 김진은 참판 부부와 김아영 처소가 있는 안채에는 눈길 한 번 주지 않고 담벼락을 맴돌았다. 한 바퀴, 두 바퀴를 돌고 세 바퀴째 돌게 되니 내 인내심도 바닥을 쳤다.

"아니 왜 자꾸 담장을 따라 쑥대처럼 구르고 또 구르는 겐가? 도적 발자국이라도 찾나?"

김진이 문득 걸음을 멈추고 답했다.

"도적이 들더라도 말일세…… 김 씨 처소까지 가기란 쉽지 않겠어."

이건 또 무슨 소린가.

"자네, 임 참판 이 집이 보통 집과 다르다는 생각 안 드나?"

"무엇이 다르단 말인가?"

김진이 담장에 등을 기댄 후 이마에 흐른 땀을 손바닥으로 훔쳤다.

"아주 잘 만든 요새라고 할까? 중심에는 임 참판 부부와 며느리가 기거하지. 잘 자란 감나무들이 벽 위를 또한 둘러쌌고 말일세. 이것도 이상한 일이야. 홀로 된 며느리와 시부모 거처가 이렇듯 가까우면 여러 가지 불편한 점이 많을 텐데. 어쨌든 그 두 집을 정사각형으로 둘러 높은 담이 있고, 그 밖에는 하인들이 머무르는 집 세 채와 부엌 하나 창고 둘이 있지. 이곳에는 주로 여자 하인과 어린애들이 머무르는 것 같아. 다시 정사각형 모양 담벼락이 있고 그 밖에 다시 뺑 둘러 건장한 남자 하인들이 머무르는 집 네 채와 임거선이 기거하는 집과 백연재가 있네. 마지막으로 다시 담이 둘러쌌지. 이렇듯 담을 세 겹으로 높이 두른 집을 본 적 있나?"

"드문 일이군. 왜 집을 이렇게 첩첩으로 지었을까?"

"임 참판은 병법 중에서도 특히 진법(陣法)에 남달리 해박하다네. 경연에서 삼봉(三峰, 정도전의 호)의 「결진십오지도(結陣十五之圖)」를 자세히 설명한 적도 있으이. 내 보기에 임 참판은 이 집 전체를 진(陣)으로 삼은 듯하네. 저길 보게."

김진이 내민 검지를 따라가니 방망이를 든 하인 둘이 보였다.

"아까부터 확인한 건데, 하인들이 동서남북으로 뚫린 문 앞에 정확히 서 있더군. 두 사람씩 짝을 지어서 말일세. 담마다 여덟 명, 담이 셋이니 모두 스물네 명이 동시에 방망이를 들고 지키는 셈이군. 장정이 쉰 명이라니 야밤엔 번을 갈아 이 집을 지킬 걸세. 임인년 정월 들이닥친 도적은 몇 명이나 되었을까? 장정 쉰 명을 물리치고 담장 셋을 넘어야 한다면."

"최소한 100명, 넉넉잡아 200명은 있어야겠지. 양주 도적들의 세가 대단하이."

김진이 고개를 끄덕였다.

"도적들은 철옹성을 허물 비책을 미리 가졌을 걸세. 누군가와 내통했을 수도 있고. 하인들이 십여 명이나 크게 다친 마당에 도적은 단 한 명도 잡지 못했다는 것도 흔한 일은 아닐세."

"어쩐지 으스스한데. 형암 형님이 적성 고을을 제대로 다스리려면 임 참판 저 기세부터 꺾어야 할 듯하이. 말이 좋아 하인이지 사병(私兵)에 다름 아닐세."

김진이 오른 손바닥으로 담장을 툭툭 두드리면서 들릴 듯 말 듯한 목소리로 몇 마디 말을 흐렸다.

"들어가는 것도 힘들지만…… 나오기도…… 힘들 테지. 누군가 도와주지 않는다면."

"뭐라고?"

다시 물었지만 김진은 문득 윗배를 움켜쥐며 딴청을 부렸다.

"자네 배고프지 않나? 제법 썰썰하군(속이 빈 듯 출출함). 형암 형님이 진수성찬을 거절하신 건 이해하네만 그렇다고 저녁까지 먹고 왔다 딱 잘라 말씀하신 건 너무하셨어. 때론 짚신 머리에 국화방울 다는 맛도 있어야지. 가세. 찬밥이라도 토렴(식은 밥에 뜨거운 국물을 부어 데우는 일)하여 한 그릇 먹었으면 좋겠군. 그리고 내일은 오랜만에 자네 궁술을 구경하세. 꼭 겨뤄 보고 싶다는 청년이 있더라고. 나는 물론 자네가 이기는 쪽에 걸었네. 아, 배고파!"

11

"이합미음(二合米飮, 원기를 보충하는 죽의 일종)이라도 몇 술 뜨시고 가시지요?"

샐녘부터 대문을 나서는 우리를 배웅하며 임거선이 걱정했다. 저녁을 굶고 누룽지도 청하지 못한 채 허기진 배를 방바닥에 붙이고 잠들었던 터라 밥 생각이 간절했지만 김진은 좋은 말로 거절했다.

"배고프지 않습니다. 대감께 인사 여쭙지 못하고 떠남이 송구스러울 따름이지요."

"어디로 가시는데 이리 서두르십니까?"

김진은 내게도 행선지를 말하지 않았다.

"아주아주 재미난 내기를 하나 했답니다. 나중에 가르쳐 드리지요."

"소생도 아침을 먹는 대로 용두산 움막으로 돌아가려하니 얼마 동안은 뵙기 힘들 듯합니다. 도움이 필요하시면언제라도 연통 주십시오. 한달음에 달려오겠습니다."

"그리 마세요. 과문(科文) 익히는 데 방해될까 걱정입니다.외거하는 하인들이 열다섯 명 정도 된다고 들었습니다만."

"그렇습니다."

"언제부터 외거를 시작했는지요?"

"형수님이 곳간 열쇠를 받으신 직후부터입니다. 형수님이 직접 외거할 이들을 고르셨지요."

"그 전에는 외거 하인이 없었단 말인가요?"

"낮에는 들에 나가 일하더라도 밤에는 꼭 집으로 돌아왔지요. 그건 왜 물으십니까?"

"아닙니다. 나중에 시간이 나면 외거하는 이들을 만나볼까 해서요. 부인이 직접 고른 사람들이라면 더더욱 만나봐야겠군요."

"그러세요."

임거선은 무슨 말인가 덧붙이려다가 그만두는 눈치였다.

김진은 상백운동을 향해 말을 달렸다. 마지못해 뒤따르던 나는 벌판이 나타나자 멈춰 섰다. 배도 고팠고 목적지를 모르는 채 끌려가고 싶지 않았다. 한참을 앞서가던 김진이 되돌아왔다.

"나는 가지 않겠네. 잠자리가 바뀌어선지 어깨도 뻐근하고 허리도 결리네. 객사로 가 매나니(반찬 없이 먹는 밥)라도 먹고 쉬어야겠어."

김진이 정색하고 막아섰다.

"자네가 가지 않으면 내기 자체가 성립되지 않으이."

"내기라니? 내가 언제 내기 따위를 한다고 했나? 김 씨 일을 심찰하는 일을 해야 할 판국에 내기는 무슨 얼어 죽을!"

"내기에 이겨야 김 씨 일을 더욱 잘 살필 수 있다면 어쩌겠나? 하겠나?"

내기에 이겨야 조사를 더 신속하게 마칠 수 있다는 말에 귀가 솔깃했다.

'어젯밤 궁술 실력을 뽐낼 자리를 마련한다 했지? 도대체 누구와 겨루란 걸까?'

"가는 곳이 어딘가?"

"상백운동을 지나 대현(大峴, 큰고개) 타고 설마령 오르다 보면 정신당(正身堂)이란 사장(射場)이 나온다네."

"설마령? 아니 가겠네. 자네 또 날 골탕 먹이려는 게지?"

임거선을 만나기 위해 설마령 아래 청학동까지 갔다가 소마동으로 와서 용두산을 오른 불쾌한 기억이 선명했다.

"그땐 정말 미안했으이. 서둘러 진주로 가지 않았다면 김 씨의 친정 어머니가 봉변을 당할 수 있다는 생각이 불현듯 들었네. 덕분에 자네도 적성 풍광을 제대로 구경하지 않았는가? 오늘은 설마령으로 곧장 갈 테니 걱정 말게. 다른 곳으로 옮기는 일은 없으이. 약속하겠네. 자, 그럼 어여 가세. 궁금한 일은 가면서 답해 주겠네."

못 이기는 척 말머리를 김진과 나란히 했다.

가을 산은 수척하고 겨울 산은 싸늘하며 봄 산은 산뜻하고 여름 산은 물방울 떨어지는 듯하다고 하였던가. 들판을 지나 대현으로 접어들자 맵시도 조촐한 매미는 흐르는 바람 따라 울고 자드락길(산 기슭 비탈에 난 좁은 길)에 핀 꽃은 향내 앞세우며 마중 왔다.

처음부터 시합을 그만둘 마음은 없었다. 김진과 나는 여러모로 다르지만 한 가지 비슷한 점을 꼽으라면 승부에 대한 집착이다. 김진이 나보다 훨씬 치밀하고 예의 바르지만 지는 것은 못 참는다. 사건을 해결하기 위해 며칠 밤을 새우는 끈기, 범인을 향해 정면에서 달려드는 용기, 난관이 닥칠수록 첫마음을 유지하는 냉정은 이기려는 바람에서 비롯된다. 올바름이 그릇됨을 이기고 기쁨이 슬픔을 이기고 착함이 악함을 이기는 순간을 위해 스스럼없이 전부를 던지는 것이다.

대현 고갯마루에 자리 잡은 청렴(靑帘, 술집을 알리는 푸른 깃발) 아래 잠시 쉬었다. 김진은 탁주 두 동이를 말안장에 묶어 두고 앞마당 평상으로 돌아왔다. 이른 시각이라 우리 외엔 손님이 없었다.

주모가 늘어지게 하품을 하며 부엌으로 사라지는 것을 확인한 후 물었다.

"자넨 외거 하인들에 왜 그리 집착하는가?"

나 역시 김진에게 지고 싶지 않았다. 의금부 도사가 어찌 규장각 서리에게 밀릴 수 있단 말인가. 김진과 사건 조사에 나설 때마다 한편으론 의지하다가도 한편으로 불쑥 솟는 경쟁심에 잠을 설친 적이 많았다. 특히 김진이 내가 미치지 못하는 곳까지 앞서 달리며 범인을 쫓을 때는 밥맛도 떨어지고 온몸이 아렸다.

김진이 탁주 한 사발을 비운 후 되물었다.

"하인들을 외거시켰다는 걸 어찌 생각하는가?"

"어찌 생각하다니? 부호들이 외거 하인을 두는 건 흔히 있는 일 아닌가? 영근 곡식도 지키고 집과 전답을 오가며 낭비하는 시간도 줄이고 말일세."

김진이 이마에 맺힌 땀을 손바닥으로 훔쳤다.

"시기가 좀 마음에 걸린다네."

"시기라니?"

"외거를 결정한 때 말일세. 자네 말대로 경작할 전답이 너무 많다면 하인들을 외거시킬 수도 있으이. 그 네 가구 열다섯 명은 임거용이 죽고 보름도 지나지 않아서 나갔더 군."

"임거용 죽은 바로 다음이면 임문이 가장 쪼들릴 때 아 닌가?"

"그렇지. 전답을 절반 넘게 팔아 따로 하인을 외거시킬 형편이 아니었다 이 말일세. 그 와중에 열다섯 명이나 외 거를 시작했다면 필시 다른 곡절이 있을 걸세."

"농사를 짓지 않고 딴짓을 했단 말인가?"

"아닐세. 그들은 충직하게 2년 꼬박 농사를 지었으이. 곳 간 가득 쌀 멱서리(짚으로 결어 쌀이나 소금을 담는 그릇)를 채 운 덕에 김 씨가 계속 곳간 열쇠를 지닐 수 있었지."

다시 한 번 넘겨짚었다.

"벌써 만나고 왔군그래. 이미 다 알고 있으면서 임 참판 이 어찌 나오나 떠본 겐가?"

"절반은 맞고 절반은 틀렸으이. 임 참판 정도 전답을 지 닌 이라면 응당 외거 하인을 두었으리라 짐작했지. 진주에 서 돌아오는 길에 수소문해 보니 과연 그들이 백옥봉(白玉 峯) 아래에 함께 모여 살고 있다 하더군. 아낙과 아이들만 집을 지키고 있었다네."

"장성한 사내들은 없었다 이 말인가? 모두 몇 명이나 보이지 않던가?"

"넷이었네."

"이상한 일이로군. 아무리 외거한다 해도 적성현 경계를 넘어갈 때는 임 참판 허락을 받아야 하지 않는가? 아낙들은 지아비가 어디 갔다 하던가?"

"약초 캐러 감악산으로 들어갔다더군. 전에도 종종 입산하는 일이 있었다고 하네."

"그럼 문제없지 않나? 지금쯤 다시 집으로 돌아왔을 수도 있겠구먼."

"거기 빈집이 한 채 있더군."

"빈집이라고?"

"아낙들 말로는 새아씨가 와서 머무르던 곳이라 하였네."

"김아영이 거기 가 있었단 말인가? 그 집에 무엇이 있던가?"

"서안 하나 없는, 그야말로 텅 빈 집이었네. 김 씨가 자진한 후 임거선이 내거 하인을 이끌고 와서 가구와 서책을 모두 가져갔다더군."

입맛이 쓸쓸했다. 김아영이 죽고 반년이나 지나서 적성에 내려온 것이 못내 아쉬웠다. 김진이 내 굳은 표정을 살피며 희미하게 웃었다. 무엇인가 남다른 수확을 얻었을 때만 저런 표정을 짓는다.

"우선 이것부터 보게."

소매에서 그림 석 장을 내밀었다. 이상하게 생긴 기구들이 하나씩 담겨 있었다.

"첫 장은 고무래라더군. 흙덩이를 깨는 데 사용하지. 쟁기로 간 뒤에 고무래로 치면 흙덩이가 산산조각이 난다네. 다음 건 장병서(長柄鋤). 말 그대로 자루가 두 자 반에서 석 자나 되는 호미지. 지금까지 쓰던 자루 짧은 호미는 허리를 잔뜩 구부리고 앉아 꽁무니를 바닥에 대고 어림짐작으로 흙을 훑었네만 장병서는 편안하게 서서 흙을 긁어낸다네. 마지막에 큰 빗처럼 생긴 건 써레(耖)일세. 무논에서 쟁기로 갈아엎은 흙을 고를 때 쓰는 기구지. 셋 다 김 씨가 그린 걸세."

"무엇이라고? 농기구에까지 관심을 가졌다는 말인가? 그런데 이런 모양은……."

"대국에서 쓰는 것들이지. 아낙들과 작별하고 나오려는데 광에 고무래와 장병서와 써레가 있더라고. 나도 대국을 오가는 길에 슬쩍 살핀 적은 있지만 이렇듯 가까이 조선에서 보긴 처음이었어. 돌아가서 이 농기구를 만든 이가 누구냐고 물었지. 아낙들은 잠시 머뭇거리다가 새아씨가 그

것들을 만든 일이 열녀문을 세우는 데 도움이 되는지 방해가 되는지 묻더군. 물론 큰 도움이 된다 하였더니 나를 광으로 다시 데려갔다네. 쌓아 둔 짚단을 내려놓으니 서책들이 나왔으이. 새아씨가 탐독하던 서책들인데 작은도련님이 와서 거둬 가기 전에 미리 챙겨 두었다는 거야.『농정전서(農政全書, 명나라 서광계가 편찬한 농서)』를 비롯하여 『농가집성(農家集成)』,『산림경제(山林經濟)』,『구황촬요(救荒撮要)』,『색경(穡經)』. 대충 제목만 살펴도 내로라하는 농서가 총망라되었더군. 서책들 제일 아래에는 초정 형님이 지은『북학의(北學議)』도 있었으이.『산림경제』첫 권에 이 농기구 그림들이 반으로 접혀 끼여 있었네. 임 참판 전답이 유독 많은 곡물을 생산한 이유를 그제야 알게 되었지."

"나보고 지금 자네 말을 믿으라는 겐가? 시는 이두를 견주고 문은 이륙(二陸, 진나라 문장가인 육기와 육운 형제)에 가깝다더니 그림까지 능하고 농법을 깊이 공부하였을 뿐만 아니라 새로운 농기구까지 만들었다? 이런 여인이 과연 세상에 있겠는가?"

"꼭 여인이라 낮잡고 보지 않는다면 없으란 법도 없지. 연암 선생이나 담헌 선생, 형암 형님, 초정 형님을 떠올려 보게. 그분들 역시 시서화에 능하며 서국에서 발달된 천문 역법은 물론 농법에까지 조예가 깊으시지 않나. 대국을 통해 새로운 문물을 받아들여 제 것으로 녹여 냈기 때문에 가능한 일이지. 김 씨가 서재 이름을 백연재라고 지으면서 백탑 서생을 닮고 싶어 했다면 이런 농기구를 만든 것도 놀랄 일이 아닐세. 어쩌면 더 큰 시험을 했을지도 몰라."

"더 큰 시험이라니?"

"입산한 장정들을 만나면 자세히 물어보도록 하세, 김 씨가 어떤 식으로 하인들을 독발(督發, 독려)하며 농사를 지었는지를. 백탑 서생들은 그저 머리로 상상만 한 일들인데……."

김진은 말끝을 흐리며 현주일구(懸珠日晷, 휴대용 해시계)를 꺼내 시각을 확인한 후 평상을 내려섰다. 가파른 고갯길을 오르는 내내 고개를 숙인 채 눈을 내리깔았다. 꾹 다문 입술에는 어떤 질문도 받지 않겠다는 의지가 담겨 있었다. 나 역시 비슷한 표정으로 뒤따르며, 일찍이 내가 단 한 번도 읽어 보지 못한 농서들을 탐독한 여인의 또랑또랑한 눈동자를 상상했다.

김진은 고갯마루를 넘어온 마파람에 비로소 고개 들었고, 잊었던 일이 갑자기 떠오른 듯 이야기를 시작했다.

"설마령에서 자넬 기다리는 궁사는 남재태라고 하네. 올해 스물네 살인데 적성 고을 명궁으로 이름이 높지."

"남재태? 처음 들어보는걸. 내가 왜 그치와 궁술 대결을 벌여야 하는가?"

"임거용과 『천자문』, 『십구사략(十九史略)』, 『소미통감(小微通鑑)』을 거쳐 오서 오경까지 두루 익힌 동접(同接, 함께 공부한 사이)이라네. 임거용이 진주에 갈 때도 용 가는 데 구름 가듯 동주공제(同舟共濟, 같은 배를 타고 강을 건넘)했지. 홍씨도 유독 어깨가 넓고 손이 큰 남재태를 기억하더군. 이틀 전 진주에서 올라오는 길에 백옥동에 들렀다가 그 근처 남재태 와가를 찾아갔다네. 이 사내는 임거용 부부 이야기라면 한 마디도 하지 않겠다고 완강하게 버티더군. 이미 저 세상으로 간 벗과 그 아내에 대해 이러쿵저러쿵 이야기하는 것 자체가 결례라면서 말일세. 이명방 자네 이야기를 꺼냈지. 야뇌 백동수로부터 궁술을 배운 의금부 도사가 이곳에 와 있으니 한번 겨뤄 보지 않겠느냐? 그제야 남재태는 나와 눈길을 맞추더군. 야뇌 문하라면 반드시 만나 보고 싶다 했으이. 단 한 가지 조건을 내걸었네. 남재태가 이기면 올해 안에 야뇌 형님을 소개시켜 주고, 이명방 자네가 이기면 임거용과 그 아내에 대한 이야기를 듣기로 말일세. 어떤가? 이 정도면 자네가 실력 발휘를 할 연유가 충분하지?"

"왜 미리 귀띔해 주지 않았는가? 차근차근 설명했더라면 준비도 하고 그랬을 것을."

"자네가 일방으로 이기지 않기를 바라서였네."

"그건 또 무슨 소린가?"

김진은 샛길로 접어들며 답했다.

"남재태가 아무리 적성에서 이름이 높아도 어찌 야뇌 형님에게 배우고 금오에서 연마한, 육량기사(六兩騎射, 말을 타고 120보 되는 거리에서 여섯 냥 되는 화살로 쏘아 맞추는 무과 시험 종목)의 귀재 이명방을 당하겠는가. 공중을 보고 쏘아도 과녁을 맞히는 자네 아닌가. 너무 심하게 다루면 남재태가 지레 겁을 먹고 입을 닫아 버릴 수도 있네. 적당히 살살 다루게나. 이기기는 하되 아슬아슬하게 승부를 정하라, 이 말이야. 그래 줄 수 있겠는가?"

힘든 일은 아니었다. 몇 수 접어줄 실력이라면 두세 발 허공으로 쏘고도 거뜬히 따라잡을 수 있으리라. 왼 손목을 힘주어 돌리며 답했다.

"그리 하지."

남재태는 미리 와서 기다리고 있었다. 키가 크고 덩치가 좋으며 턱이 둥글고 볼 살이 두툼하여 착한 인상을 풍겼다. 긴 손가락은 시위를 당기는 데 유리했고 두꺼운 허벅지는 비바람도 능히 이겨 낼 만큼 단단했다. 기가 위로 뻗어 흔들리지 않고 차분히 가라앉는 것은 제법 무예를 연마했음을 뜻한다.

김진이 술동이를 흔들며 인사했다.

"일찍 나왔군요. 과녁은 어디에 두었소이까?"

남재태가 읍한 후 답했다.

"저 오른쪽 바위 옆입니다. 200보 정도 떨어진 거립니다."

김진이 고개를 갸우뚱거렸다.

"200보면 너무 멀지 않소? 맞바람도 세고 나무들도 저리 어지러운데, 100보 정도가 적당할 듯하오만."

"소생은 늘 200보 넘게 과녁을 두고 활을 쏩니다. 너무 멀다 생각하시면 지금이라도 당길까요?"

김진이 눈짓으로 의향을 물었다. 남재태의 호기가 싫지만은 않았다. 나 역시 야뇌 백동수를 만나기 전까지는 하늘 아래 최고라는 자신감에 넘쳐 있었다.

"200보 그대로 둡시다. 활과 화살은 어떤 걸로 하겠소?"

"철전(鐵箭, 쇠화살)과 흑각궁을 가져왔습니다."

"좋소. 그럼 각각 열 대씩만 쏩시다."

김진은 고전기를 들고 과녁 옆 너럭바위에 올라섰다. 남재태가 먼저 사대에 나섰다. 철전 하나를 뽑아 들고 고개를 돌렸다.

"그럼 시작하겠습니다."

오랫동안 설마령에서 활을 쏜 덕분인지 세찬 바람살에도 흔들리지 않았다. 활을 쥔 왼손에 힘이 넘쳤고 시위를 당기는 오른손도 경쾌했다. 어깨에 힘이 들어간 것이 흠이라면 흠이지만 가르쳐 다듬으면 쏠 만한 궁사로 자랄 듯도 했다. 남재태는 청학(靑鶴) 깃으로 만든 전우(箭羽, 화살대에 붙인 새의 깃)를 흘끔 살핀 후 시위를 당겼다. 잠시 후 고전기가 흔들렸다. 과녁에 정확히 꽂힌 것이다. 남재태가 다시 두 대째 화살을 꺼내 들었다.

'너무 빠르군. 철전 열 발을 연이어 쏘는 건 쉬운 일이 아니다. 첫 감을 끝까지 이어 가려면 힘을 비축해 두어야 해. 남재태 저 친구는 앞으로 치닫기만 할 뿐 멈춰 쉴 줄을 모르는군. 멧돼지처럼!'

둘째, 셋째 화살도 과녁에 꽂혔다. 남재태가 고개를 돌려 내게 자랑을 늘어놓았다.

"열 발 아니라 스무 발이라도 과녁에 꽂을 수 있습니다."

밝게 웃으며 고개를 끄덕여 주었다. 넷째, 다섯째 화살도 과녁에 들어갔다. 나는 흥분하거나 초조하지 않았다. 다섯째 화살이 과녁에 꽂히긴 했으되 활을 쥔 왼손이 눈에 띄게 떨렸다. 여섯째 화살에서 처음으로 고전기가 흔들리지 않았다. 남재태가 오른손으로 이마를 쓸며 말했다.

"실수한 겁니다. 한 발 정도는 비껴 나는 것이 예의겠습니다."

그때도 나는 빙그레 웃기만 했다. 일곱, 여덟, 아홉째 화살 역시 과녁에 미치지 못하고 떨어졌다.

"된바람이 심하군요."

마지막 화살은 과녁을 넘어갔다. 거리 감각을 잃은 것이다. 남재태는 실망하지 않고 흑각궁을 내게 넘겼다. 다섯 발이라도 맞힐 수 있겠느냐는 눈빛이었다. 나는 애써 외면했다.

사대에 서서 풍광부터 살폈다. 나무와 바위, 바람 방향과 세기를 몸에 익혔다. 처음 서는 사대일수록 주변 정황을 살펴 익숙해져야 한다. 남재태가 헛기침을 했다. 두려우면 지금이라도 물러나라는 말 없는 경고다. 첫 발을 시위에 걸고 과녁을 노려보며 화살을 날렸다. 거리는 엇비슷하게 맞았지만 화살은 오른쪽으로 비껴갔다.

"저런!"

남재태가 내지른 안타까운 탄성이 귀를 찔러 댔다. 나는 서두르지 않았다. 호랑이보다 난폭하고 표범보다 빠른 백동수도 사대에서만은 느려 터진 곰으로 돌변했다.

'눈을 감아라. 바람에 젖어 그 위에 네 몸을 얹어라! 화

살을 쏘는지도 모르게 시위를 놓아라!'

둘째 화살이 날아가고, 얼마 뒤 고전기가 흔들렸다. 명중이었다. 그 후로도 나는 가장 늦은 순간 시위를 당겼다. 혼잣말 웅얼거리고 한숨과 탄식 쏟는 남재태를 의식하지 않고 아홉 발을 연이어 과녁에 꽂은 다음 사대에서 내려왔다. 남재태는 무릎 꿇고 배움을 청했다.

"명궁을 몰라본 죄 용서하십시오. 오늘부터 스승으로 모시고 싶습니다. 부디 이 두소지재(斗筲之才, 도량이 좁고 재능이 변변찮음)를 거두어 주십시오."

남재태를 일으켜 세우며 칭찬했다.

"200보 떨어진 과녁에 다섯 발이나 명중시킨 것도 대단한 솜씨라오. 조금 더 침착하고 한 치만 더 자신을 낮추면 열 발 모두 과녁에 꽂을 날이 올 게요. 듣자하니 무과를 준비 중이라지. 급제 후 도성에서 다시 만났으면 하오."

"가르침을 주십시오."

"허어, 나는 아직 문하를 둘 나이도 실력도 아니라오. 밭도랑 따르는 물이나 작은 흙무더기에 불과한 재주를 선보인 것이 오히려 부끄럽소."

김진이 고전기를 들고 돌아왔다.

"임거용과 그 아내에 대하여 몇 가지만 묻겠소. 약속한 대로 부디 거짓 없이 답해 주기 바라오."

"알겠습니다. 소생이 아는 건 모두 말씀드리지요."

김진이 내게 눈짓을 보냈다. 나는 흠흠 헛기침을 한 후 먼저 물었다.

"두 사람이 진주에서 처음 만났다 들었소. 맞소?"

"진주 촉석루에서였지요. 소생도 곁에 있었습니다."

"숙부를 뵙기 위해 천 리 길을 갔다 하던데…… 그것도 맞소?"

남재태가 즉답을 못하고 잠시 머뭇거렸다.

'이상하군.'

"숙부를 만나기 위함이었느냐고 물었소."

남재태 얼굴이 벌겋게 상기되었다.

"진주 목사를 뵙고 문안 여쭙기 위함이기도 했습니다만……."

"했습니다만?"

"정말 망인에게 해가 되지 않는다 약조하실 수 있습니까? 고월(孤月, 임거용의 호)과 함께 진주로 떠날 때 참판 대감께 맹서하였습니다. 고월이 진주로 가야만 하는 이유를 발설하지 않겠다고 말입니다."

"다른 연유가 있단 말이오?"

남재태가 고개를 끄덕였다. 김진이 내가 던진 물음을 고쳐 물었다.

211

"못된 병 때문에 요양을 떠났던 게요?"

남재태는 김진과 내 얼굴을 번갈아 쳐다보며 반문했다.

"어찌 아셨습니까? 그 친구 가슴 병은 가족을 제외하곤 소생과 또 다른 친구 둘만 아는 일입니다. 두 친구는 작년에 나란히 등과하여 적성을 떠났으니 이제 소생만 아는 셈이로군요. 그해 여름은 유난히 더웠습니다. 약을 아무리 달여 먹어도, 동변(童便, 어린 사내아이 오줌을 약재로 이르는 말)까지 마셨어도 비 오듯 땀이 흐르고 기침까지 심해지자 참판 대감은 저희를 불러 진주까지 동행해 달라 청하셨습니다. 진주 남강 맑은 바람이라도 쐬면서 조섭하면 차도가 있을까 싶어서였죠. 저희는 이내 짐을 꾸려 고월과 함께 떠났습니다. 유질지우(惟疾之憂, 자식을 걱정하는 어버이 마음)에 감동하기도 했고, 여리고 착한 친구를 잡병으로 잃기는 정말 싫었습니다."

"촉석루에서 김 씨와 만난 정황을 설명해 보오."

"진주로 피접을 떠난 건 바른 선택이었습니다. 두류산 바람에 놀라 저퀴(사람에게 지피어 앓게 한다는 귀신)가 달아났는지 고월의 기침도 부쩍 줄었습니다. 처음엔 객사 밖 나들이를 자제했는데 그날만은 예외였지요. 진주 목사인 숙부님이 병든 조카를 위해 촉석루에 조출한 자리를 마련해 주셨거든요. 우리는 그곳에서 점심을 곁들여 두견주(杜鵑

酒, 진달래꽃을 청주에 넣고 가라앉혀 빚은 술)를 몇 잔 마셨습니다. 물론 고월은 술을 한 방울도 입에 대지 못했지요. 대신 가슴에 쌓아 두었던 시들을 많이 뱉었습니다. 열 수 넘게 낭송했던 듯합니다. 소생은 시와 술에 간잔지런히(술에 취하여 눈이 게슴츠레하게 눈시울이 맞닿을 듯함) 취해 미처 못 보았지만, 그 소리에 마음 뺏긴 미인 눈썹이 누각 아래 걸렸던가 봅니다. 나중에 듣자니 시를 읊는 목소리가 너무 애절하여 저도 모르게 발길이 닿았다더군요. 선골(仙骨) 낭군 만날 인연이었던 게지요. 그런데 너무 많은 시를 뱉은 탓이었을까요? 난간에 기대어 시를 읊던 고월이 갑자기 비틀 몸 흔들며 난간 아래로 떨어졌습니다. 우린 그때 그 친구가 죽은 줄로만 알았습니다. 황급히 내려가 보니 낯선 낭자 품에 안겨 거친 숨을 몰아쉬고 있더군요. 머리에서 피를 흘리면서 말입니다."

"심하게 다쳤던가 보오."

"피는 곧 멎었지만 오른 발목엔 부목을 대지 않을 수 없었습니다. 두 팔목마저 삐어 서책을 드는 것조차 힘들었지요. 고월은 그 몸으로 객사에 누워 있기가 숙부님께 송구스럽다고 했습니다. 진주는 경상 우도에서 가장 큰 고을이니, 객사도 여러 지방에서 오가는 사람들로 넘쳐났지요. 따로 피접할 곳을 구하기란 쉽지 않았습니다. 숙부님은 가까운 사찰 몇 군데를 추천하셨습니다만 고월은 석씨지가(釋氏之家)는 싫다 거절했습니다. 의외로 쉽게 피접할 거처가 정해졌습니다. 촉석루에서 고월을 품에 안았던 김 낭자가 누옥으로 모시고 싶다며 서찰을 띄운 겁니다."

"난간에서 떨어져 정신이 혼미한 사내를 한 번 보고 마음을 정했다 이 말이오?"

남재태가 큰 어깨를 흔들며 눈을 치떴다.

"남녀 사이에는 납득할 수 없는 일들이 간혹 벌어지지 않습니까? 어디서 그런 용기가 났느냐고 물었던 적이 있지요. 그때 이렇게 답하더군요. 만난 건 비록 한 번뿐이지만 시 열 수를 듣고 있자니 10년 동학(同學)한 사이처럼 슬픔과 고통이 느껴지더라고 말입니다. 지금 생각해도 아름다운 만남이 아닐 수 없습니다."

나는 확인하듯 다시 물었다.

"첫눈에 반한 사이다, 이 말이오?"

"그렇습니다. 낭자의 지극한 간병 덕택인지, 고월의 병도 조금씩 차도가 나타났습니다. 피도 토하지 않고 기침 횟수도 줄었으니까요. 거문고 가락에 취한 물고기가 따로 없었죠. 사냥 가고 싶다, 용문에 올라 낭자를 귀히 해 주고 싶다 의욕을 부릴 정도였습니다. 사라지기 직전 피어오른 마지막 불꽃임을 그땐 몰랐죠."

"임 참판은 큰아들이 단순히 숙부에게 문안을 갔다고만 했소."

"당연한 일 아닙니까? 어느 아버지가 자기 아들이 끔찍한 가슴 병을 앓는다고 밝히고 싶겠습니까? 몇몇 사람 입만 닫으면 고월이 중병을 앓았다는 사실 자체도 지울 수 있지요."

김진이 끼어들었다.

"오늘 설명을 듣고 보니 김 씨는 남편이 앓아 온 병을 누구보다 소상히 알고도 부부로 살 결심을 했으며, 완치가 어려운데도 지극 정성으로 간병했군요. 사랑은 더러 그렇게 무모한 일을 벌이기도 합니다. 임거용이 급사한 다음, 장례를 마친 후에 김 씨와 만난 적 있나요?"

남재태가 바로 답했다.

"없습니다. 혼인 전 진주에서는 여러 벗들과 함께 모여 시를 읊고 논했으나 고월이 죽은 후로는 낭자를 한번도 만나지 못했습니다. 남편 잡아먹은 여자가 근신하고 또 근신하는 것이 이 나라 법도 아닌가요?"

"마지막으로 한 가지만 더 묻겠습니다. 그대가 보기에 김 씨는 남편을 따라 죽을 만큼 의지가 굳은 여자였나요?"

남재태의 검은 눈동자가 가늘게 떨렸다.

"고월과 동혈지우(同穴之友, 부부)가 되겠다고 밝힐 때부

215

터 평범한 여자가 아님을 알았습니다. 주변 눈치 보지 않고 제 뜻을 말하고 행하는 용기를 지녔으니 혼인도 성사된 게지요. 자진 소식을 접했을 때, 물론 처음에는 당황했지만, 낭자라면 할 수도 있었겠단 생각이 들었습니다. 병든 사람과 혼인을 감행하듯 죽은 남편을 따라 스스로 목숨을 끊은 거니까요."

"김 씨를 위해 열녀문을 세워야 한다고 보시겠군요."

"낭자가 열녀가 아니라면 대체 누가 열녀이겠습니까?"

12

저녁부터 쏟아진 무더기비는 다음 날 아침에도 그칠 줄을 몰랐다. 좌수 최벽문이 보낸 하인이 비보라를 뚫고 나타난 것은 뜻밖이었다. 오경(새벽 3~5시)부터 세필 들어 가을 국화를 그리던 김진은 최벽문이 보낸 서찰을 펼쳐 보지도 않고 서안에 던져 두었다. 국화가 한 송이 두 송이 세 송이 네 송이째 피었을 때, 나는 참지 못하고 물었다.

"무엇이라 썼는지 아니 볼 텐가?"

"건들바람 불면 추국(秋菊) 만나러 두류산에라도 들어야겠으이. 내 머릿속에 남은 국화가 겨우 이렇게 네 송이뿐이라니."

"국화면 다 같은 국화지 뭘 그리 따지는가? 자네 사군자 솜씨는 단원도 인정할 만큼 빼어나지 않나?"

"사람 얼굴 생김이 제각각이듯 꽃도 마찬가지라네. 봉오리를 맺은 일시와 장소, 바람 세기와 햇빛 양에 따라 천차만별일세. 천차만별을 일색(一色)으로 담는 건 죄야."

"꽃에 미친 건 여전하구면. 온종일 꽃그늘 아래 손깍지 베개를 한 채 드러누워 지내던 모습이 눈에 선해. 규장각에 출입하면서부턴 꽃 이야기가 줄어 다행이라 여겼는데 자품이 바뀌긴 역시 힘들군. 그건 그렇고 좌수가 보낸 서찰이나 뜯어 보세. 답답하이."

김진은 자신이 피운 꽃송이들을 노려보며 혀를 끌끌 찼다.

"미안한 일이야. 예전엔 한번 붓을 잡으면 500송이는 넉넉히 그렸는데."

"화광!"

"내가 왜 꽃들을 아끼는 줄 아는가?"

김진이 여전히 꽃송이에 시선을 둔 채 물었다. 갑작스러운 물음에 즉답을 못했다.

"꽃은 결코 거짓을 말하지 않는다네. 귀 기울여 듣노라면 품은 뜻 꾸밈없이 간명하게 밝히지."

"꽃들과 대화라도 나눈단 말인가?"

"자넨 사람들끼리만 이야기를 나눈다 여기겠지만, 때론 짐승이나 꽃, 저 희디흰 종이도 말을 건넨다네. 좌수가 보낸 서찰은 뜯을 필요도 없으이. 한가함이 있거든 우중(愚

中, 아침 9~11시) 전에 향청으로 나와 달란 청이겠지. 나는 한가하지도 않고 갈 뜻도 없으니 서찰을 읽지 않으려는 걸세."

서둘러 서찰을 폈다. 과연 향청에서 뵙고 의논드릴 일이 있으니 바쁘지 않으시면 건너오시라 적혀 있었다.

"긴히 의논할 일이 있다는데 가 보지 그러나? 어차피 아침엔 채찍비 때문에 현을 둘러보기도 힘들 듯한데……. 자네가 향청 양반님네들을 싫어하는 건 아네만."

"싫어서가 아닐세. 옳거니! 한 녀석이 더 떠오르는군. 백악산 츠렁바위 아래 있던 놈이었지, 아마."

김진이 다섯 송이째 국화를 피우기 시작하였다.

"오늘 아침 그들을 만날 걸세. 향청이 아니라 바로 이 객사에서 내가 피운 추국들과 함께 그들이 긴하다 여기는 이야기를 들어 볼 생각이야."

"향청이 아니라 객사에서? 그 이유가 뭔가?"

김진이 나를 향해 빙긋 미소 지었다.

"일시와 장소, 바람 세기와 햇빛 양이 중요한 건 국화뿐만이 아니라네. 사람과 사람이 만날 때도 그 모두를 살펴야 해. 좌수는 우릴 향청으로 불러들여 등 치고 배 문지르며 분위기를 제압하려 드는 걸세. 낯선 곳에 가면 자신도 모르게 실수를 하기 마련이라네. 그 작은 실수들로 우리 속마음을 캐 보려 할 테지."

"자넨 낯선 곳에서도 실력 발휘를 해 왔지 않나?"

김진이 처진 국화 꽃잎을 마무리 지으며 얕은 신음을 뱉었다.

"으응, 이번 사건은 힘드네. 예전 일들과 많이 달라. 모든 단서가 드러난 것 같지만 밝혀진 건 하나도 없지. 폭설 쌓인 골짜기에서 바늘 하나를 찾는 기분이랄까. 향청에 가서 노닥거리고 싶진 않으이."

역으로 말해, 좌수와 별감들은 바로 이 객사에서 실수를 할 수도 있다는 것이다. 김진은 또 한걸음 물러나 기다리고 있었다. 이 지루한 기다림은 언제까지 이어질 것인가.

"『별투색전』은 읽어 보았는가?"

김진이 고개를 끄덕였다.

어젯밤 나는 빗줄기 사이사이로 도성에서 계목향과 만난 일을 들려주었다. 이덕무로부터 돌려받은 『별투색전』과 세책방에서 빌린 『여와전』을 함께 건넸다.

"청전. 자네 말대로 두 소설은 참 흥미로웠어. 김 씨는 세상에 호기심이 많았으니, 소설을 즐기고 또 『여와전』에 감동한 후 『별투색전』을 지은 건 이상한 일이 아닐세."

"한 집안의 종부가 해어화인 계목향과 의자매를 맺고 소설까지 함께 지은 일은 드물지."

"백탑 아래 모였던 이들을 떠올려 보게나. 양반들만의

모임은 결코 아니었으이. 서얼은 물론 화인, 목수, 매설가 등도 저마다 재주를 뽐내며 한자리씩 차지했지. 백탑 아래에서 우리가 신분에 개의치 않고 만나 어울렸듯 김 씨도 해어화인 계목향을 가까이하였겠지. 소설에 깊이 빠진 두 사람이 작품을 논하고 필사하는 건 당연한 일일세. 나아가 새로운 작품을 지어 볼 욕심도 내었을 법하네. 요즈음 소설 좋아하는 집안에서는 가솔 모두가 참여하여 소설을 필사하고 짓는다지 않는가? 『소문록』만 보아도 그런 풍광이 펼쳐져 있으이."

"계목향은 김아영이 『별투색전』을 완성하지도 않고 자진할 리 없다 했네. 자네 생각은 어떠한가?"

"이 세상엔 소설보다 더 중한 일이 얼마든지 있네만, 소설 한 편 마치는 것을 목숨보다 중하게 여기는 이도 드물게 가끔은 있지. 하여튼 자네가 계목향을 만난 덕분에 김 씨에 대해 좀 더 많은 것을 알게 되었네. 우리가 백탑 아래 모였을 땐 우리들만 이런 새로운 문물을 받아들였다 생각했네만, 이 나라 여인들도 가만있진 않았군."

"김아영과 계목향이 특별한 사람들이라서 그렇겠지."

"아닐 걸세. 어제 백옥봉을 바라보면서부터 새삼 깨닫는 일이네만, 이제야 우리 눈에 그 두 사람이 들어온 것이고 더욱 많은 여인들이 대국 문물을 받아들여 새로운 삶을 꾸리기 시작했을 걸세. 의주, 평양, 송악 해어화들, 객주에 속한 여인들, 또 김 씨처럼 탁월한 문재를 지닌 여사(女士)들이 얼마든지 숨어 있을 거라, 이 말일세. 남자들만이 세상 흐름을 읽어 낸다 건들거리면 큰 오산일세. 『별투색전』이 빚고 있는 소설은 『여와전』뿐만이 아닌 듯하이."

"당연한 말씀! 현재 세책방을 통해 유전하는 소설이 1000편을 넘은 지 오래라던데, 이제 이렇게 소설을 쌓아 놓고 등장인물만 뽑아 새로운 소설을 짓는 시절에까지 이르렀군. 바야흐로 소설의 시댈세."

"『별투색전』에 등장하는 여자들이 속한 소설들 말고, 두 편 정도를 더 꼽아야 하지 않을까 싶어."

김진이 서안 아래에서 서책 하나를 내밀었다.

『투색지연의(鬪色誌演義)』

『별투색전』과 제목부터 비슷했다.

"내 생각엔 『여와전』이 바로 그 『투색지연의』 속편인 듯하네. 『투색지연의』, 『여와전』, 『별투색전』 이렇게 연이어 소설이 나온 것이지."

"이 소설은 어디서 났나?"

"백연재를 나설 때 챙겨 왔지. 자네도 소설을 즐기니 이렇게 비 오는 날 연의나 읽으려고 말일세. 수십 권 긴 연의는 힘드니 짧은 연의들만 택했네. 그 속에 『투색지연의』도

끼어 있었으이. 자네가 준 두 소설을 읽고 깜짝 놀랐다네. 읽어 보면 알겠네만 제목에서 보듯 『별투색전』은 이야기 전개에 있어서 『투색지연의』와 더 많이 닮았네. 두 진영으로 나뉘어 각각 한 명씩 나와 전투를 벌이듯 미모 대결을 벌이지. 임병 양란을 거치면서 많은 연의가 대국에서 유입되어 널리 읽힌 결과겠지."

"『여와전』도 속편이다, 이 말인가? 『투색지연의』를 지은 매설가가 다시 『여와전』을 지은 건가?"

"한 사람이 둘 다를 지은 것 같진 않으이. 『별투색전』이 『여와전』에서 정한 서열에 불만을 드러내듯 『여와전』 역시 『투색지연의』에서 벌인 최패정과 가빙빙의 대결 결과를 받아들이지 않고 있으니까. 또한 『투색지연의』는 한문 소설이고 『여와전』은 언문 소설일세. 아, 『여와전』 최패염이 『투색지연의』에선 최패정이더군. 『옥교행』에서는 다시 최패정으로 나오니, 『여와전』을 지은 매설가가 이름을 착각한 듯하이. 『투색지연의』를 잠시 읽도록 하게. 내가 어젯밤 소설 첫머리에 양쪽 인물들을 나눠 적어 두었으니 참고해도 좋겠지."

『투색지연의』는 『여와전』에서 문창·문일이 내려오기 전, 황릉묘 여인들의 서열이 정해지는 과정을 담고 있었다. 『옥교행』에 등장하는 최패정을 비롯한 여인들과 『빙빙전』

에 등장하는 가빙빙을 비롯한 여인들이 투색을 벌인다. 미모와 재주가 뛰어난『옥교행』여인들이 현숙하고 정절을 훌륭히 지키는『빙빙전』여인들을 눌러 이기는데, 이 때문에 서열에서도 최패정은 삼황에 오르고 가빙빙은 그보다 한 등급 낮은 오제에 포함된다.『여와전』을 읽을 때 최패정이 가빙빙보다 서열이 높은 까닭이 궁금했는데,『투색지연의』에 그 이야기가 고스란히 담겨 있는 것이다.

서책을 덮고 녹로쌍관(轆轤雙關, 두 어깨를 도르래처럼 앞뒤 위아래로 움직이는 운동)하듯 어깨를 휘저었다. 김진이 차분히 말했다.

"적의 적은 동지라고 했던가. 계목향과 김 씨는『여와전』에 불만을 품고『별투색전』을 지었으이.『여와전』명부에 오른 여인들은 예법에 충실한 현모양처일지는 몰라도 자기에게 닥친 삶의 문제와 치열하게 맞서지는 않았다고 본 거지. 오히려『투색지연의』에서 승리하는 최패정과 그 동료들의 미모와 재주를 아낀다네. 석숙란 편 여인들이 사정옥 편 여인들에게 퍼붓는 비난을 떠올려 보게. 남편과 자식만 바라보고 사는 건 엉덩이만 무거우면 누구나 한다고 조소를 퍼붓는다네. 명부에 오른 여인들이 모두 정비(正妃)임을 지적하며 차비(次妃)나 첩은 열부(烈婦)가 될 수 없느냐고 날카롭게 꼬집지."

그 대목에서 궂은 고기 먹듯 불편했던 것이 사실이다.

"투색에서 이기는 쪽은 사정옥 편일세."

"정당하게 승패를 가리지 않았으니까."

"정당하지 않다니?"

"『여와전』부터 볼까. 황릉묘 명부를 바로잡는 건 문창과 문일일세. 두 성군이 서열을 다시 정하는 기준이 뭐였나?"

언뜻 기준이 떠오르지 않았다.

"누구나 납득하는 기준 따윈 애초에 없었네. 황릉묘 여인들의 동의도 중요하지 않았지. 문창과 문일이 자기들 멋대로 정했으이. 문창과 문일의 뜻은 곧 매설가의 바람이겠지. 『여와전』을 지은 매설가는 차비보다 정비를 높이고 관음을 비롯한 석씨지도를 끔찍하게 싫어한다네. 아무리 억울해도 여인들은 두 성군과 맞설 수 없으이. 『여와전』 말미에는 문창이 석씨지도를 대표하는 관음을 패퇴시킨 후 훈계까지 하지 않는가. 『투색지연의』도 마찬가지일세. 투색이 한창일 때, 사정옥 쪽 여인들이 조금이라도 불리한 듯싶으면 이비(二妃)가 끼어들어 사정옥 여인들 편을 드네. 얼굴을 아름답게 만드는 신묘한 약을 주기도 하고 석숙란 쪽 여인들의 약점을 일러 주기도 하지. 사정옥은 『사씨남정기』에서 바로 이비의 도움을 받고 살아났다네. 석숙란 쪽 여인들은 아무리 억울해도 황릉묘 여인들 중 으뜸 자리

를 차지한 이비와 결코 맞설 수 없으이. 패배는 예정된 일
이지."

"처음부터 정당한 투색이 아니다? 매설가의 바람에 따
라 여인들을 평가하는 이가 따로 정해져 있다는 말이군."

김진이 고개를 끄덕였다.

"그 때문에 나는 『여와전』을 지은 매설가와 『별투색전』
을 지은 계목향 김아영이 『금화사몽유록(金華寺夢遊錄)』을
열독하였다고 확신한다네."

"『금화사몽유록』이라고?"

『금화사몽유록』은 꿈속 여행을 담은 소설 가운데 가장
널리 읽히는 작품이다. 원래는 한문 소설인데 워낙 인기가
있다 보니 세책방에서 언문으로 옮겨 내놓을 지경이었다.
나는 이 소설의 줄거리를 떠올리며 말했다.

"그렇군. 『금화사몽유록』엔 역사에 뚜렷한 족적을 남긴
남자들이 등장하지. 그들 서열을 정하는 이는 제갈공명이
고. 화광! 자네 생각은 『금화사몽유록』에서 제갈공명, 『여
와전』에서 문창과 문일, 『투색지연의』에서 이비가 같은 역
할을 한단 말이군. 등장인물 그 누구도 침범할 수 없는 권
위를 지니고서."

"사서에 이름을 남긴 남자가 소설에 이름을 올린 여인
으로 바뀐 걸세. 도성으로 돌아가면 『금화사몽유록』을 다

시 검토해 보세. 하여튼 계목향과 김 씨는 청전 자네만큼
이나 소설에 미쳐 있었군. 자웅을 겨룰 만해. 언제 한번 투
설(鬪說)을 벌이는 건 어떻겠는가? 멋진 구경거리가 될 것
같은걸. 판결은 공정하게 내가 봄세."

김진이 건넨 농담을 진지하게 받아쳤다.

"『별투색전』을 보면 석숙란이 사정옥과 대결하여 졌네.
정당하지 않더라도 승부가 끝났다 이 말이지. 무슨 얘기가
더 남았을까? 짐작되는 거라도 있나?"

김진이 고개 저으며 농담을 이었다.

"설치가 모르는 걸 내 어찌 알까?"

오시에 향청 하인이 다시 왔다. 좌수와 좌별감, 우별감
이 객사로 걸음할 예정이라는 것이다. 김진은 하늘로 뻗은
꽃잎을 새로 시작하며 무뚝뚝하게 답했다.

"사또와 점심 선약이 있어 미시(오후 1시)나 되어야 만날
수 있겠다 전하여라."

하인이 물러간 후 따져 물었다.

"형암 형님과 언제 약조를 했는가?"

김진이 자리에서 일어섰다.

"참새 두 마리 소리 없이 마주 앉고 국화 한 송이 외로이 필 때는 벗이 문득 그리운 법이거든. 적적한 사또를 위로할 때도 되었으이. 언제까지 독상을 받으시게 할 수는 없지 않는가."

"독상을 받으시다니?"

"간중(簡重)한 성품에 관기를 가까이하지도 않으실 터이고, 지난 공무에 대한 검토를 마칠 때까지는 향청이나 질청을 곁에 두지도 않으실 터. 자연히 외톨이 신세겠지. 가서 위로해 드리세."

김진을 따라 내아로 향했다.

점심상이 들어오기 전이었다. 이덕무는 환한 웃음으로 우리를 맞았다. 오늘따라 좁은 어깨가 더 무거워 보였다.

"그러지 않아도 부를까 했네. 조사는 어찌 되고 있는가?"

김진이 내게 눈을 찡긋해 보였다.

"된비 그치면 김 씨를 가까이에서 모셨던 하인과 몇 사람을 더 만나 볼까 합니다."

이덕무가 천천히 고개 끄덕였다.

"자네 둘이 맡았으니 어련히 알아서 하겠지만, 꼼꼼히 살펴 주게."

김진이 슬쩍 말머리를 돌렸다.

"무슨 서책을 읽고 계셨습니까?"

"「구외이문(口外異聞)」일세."

『열하일기』에 포함된 「구외이문」은 박지원이 대국 여행 중 보고 들은 기이한 일들을 기록한 글이다.

"새삼 그 책은 왜 다시 읽으시는지요?"

이덕무는 박지원이 『열하일기』를 쓰기 시작할 때부터 조언을 아끼지 않았고, 또 책이 완성된 후에도 여러 번 읽고 논의한 적이 있었다.

'산적한 업무 속에서 왜 하필 「구외이문」을 보시는 걸까? 잠시 포용도(包龍圖, 송나라 신하 포증. 강직한 그가 한 번 웃으면 황하수가 맑아질 것이라는 고사가 있음) 웃음 듣고 심란한 생각들을 맑게 바꾸려 하시는가?'

"담헌 선생도 연암 선생도 또 우리들도 마찬가지였던 것 같으이. 기회만 오면 새 세상을 만들어 보이리라. 머리로는 이미 열두 번도 더 조선이란 나라를 탈바꿈시켰지. 세상은 그리 쉽게 변하는 법이 아닐세. 오히려 우리가 품은 열정이 더 빨리 쇠진할 테지. 전하께서는 삼강(三講, 조강, 주강, 석강)에서 늘 이런 말씀을 하셨다네. '눈에 보이는 것만 사실이라고 믿지 말라. 더 깊이 더 끈질기게 파고들라. 뿌리를 완전히 잘라내지 않고는, 그 뿌리 잔털에 묻은 흙까지 제거하지 않고는 세상은 바뀌지 않는 법이니라.'

여태껏 나는 그 하교를 사색 당파로 어지러운 조정 대신들에 대한 염려로만 받아들였네만, 아니었네. 오래전부터 썩어 악취 풍기는 뿌리는 딴 곳에 있었으이. 이치에 합당하지 않은 기이한 일들은 압록강 건너 천하제일문(天下第一門, 산해관)을 지나야만 있는 게 아니라 바로 내 나라 조선, 그것도 내가 다스리는 적성이라는 작은 둔락(屯落, 마을)에서도 이어져 왔군."

김진이 「구외이문」을 손바닥으로 쓸며 이야기를 이어받았다.

"형님 벼슬은 종육품 당하관 현감이지만 정일품 당상관 영의정도 못하는 일을 하셔야 합니다. 도성에 탁월한 신료들이 아무리 많이 운집해도 그 손발이 되는 지방 수령과 각 고을 향청, 질청이 썩으면 소용없지요. 적성에서 그 뿌리를 잘라내시면 세상이 바뀔 날도 한층 가까워집니다."

"역시 화광 자넨 내 마음을 읽는군. 그만큼 중한 일이니 더더욱 조심스럽다네."

나도 짚이는 대목이 하나 있었다.

"혹시 사자(獅子)를 살피고 계셨습니까?"

이덕무가 고개 끄덕이자 김진이 그 대목을 외웠다.

"『철경록(輟耕錄)』에 이르기를, '나라에서 번번이 여러 왕과 대신을 모아 벌이는 잔치를 대취회(大聚會)라고 한다.

이날은 여러 짐승을 만세산(萬歲山)으로 끌어내는데, 범, 표범, 곰, 코끼리 등을 따로 내놓은 뒤에 사자가 나온다. 사자는 몸뚱이가 짧고 작아서 집에서 기르는 금빛 털을 지닌 삽살개처럼 생겼다. 여러 짐승이 사자를 보면 무서워 엎드리고 감히 쳐다보지도 못한다. 기가 질리는 까닭이다.'"

내가 그다음을 넘겨받았다.

"'내 일찍이 만세산에 가 보았지만 기르는 짐승을 볼 수 없었다.'"

이덕무가 마무리를 했다.

"'100년 이래로 다시 사자를 진상한 자가 없었다.' 하고 연암 선생은 끝을 맺으셨네."

내가 그 대목을 나름대로 풀어 보았다.

"소문만 듣고 사자에게 기가 질릴 까닭이 없지요. 좌수 최벽문이 사자로 불릴 만큼 기세등등하지만 향청은 결국 현감을 보좌하는 곳에 지나지 않습니다."

김진이 내 말을 가로막았다.

"간단한 문제는 아니네. 지금은 향청이 현감을 보좌하는 곳으로 격하되었으나 처음부터 그렇진 않았으이. 개국 직후에는 향청과 불화하여 벼슬에서 물러난 지방 수령들이 꽤 많았지. 적성 향청은 드물게 개국 초의 권위를 유지하고 있네. 향청에 속한 이들 중 상당수가 당상관들 친인

척이기에 적성 현감이 함부로 그들을 다룰 수 없었겠지. 현감들은 계속 바뀌지만 향청과 질청은 대대손손 내려오면서 관아의 크고 작은 공무들을 분담하고 있으이. 현감이 머리라면 향청과 질청은 수족과도 같다네. 수족을 자유롭게 쓸 수 없다면 머리가 어디 제 구실을 하겠는가. 또한 수족이 머리와 같은 역할을 하겠다고 덤비는 것도 큰 문제일세. 전전임 현감 윤지하(尹智夏)가 임기를 채우지 못하고 물러난 까닭을 아는가?"

나는 적성으로 내려오기 전에 전임 현감들의 면모를 살펴 두었다.

"탐관오리였더군. 암행어사 오식(吳植)이 올린 상소에 따르면, 윤지하는 주색을 일삼고 나라에 상납할 곡미 300석을 빼돌렸네. 삭탈관직을 당하고도 남을 죄일세."

"자네도 그 글을 보았군. 전임 현감들은 어떻던가?"

"윤지하를 이어 반년 동안 현감을 맡은 백진영(白珍影)은 심병(心病)이 깊어 죽었지."

"백진영과 윤지하 이전엔 어땠는가?"

기억나지 않았다.

"자네가 하고픈 말이 뭔가?"

"간단하네. 열 번 바뀌는 동안 임기를 채운 현감이 단 한 사람도 없다는 걸세."

"저, 정말인가, 그게?"

김진이 고개 끄덕였다.

"삭탈관직이 네 번, 소를 올려 직에서 물러난 것이 세 번, 병을 앓다가 죽은 경우가 세 번이라네. 하고 많은 고을 중에 왜 유독 적성을 맡은 현감에게만 이 같은 불행이 찾아든 걸까? 자넨 어찌 생각하는가?"

즉답을 못하고 이덕무 안색을 살폈다. 김진의 분석에 따르자면 불행을 품은 먹구름이 덮칠 다음 사람은 바로 그였다.

"또 하나, 전 현감 백진영이 죽은 시기가 문제인데……
바로 임 참판 집에 도적이 들기 직전이었어. 경기 감영에서 관원이 파견되기는 했으나 현감이 공석인 탓에 도적 떼에 대한 조사는 흐지부지 끝났다네."

나는 고개를 갸웃거렸다.

"백 현감 죽음과 임 참판 집에 도적 든 일이 연관되어 있다는 겐가? 비약이 심하군."

"드렁칡처럼 얽혀 있기 때문에 현감 일이 갈수록 수미산인 게야. 현감과 향청이 사사건건 부딪혀 온 것은 엄연한 사실일세. 향청 좌수와 별감들은 언제나 현감을 쥐고 흔들려고 했지."

이덕무는 속이 타는지 앞니로 아랫입술을 물었다 놓았다.

"화광 말이 맞네. 지난 공문을 검토해 보니 알맹이가 몽땅 빠져 있었네."

"알맹이가 없다뇨?"

"세를 걷고 군역을 부과하고 송사를 처결할 때마다 향청이 개입한 흔적이 역력해. 향청이 언제 어디서 어떻게 뜻을 모았는가에 대한 기록이 전혀 없네. 질청 역시 향청과는 다른 식으로 현감을 괴롭혔더군."

"질청까지?"

"명은 현감이 내리지만 세세한 부분까지 현감이 다 챙길 수는 없네. 육방이 나누어 맡아 고을 일을 꾸려 가는 법인데, 적성 육방 역시 질청에 유리한 공문들만 올렸다네. 그것도 자기들만 아는 이두(吏頭)를 남발하여 통독도 힘들어. 꼬박 밤을 새워 살피는데도 아직 절반이나 남았다네."

나는 버럭 화를 냈다.

"향반과 아전 따위가 감히 현감을 능멸하려 들다니. 그놈들을 모조리 잡아들여 족칩시다. 누굽니까? 누가 가장 말을 안 듣습니까? 말씀만 하십시오. 내 이놈들을!"

김진이 만류했다.

"암행어사가 와도 그들 잘못을 밝히지 못했으이. 꼭꼭 숨기려 드는 자들이 작심하고 감춘 일을 알아내기란 무척 힘드네. 몇몇 향반과 아전을 족친다고 문제가 해결되진 않

아. 향청과 질청에 들어오려는 이들이 줄을 섰으니까."

"일벌백계로 다스릴 수 있지 않은가?"

이덕무가 끼어들었다.

"화광 말이 옳아. 긁어 부스럼일세. 관아에서 일하는 사람 모두를 꾸짖고 벌한다면 공무는 누가 보겠는가?"

"저들은 감히 형님을 길들이려는 겁니다."

이덕무가 눈으로만 웃었다.

"텃세란 어디나 있기 마련이야. 각오는 했네만 제법 고약하군. 걱정 말게. 형암 이덕무가 호락호락 저들에게 굴복할 것 같은가?"

김진이 거들었다.

"위험이 도사리고 있음을 잊지 마십시오. 자그마한 약점이라도 잡는 순간, 저들은 형님을 벼룻길(강가나 바닷가의 낭떠러지로 통하는 비탈길)로 이끌어 절벽에서 떨어뜨리려 들겁니다."

이덕무와 겸상으로 점심을 먹고 객사로 물러났다.

빗방울이 더욱 굵어져 객사 앞마당은 작은 시내를 이루었다. 나는 표창을 꺼내 서안에 놓고 하나씩 닦았다. 김진은 위험이 뱀처럼 도사리고 있다 했다. 그땐 이 표창들을 날려야 한다. 누가 첫 번째 표적일까.

"들어가도 되겠소? 나 좌수 최벽문이외다."

급히 표창들을 소매에 챙겨 넣었다. 가부좌를 틀고 토고 납신(吐故納新, 옛것은 뱉고 새것은 받아들이는 도가 호흡법)을 하던 김진은 두 무릎을 허공으로 차올리며 일어나 방문을 열었다. 좌수 최벽문과 좌별감 조욱병(趙彧秉), 우별감 고범영(高凡英)이 차례차례 들어왔다. 불혹에 이른 조욱병은 삼각형 얼굴에 피부가 검어 선비라기보다는 농사꾼 분위기를 풍겼다. 곁에 앉은 고범영은 희고 긴 얼굴에 눈이 크고 눈썹이 짙은 스물다섯 살 청년이었다.

"점심상은 괜찮았소이까? 특별히 정성을 더하라 질청에 일러 두었소만."

최벽문이 몸을 좌우로 흔들며 물었다.

"늘 감사하고 있습니다. 살이 연하고 일곱 가지 향이 입안에 오래 머무는 칠향계(七香鷄)가 특히 좋았습니다. 사또께서도 향청과 질청을 크게 칭찬하셨소이다. 도성에서도 이처럼 열심히 일하는 사람들을 본 적이 없다 하셨지요. 특히 좌수와 두 분 별감이 고을 중론을 잘 이끌어 왔다, 앞으로도 세 분과 중대사를 통의하겠다 밝히셨습니다."

김진이 최벽문에게 향했던 시선을 돌려 딱딱하게 굳은 내 얼굴을 쳐다보았다. 최벽문이 갑자기 너털웃음을 터뜨렸다.

"하하하. 그렇소이까? 나 역시 신임 사또께서 적성 고을을 잘 다스려 주시리라 굳게 믿고 있습니다. 하명하시면 힘껏 따르겠소이다."

김진이 미소로 화답하며 좌별감 조욱병에게 말했다.

"좌별감은 군역 일을 주로 맡아 보셨다 들었습니다. 어떻습니까? 군역을 기피하거나 혹은 지나친 노역 탓에 괴로워하는 현민은 없는지요?"

"관련 공문을 동헌에 모두 올려 드렸소만, 지금껏 공공평평(公公平平)하게 처결해 왔다 자신하오. 내가 이 일을 맡은 지난 10여 년 동안 군역 때문에 문제가 생긴 일은 없소."

"10년이나 이 일을 맡았단 말씀이십니까? 그쪽 방면으론 두루 통하겠군요. 우별감께선 다양한 세 거두는 일을 전담하시더군요. 우별감을 맡으신 지는……."

"임인년 정월부터니…… 2년 반이 넘었습니다. 적성에는 특히 두지강을 따라 사통구달(四通九達) 도성을 오가거나 북삼도로 올라가는 강상(江商)들이 많지요. 그들 거래 내역을 달포마다 문서로 받을 뿐 아니라 두 달에 한 차례 이포진(梨浦津)에 있는 고(庫)와 두지나루를 시찰합니다."

"그랬군요. 다음엔 언제 그곳들을 살핍니까?"

"어제 두지나루에 다녀왔습니다. 이런 장대비엔 상선도 나고 들지 않는 법이라 오늘은 잠시 쉬는 겁니다. 저녁엔

비를 맞고서라도 이포진으로 나갈까 합니다."

"그랬군요. 잡세 중 일부가 향청 운영에 쓰였다 들었습니다."

최벽문이 끼어들었다.

"강상 객주에게 거둔 장세를 향청으로 돌리는 건 개국 이래 줄곧 이어져 온 관행이오. 이것까지 문제 삼지는 않으리라고 믿소이다. 조선 팔도 향청 중 이런 관행이 없는 고을은 단 한 군데도 없다오."

김진이 부드럽게 받아넘겼다.

"잘 알고 있습니다. 향청에서 따로 부리는 하인과 향청에서 주최하는 시회 및 여러 모임에 대한 경비, 또 좌수 및 별감들 노고를 배려하기 위한 재물이 당연히 책정되어야 하겠지요. 소생도 우별감이 동헌에 올린 서책을 보았습니다만 크게 과하지는 않습니다. 지난여름 물난리 때는 향청에서 쌀과 돈을 내어 현민을 구호하셨더군요."

김진은 간과 쓸개를 모두 내어주기로 작정한 사람 같았다. 최벽문은 여전히 무뚝뚝한 시선으로 턱수염을 쓸었지만 두 별감의 표정은 한결 밝아졌다. 김진이 나를 보며 눈을 찡긋해 보였다. 분위기가 무르익었으니 운을 떼라는 신호였다. 빗소리가 더욱 크게 들려왔다.

"어인 일로 저희들을 보자 하셨습니까?"

최벽문이 헛기침을 하며 우별감 고범영을 돌아보았다. 고범영이 검은 눈동자를 빙글빙글 돌렸다.

"참판 댁에서 하루 유하셨다 들었습니다. 이제 참판 댁까지 둘러보셨으니 그 댁 종부가 얼마나 대단한 열부였는지 아셨으리라 믿습니다."

고범영은 말을 멈추고 김진과 내 표정을 살폈다. 별 대꾸가 없자 이야기를 이었다.

"적성현에 열녀문을 세우는 일은 현민 전체의 기쁨이요, 특히 향안에 이름을 올린 공맹 문도에겐 큰 광영입니다."

김진이 약간 퉁명스럽게 받아쳤다.

"그렇군요. 열녀 정려는 임문뿐 아니라 적성 향청의 소망이기도 하군요."

최벽문이 목소리에 힘을 실었다. 길고 흰 눈썹이 갈대처럼 흔들렸다.

"당연한 일 아니겠소. 임 참판께서는 조정에 나아가시기 전 향청 좌수 일을 3년 동안 맡기도 하셨소이다. 그 댁 종부를 열녀로 정려하려는데 어찌 네 일 내 일 따질 수 있겠소이까?"

상대를 찍어 누르는 눈매와 단정 짓는 어투가 마뜩잖았다.

"각 고을 향청을 주축으로 너나없이 열녀 정려를 품신하고 있기 때문에 그 진위를 살피라는 어명이 내린 겁니다."

"큰 못에 미꾸라지 한두 마리 돌아다니는 건 당연하오. 미꾸라지가 있다 하여 그 못이 탁하다고 욕하거나 미꾸라지를 잡으려고 물을 빼고 못을 더럽히는 건 어리석은 일이 아니겠소? 열녀문은 많이 세워질수록 좋은 게요. 그만큼 공맹의 지극한 가르침이 널리 퍼져 있음을 증명한다, 이 말이외다."

김진이 답했다.

"흥미로운 비유군요. 그 비유에 따르자면, 적성이란 맑고 큰 못을 더럽히는 어리석은 놈들이 바로 이 도사와 소생이겠군요. 미꾸라지도 없는데 말입니다."

어색한 침묵이 흘렀다. 좌별감 조욱병이 나섰다.

"자명한 일에 시일 끌 필요 없다는 말씀입니다. 참판 댁 종부가 열부가 아니라는 물증이 나왔다면 모를까, 그렇지 않다면 이쯤에서 조사를 접고 임문 종부가 열부임을 확정하는 글을 짓는 게 어떻겠습니까? 문장을 다듬는 일은 향청에서 도와드릴 수도 있습니다."

"조사를 접으라고? 지금 의금부 도사를 협박하는 게요?"

나는 자리를 박차고 일어섰다. 김진이 내 팔목을 붙들지 않았다면 조욱병 멱살을 잡아챘을지도 모른다. 최벽문이 시선을 내린 채 목소리를 깔았다.

"협박이 아니외다. 일에는 순서와 시기가 있는 법이지요. 새 현감이 부임한 지금 열녀 정려가 확정된다면 현민은 물론 적성의 천지, 산택(山澤), 초목, 금수까지 모두 크게 기뻐할 겁니다. 현감께서는 공무 보시기가 더없이 편안하겠지요. 의금부 도사가 계속 고을 이곳저곳을 휘젓고 다닌다면 민심이 흩어지는 건 당연하외다. 더군다나 그 도사가 새 현감과 호형호제하는 사이라면, 하리(下吏)의 저속한 의심이 현감에게 쏠릴지도 모르는 일이지요. 두 분과 현감이 걱정되어 충심으로 드리는 충고외다."

"어허, 이 사람이 정말……."

내 팔목을 김진이 더욱 세게 잡아끌었다. 고개를 돌려 김진과 눈을 맞추었다.

'원흉대악이 따로 없어. 이런 놈들을 그냥 두잔 말인가? 의금부 도사가 하는 일에 간섭하려 드는 놈들일세.'

김진이 천천히 고개를 저었다.

'참게. 그들은 자네 언행이 예법에 어긋나기만을 기다리고 있으이. 의금부 도사가 향반과 싸웠다면 세상은 누굴 탓하겠는가? 늑대 같은 무인이 연약한 서생을 두들겨 팼다고 소문이 날 걸세. 호걸다운 면모를 꼭 이런 자리에서 보여야겠나? 참아!'

나는 푸욱 한숨을 내쉰 후 다시 자리에 앉았다. 김진이 좌수와 별감들을 노려보며 답했다.

"충고 고맙게 받겠습니다. 아직은 엄찰을 접을 때가 아닌 듯합니다. 이제 겨우 큰 못에 어린 산 그리메를 살폈을 뿐입니다. 그리메가 아직 짙어 못 아래를 들여다보기가 힘들군요. 찬찬히 여유를 두고 그리메 걷혀 수면 아래가 드러나는 순간까진 적성에 머물러야 하겠습니다. 문장을 지을 때가 되면 향청에 연통을 꼭 넣지요. 뜻 깊은 만남이었습니다. 한 가지 청이 있는데 들어주시겠습니까?"

최벽문이 갑작스러운 부탁에도 침착하게 답했다.

"향청에서 도울 수 있는 일이라면 얼마든지!"

김진이 우별감 고범영에게 눈길을 돌렸다.

"저녁에 이포진으로 가실 예정이라 하셨죠? 저희들이 동행해도 되겠습니까?"

고범영이 즉답을 못하고 최벽문 눈치를 살폈다. 최벽문이 고개 끄덕이자 고범영이 왕방울눈을 더욱 크게 뜨며 웃었다.

"그리 하시지요. 임문 김씨 부인을 조사하는 일과 강상 객주를 둘러보는 일이 무슨 연관이라도 있습니까?"

김진이 왼손을 휘휘 저었다.

"아닙니다. 비도 추적추적 내리고 하루 쉬는 김에 두지강 구경이나 갈까 해서요. 강을 끼고 늘어선 풍광이 아름답고 들었소만."

"오늘 마침 두지나루뿐 아니라 이포나루에도 장이 서는 날입니다. 풍광도 아름답지만 시끌시끌 오가는 사람 구경하는 맛도 제법 쏠쏠하지요. 된비가 그치지 않으면 좋은 구경을 놓치실 수도 있습니다. 비를 맞더라도 가시겠습니까?"

김진이 왼 주먹을 오른손으로 감싸며 답했다.

"적성은 그 기후가 우순풍조하다 들었습니다. 이 비도 신시(낮 3~5시) 즈음 그치지 않을까 싶습니다만."

13

신시로 접어들자 빗방울이 갑자기 잘아졌다. 해 질 무렵
에는 먹구름 흩어지며 하늘이 벗개어 꽃노을 만질 정도였
다. 침향색(沈香色, 진한 녹색)으로 변한 구름들이 자줏빛 금
테를 두른 듯 붉게 빛날 즈음, 설마설마하며 갈모(기름종이
로 만들어 비가 올 때 갓 위에 덮어쓰는 것)까지 준비하고 기다
리던 향청에서 기별이 왔다.

객사를 나서면서 김진에게 물었다.

"동남풍 만든 제갈공명도 아니고, 된비 그칠 줄 어찌 알
았나?"

"비가 내리고 그치는 때는 구름과 바람, 풍광을 조금만
유심히 살피면 짐작할 수 있네. 어슴새벽 칠중성에 잠시
올라갔다 왔으이. 두지강과 그 너머 평원이 한눈에 들어왔

네. 고구려, 백제, 신라가 왜 이곳을 차지하려고 혈안이었는지 알겠더군. 동쪽 풍광은 깨끗한데 두지진 쪽은 흐릿했네. 안개까지는 아니라 해도 서풍을 따라 천천히 아주 천천히 잡스러운 기운이 갈리더군. 새벽부터 물안개 짙어 시야가 흐릿하면 해 저물기 전에 날이 개는 걸 북한산 자락에서 여러 번 보았으이. 바람살이 점점 세어지니 신시쯤 비 그치고 청산(靑山) 밑에 인가(人家) 보이리라 생각한 것이고."

향청에 이르자 우별감 고범영이 기다리고 있었다. 읍을 한 후 내가 던진 질문을 반복했다.

"비 그칠 줄 어찌 아셨습니까?"

김진과 나는 마주 보며 웃음 터뜨렸고 고범영은 두 눈만 끔벅였다. 김진이 부채를 펴 흔들며 말했다.

"너무 그렇듯 존대 마오. 여기 모인 세 사람은 모두 또래가 아니오? 편하게 벗으로 지냅시다."

"나이란 한낱 허깨비입니다. 소생은 아직 출사도 못하였지요. 어명 받들고 오신 분들과 어찌 감히 벗할 수 있겠습니까? 거친 현미밥도 아들 뭉치 엄마 뭉치가 있는 법이니, 예의에 맞지 않습니다."

김진이 내 팔꿈치를 고범영 모르게 쿡 찔렀다. 나는 한 걸음 다가가서 고범영 두 눈을 빤히 들여다보았다.

"답답하게 굴지 맙시다. 격식 따윈 참된 벗을 사귀는 데 방해만 될 뿐이라오. 혹시 우리가 싫은 게요?"

고범영 이마에 땀이 송골송골 맺혔다.

"아닙니다. 오히려 부러울 따름입니다. 백탑 서생에 대한 풍문은 소생도 들어 알고 있습니다. 연암 선생이나 담헌 선생 같은 어른과 어울리셨다 들었는데, 이렇게 젊은 분들일 줄 몰랐습니다."

내가 팔을 크게 휘돌려 고범영 어깨를 감쌌다.

"적성에 온 후론 모든 이들이 우릴 소위 격식에 맞춰 대접하는 통에 한시도 편한 적이 없었다오. 셋이 있을 때만이라도 예법 따지지 말고 지냅시다. 어떻소?"

"소생에게는 큰 광영입니다."

"거 소생 소리부터 집어치우쇼. 마음에 맞는 벗과 마음에 맞는 말을 나누며 마음에 맞는 시문을 읽고 싶을 따름이외다."

향청을 나섰다.

말을 타고 싶었지만, 고범영이 기마에 서툴러 이포진까지 걷기로 했다. 고범영을 가운데 두고 김진과 내가 좌우에 나란히 섰다. 홍살문을 벗어난 후 김진이 하늘을 힐끗 쳐다보며 물었다.

"과장(科場)엔 언제쯤 나설 생각이오?"

"아직 배움이 짧습니다. 스승님께선 내년에라도 등용문을 두드리라 하시지만, 저는 5년 정도 더 시문을 배우고 익힐까 합니다. 우마 발자국에 고인 물방울 정도 실력으로 세상에 나갈 수는 없으니까요. 멋모르고 우별감을 맡기는 했지만, 전임 별감 최은범(崔恩範)보다는 일을 더 잘한다는 칭찬도 듣고 싶습니다."

서생 중에는 첫 권은 찢어질 만큼 더럽히지만 마지막 권은 손도 대지 않는 이들도 많다. 고범영은 한 번 서책을 잡으면 끝까지 독파할 위인으로 보였다.

"어느 문하에 있소?"

"아, 말씀드릴 기회가 없었군요. 제 나이 열 살 때부터 봉천(鳳川) 선생 댁을 출입하고 있습니다."

내가 깜짝 놀라며 끼어들었다.

"봉천 선생! 봉천은 좌수의 호 아니오?"

"그렇습니다. 좌수께서 제 스승이십니다."

의문 하나가 풀렸다. 향청에 속한 나이 지긋한 중늙은이들을 물리치고 새파란 고범영이 우별감이 된 것은 좌수 최벽문이 후원하였기 때문이다.

"지행(知行)에 목표로 삼는 것이 있소?"

"강학(講學), 성찰(省察), 함양(涵養)을 마음에 새기고 있습니다. 일찍이 우암(尤庵, 송시열의 호) 선생께서 강조하신 가르침이기도 하지요."

❖

비 그친 이포진은 늦게 입전(立廛)한 장사꾼들로 북적댔
다. 강 따라 거화(炬火, 횃불)가 군데군데 피어올랐고 그 사
이 과일과 수산물, 곡물, 약재를 파는 크고 작은 전이 벌어
졌다. 째마리(가장 못한 찌꺼기)를 고르는 아낙, 왜뚜리(큰 물
건)를 옮기는 장정들도 보였다. 꽃노을 사라지면 장을 파하
는 것이 관례지만, 적성 현감 이덕무는 장대비가 내린 것
을 감안하여 특별히 술시(밤 9시)까지 장사를 허락했다. 크
고 작은 배들이 나고들 때마다 바짓단을 접어 맨 거간들이
바삐 오갔다. 뻐드렁니 돋은 사내 하나가 고범영을 보고
쪼르르 달려와 넙죽 허리를 숙였다.

"별감 어른 오십니까요."

"한 도주는 어디 있는가?"

"염고(鹽庫)에 계실 겁니다요. 방금 염선(鹽船)이 들어왔
거든요."

"알겠다."

고범영이 뻐드렁니를 보내고 고개를 돌렸다.

"객주에서 부리는 내거간(內居間)입니다. 자, 가시죠."

분주한 전을 등지고 작은 언덕 하나를 넘으니 높고 큰 와가 여덟 채가 모습을 드러냈다. 횃불 속에 일렁이는 고(庫)들은 상아를 높이 치켜든 상병(象兵, 전투에 참여한 코끼리) 같기도 하고 허공을 향해 물을 뿜는 고래 같기도 했다.

"엄청나군. 저게 모두 두지진 객주 고인가?"

궁촌 객주가 세운 고라 하여 작은 초가 정도를 예상했는데 적성 관아보다도 더 넓고 컸다.

"그렇습니다. 거래는 대부분 두지나루에서 하지만, 물화를 두어두는 고는 조용하고 안전한 이포진에 세웠지요. 각고 별로 보관하는 품목이 다릅니다. 왼쪽부터 말씀드리자면, 과일, 생선, 곡물, 약재, 직물, 지물, 피물, 소금이 그득 쌓여 있습니다. 자, 이쪽으로! 비 온 뒤라 질퍽거리니 조심하십시오."

고범영이 마른 땅을 찾아 디디며 언덕을 내려갔다. 횃불이 미치지 않는 언덕 아래 돌길에 문이 하나 있었다. 문 옆으론 겹으로 쌓아올린 가시덤불이 횡으로 늘어서 잡인의 접근을 막았다. 객주의 위세가 더욱 대단하게 느껴졌다.

"멈추시오."

어둠을 닮은 사내들이 문에서 나와 우리를 막아섰다. 패랭이를 쓴 그들 손에는 팔모방망이가 들려 있었다. 나는 썩 앞으로 나서며 호통을 쳤다.

"당장 그 방망이 내려놓지 못하겠느냐? 나는 의금부 도사니라."

어둠 속에서 목소리가 날아왔다.

"돌아서시오. 의금부 도사 아니라 그 할아비가 와도 몸수색을 거친 연후에야 출입할 수 있소."

"몸수색? 이놈들이 감히……."

내가 한 걸음 다가서자 사내들은 세 걸음 나아왔다. 주먹을 내지르면 닿을 거리였다.

"청전! 참게."

김진이 만류했다. 고범영이 황급히 앞으로 나섰다.

"날세. 향청 우별감이야. 오늘 염고에서 도주와 만나기로 했으니 썩 길을 내게."

"사흘 전 좀도둑 몇 놈이 고에 드는 바람에 누구든 몸수색을 하라는 명이 내려왔습죠."

"이놈들이 정말!"

더 이상 참을 수 없었다. 이덕무에게 또 질책 받더라도 주먹을 내지르리라.

어둠 뒤편에서 타다다닥 급한 발소리가 들렸다. 한 사내가 장정들을 헤치고 앞으로 달려 나와 허리 숙여 인사했다.

"어서 오십시오. 도주님과 행수님이 벌써부터 기다리십니다."

행수 정주동을 따라 관아로 왔던 식철이었다. 굼떠 보이던 첫인상과는 달리 팔모방망이를 힘차게 어깨 위로 휘휘 돌리며 험상궂은 사내들을 울려 세웠다. 고범영이 빠른 걸음으로 문을 통과했고 김진과 나도 종종걸음으로 뒤따랐다. 사내들이 다시 어둠에 묻힌 후 목소리 낮추어 고범영에게 물었다.

"객주가 사사로이 장정들에게 무기를 나눠 주고 부리는 건 불법이오. 아무리 관아에 장세를 바친다 해도 저런 짓을 할 수는 없소이다."

고범영이 대수롭지 않게 받아넘겼다.

"개장(鎧仗, 갑옷과 병장기)을 갖춘 것도 아니고 고작 방망이입니다. 저 고를 노리는 도적들이 양주와 파주 일대에 수두룩한데 관아에서는 지켜 줄 여력이 없습니다. 객주가 알아서 자구책을 마련할 밖에요. 저렇게 고를 지킨 지 200년이 넘었지만 불미스러운 일은 한 차례도 없었습니다. 이곳 두지진 객주만이 아니라 송악이나 의주에 있는 큰 객주들도 장정을 부리는 줄 압니다."

사병은 국법으로 금하는 일인데도 팔도 객주는 저희 재물을 지키고자 어떤 제재도 받지 않고 장정들을 거느리는 것이다.

염고 앞에서 다시 패랭이 쓴 사내 다섯이 길을 막고 섰다. 이중삼중으로 철저하게 외인을 경계하고 있었다. 의금옥도 이렇듯 지키지는 않는다.

고로 들어서자 소금 멱서리를 옮기는 사내들의 시큼한 땀 냄새가 코를 찔렀다. 고는 밖에서 보기보다 훨씬 더 크고 넓었다. 횡과 종을 맞춰 쌓아 둔 소금 멱서리 사이에서 행수 정주동이 큰 걸음으로 나왔다.

"어서 오십시오."

고범영이 인사를 받았다.

"염선이 꽤 여러 척 들어왔나 보오."

"비 그치기만을 기다리던 배가 한꺼번에 네 척이나 나루로 들어오는 바람에 눈코 뜰 새 없이 바빴습니다. 이제 겨우 숨 돌린 듯합니다. 두 분께서는 이포진 고가 처음이시죠?"

김진이 답했다.

"그렇소. 도성 근방 객주 중 두지진 객주가 알차단 풍문은 들었소만 이같이 대고(大賈)일 줄은 몰랐소이다."

"대고까지야. 겨우 날품팔이를 면한 정돕지요. 과찬이십니다. 자, 이쪽으로 오시지요."

정주동을 따라 두 길이나 되게 쌓인 소금 멱서리 사이를 지났다. 공간을 최대한 활용하기 위해 멱서리 진 어른 한 사람이 겨우 나고들 만큼의 간격밖에 없었다. 높이 쌓인 먹서리가 자칫 무너져 덮칠 것만 같아 아찔했다.

소금 먹서리로 벽을 대신한 방 앞에 마흔 살 이쪽저쪽으로 보이는 여인이 서 있었다. 이국풍의 붉은 바지 저고리를 입었으며 눈과 코 입과 귀가 모두 큼직큼직했다. 허리까지 늘어뜨린 비취 목걸이가 얼굴을 감싸듯 은은하게 빛났다. 성큼 다가서며 읍을 했다.

"필문(蓽門, 가시 사립문, 자기 집을 낮추는 말)을 찾아 주시니 참으로 큰 광영입니다. 제가 이 자그마한 객주를 꾸리고 있는 도주 한일심(韓一心)입니다."

객주의 으뜸 상인이 여자이리라고는 상상도 못했다. 놀란 표정을 애써 감추는데 김진이 화답했다.

"팔도 객주 가운데 유일한 여도주를 이제야 만났군요."

한일심을 따라 방으로 들어섰다. 가운데 둥근 탁자 위에 두루마리 족자가 놓였다. 비릿한 피 냄새가 코를 찔렀는데, 벽 옆에 세워 둔 달항아리에서 나는 듯했다. 한일심이 달항아리를 덮은 천을 들추어 보였다. 피 묻은 쇠발이 항아리 전에 삐죽 올라왔다.

"고를 지키는 흑구(黑狗)들 먹일 암소 다리뼈입지요. 요즈음 워낙 좀도둑이 많아 놔서⋯⋯."

"저 뼈를 덥석 물 정도면 큰 놈이겠소."

"송아지만은 합니다."

"오는 길에 보지 못하였소만……."

"두 분 놀라실까 봐 잠시 묶어 두었습니다. 다음 기회에 따로 보여 드리죠. 난하(灤河, 만주에 있는 강) 넘나들며 호랑이 쫓던 놈들이라 매우 용맹하답니다. 자, 이쪽으로 앉으시지요."

자리를 잡고 앉자 한일심이 흥미로운 듯 김진에게 물었다.

"저를 어찌 아십니까?"

"예전에 만상 행수 명종구(明鍾九)와 송상 행수 황보윤(皇甫允)으로부터 한 도주 말씀을 들었소이다."

"명 행수와 황보 행수! 이 나라 장사꾼 중 시문에 가장 능한 사람들이지요. 대국 서책을 사고파는 일이라면 우열을 가리기 힘들 겁니다. 백탑 서생들이 장사에 관심이 많고 특히 대국 서책과 물품을 들여오기 위해 만상, 송상과 때때로 거래를 한다더니 헛소문이 아니었군요. 임문은 운이 좋네요. 이렇듯 뛰어난 분들이 그 댁 며느님 일을 살피게 되었으니, 열녀문이 서는 날도 머지않은 듯합니다."

나는 한일심의 툭 튀어나온 넓은 이마를 바라보며 짧게 물었다.

"부인을 잘 아시오?"

"알다마다요. 2년여 동안 열흘에 한 번씩 꼬박꼬박 만났다면 믿으시겠습니까?"

나는 말꼬리를 잡아채며 되물었다.

"열흘에 한 번씩 만났다? 참판 댁 종부가, 그것도 상중에 객주를 내왕했다 이 말이오?"

김진이 대신 답했다.

"적성은 땅이 궁벽하고 좁다네. 게다가 임 참판은 가지고 있던 전답을 절반이나 팔아 한 도주에게 물품 값을 치렀으이. 농사만 지어서는 제아무리 자공(子貢, 공자의 제자로 재산 증식에 뛰어났음)이래도 몰락한 가세를 일으킬 수 없지. 방법은 단 하나, 장사뿐이야."

고범영이 토를 달았다.

"소생도 부인이 객주에 나와 일한 것은 금시초문입니다."

행수 정주동이 답했다.

"겉으로 드러내진 않았으나 부인은 2년 남짓 객주 일을 이것저것 도우셨습니다. 물론 우리도 보상을 섭섭지 않게 했고요. 그렇게 만든 돈은 대부분 다시 우리 객주에 넣어 이문이 큰 의복과 소금을 사고팔게 했지요. 일종의 얼렁장사(동업)였습죠."

정주동을 노려보며 따졌다.

"왜 객사에서는 김 씨가 돈을 번 연유를 모른다 딱 잡아 뗐소?"

정주동이 깊이 허리 숙이며 답했다.

"그땐 나리가 어떤 분인지 몰랐습죠. 사또께 인사 여쭈러 갔다가 갑자기 의금부 도사 나리를 뵙는 바람에 두렵기도 하고, 일단 숨겨야겠단 생각을 했습죠. 노여우셨다면 용서하십시오."

내가 한일심을 노려보며 물었다.

"임 참판이 전답을 팔아 값을 치렀다고 밝힐 때부터 궁금했던 일인데, 아무리 약조를 하였다 해도 병조 참판까지 지낸 대감 댁 아니오? 꼭 그렇게 가세가 기울 정도로 돈을 받아 내야 했소?"

한일심 입가에 옅은 미소가 피어올랐다.

"기일을 지키겠다 고집하신 건 임 참판이십니다. 돈을 중히 여기는 장사꾼이지만 어찌 임 참판 댁을 기울이길 바랐겠습니까? 정 행수가 세 번이나 찾아 뵙고 1년, 아니 3년이라도 기한을 연장시켜 드리겠다 아뢰었지만 대감께서 한사코 마다하셨습니다."

"이상한 일이로세. 돈 받을 사람은 천천히 갚아도 된다는데 돈 갚을 사람이 아니 된다고 했다 이 말이오? 주객이 전도되었군."

한일심이 덧붙였다.

"참판 대감은 청죽보다 곧은 분이십니다. 남에게 아쉬운 소리 하는 걸 누구보다 싫어하시죠. 약조는 목숨을 걸고라도 지키고 예의에 어긋난 일은 결코 하지 않으십니다. 그분 뜻을 받들 수밖에 없었습니다."

김진이 탁자 위 족자에 시선을 고정시킨 채 말했다.

"그 때문에 김 씨가 객주에 나와 일을 돕겠다는 청을 거절하지 않은 게로군요. 참판 대감에 대한 존경과 미안함이 겹쳤겠지요."

"부인이 객주 일에 도움이 되지 않았다면 정중히 돌아가십사 말씀드렸을 겁니다. 부인은 참으로 재기가 번뜩이는 분이셨습니다. 시문에 밝은 것은 물론이고 상도에 통하고 달하셨으니까요. 나중엔 부인이 저희와 일을 그만하신다 하면 어찌할까 염려하게까지 되었답니다."

나는 퉁명스럽게 물었다.

"대체 김 씨가 객주를 도운 일이 무엇이란 말이오?"

한일심이 대답 대신 조용히 일어서서 탁자 위 두루마리 족자를 폈다. 술에 취한 서생을 태운 당나귀 한 마리가 언덕을 넘어가고 있었다. 당나귀는 뚱뚱한 서생을 감당하기 힘겨운지 허리가 꺾일 지경이었다. 폭설 내린 산은 붓놀림 몇 번으로 흐릿하게 물러나 있고 그 위에 적힌 제호「풍설기려도(風雪騎驢圖)」란 글씨는 술기운을 뿜듯 좌우로 삐뚤거렸다.

한일심이 탁자 아래에서 족자를 하나 더 꺼내 폈다. 마찬가지로 서생을 태운 당나귀가 언덕을 넘어가고, 설산이 원경으로 자리 잡았으며 제목도 똑같은 「풍설기려도」였다. 이 그림 속 당나귀는 허리가 곧았고 글씨 역시 획마다 힘이 넘쳤다. 김진이 아는 체를 했다.

"취옹(醉翁, 17세기 화가 김명국의 호) 솜씨군요. 당나귀 그림으로는 조선 제일일 터, 그림 값이 엄청나게 나가겠습니다."

정주동이 고개 끄덕였다.

"우리 객주는 고를 여덟이나 둘 만큼 다양한 물품을 거래합니다. 그중에도 그림은 상객(上客, 귀한 손님)들을 위해 특별히 따로 취급하고 있지요. 왜국에 두 차례나 신필(神筆)을 뽐내고 돌아온 취옹의 달마도와 당나귀 그림은 찾는 분이 많지만 진품이 아주 드물답니다."

나는 정주동을 노려보며 물었다.

"취옹이 그린 당나귀와 김 씨가 무슨 연관이 있다는 게요?"

한일심이 감회에 젖은 눈으로 두 마리 당나귀를 번갈아 살폈다. 이윽고 입을 열자 그 목소리는 세월의 강을 거슬러 올라가는 연어처럼 힘이 넘쳤다.

"거래를 하다 보면 가품(假品)이 섞여 들게 마련이지요. 고가일수록 가품을 뽑아내는 것이 중요합니다. 자칫 실수라도 하면 제값을 받지 못하는 것은 물론이고 그동안 쌓아

온 신뢰마저 무너지지요. 도성에서 그림을 잘 본다는 이들을 모셔 왔지만 진가를 명쾌히 가리는 인물은 드물었어요. 부인이 우리를 도와주기 시작하면서 그 고민이 해결되었습니다. 부인은 감정에 능할 뿐 아니라 능호(凌壺, 화가 이인상)가 즐겨 사용하던 분지법(粉紙法)에 따라 황작(黃雀)도 멋지게 그렸지요. 직접 탄우지(彈于紙) 만드는 걸 본 적이 있답니다. 쌀가루를 물에 타서 종이를 축여 다듬질하면 종이가 매우 선결(鮮潔)해집니다. 여기에 딴 종이를 댓잎사귀처럼 오려 분지(粉紙) 위에 놓고 먹이나 여러 채색을 뿌리면 아롱아롱 무늬가 아른거리지요. 그게 바로 탄우지입니다. 그 위에 황색 참새를 그리면 정말 살아 움직이는 듯했지요."

한일심이 이야기를 끊고 좌중을 살핀 후 그림을 내려다보았다.

"이 그림들은 비슷한 시기에 저희 쪽으로 넘어왔습니다. 두 그림 모두 낙관이 없지만 취옹 그림이 분명하다면 최고가에 거래할 수 있지요. 부인은 밤에 두 그림을 가지고 귀가하였다가 다음 날 아침 가품을 밝혔습니다. 그 후로 그림의 진가를 가리는 일은 부인 몫이었죠. 처음 함께 일한 기념으로 두 그림은 팔지 않았습니다. 자, 잘 살펴보세요. 어떤 것이 가품인 것 같습니까?"

다시 한 번 그림을 찬찬히 살폈다. 단원 김홍도라면 단숨에 진위를 밝힐 테지만 평생 무예만 닦은 나에게는 벅찬 문제였다. 취옹 김명국이 당나귀를 잘 그렸다고 하니 당나귀 허리가 꼿꼿하고 글씨도 반듯한 쪽을 택했다.

"이 그림이 진품 같소만……."

한일심이 웃으며 김진에게 권했다.

"고르시지요?"

김진은 그림을 보는 대신 눈을 지그시 감고 엄지와 검지로 당나귀 다리 아래를 쓸었다. 내가 지목한 그림을 중지로 톡톡 치며 입을 열었다.

"어디 나도 김씨 부인 흉내를 내 볼까요? 지독한 결벽과 가없는 방황 사이를 오갔던 취옹은 때론 매우 궁핍한 나날을 보내었지요. 밥 한 끼, 술 한 잔에도 그림을 뚝딱 그려 주곤 했으니까요. 술에 취한 채 당나귀를 그리는 일이 잦았소이다. 이 그림은 전혀 술을 마신 흔적이 없군요. 화지(畫紙)도 대국에서 들여온 겁니다. 이 정도 화지를 사서 김명국에게 내밀 정도면 재산이 넉넉한 세도가였을 테지요. 자, 생각을 해 봅시다. 시정을 돌아다니며 빌어먹던 화인이 세도가 집에 가서 술도 마시지 않은 채 아주 좋은 대국 화지에 그림을 그린다면…… 당연히 낙관을 찍었을 겁니다."

나는 불쑥 끼어들었다.

"마침 낙관이 없을 수도 있지 않은가?"

"낙관이 없었다! 낙관까지 팔아먹었더라도 그림을 부탁한 세도가가 새로 하나 팠을 걸세. 낙관이 있어야 미세한 것은 미세할수록 오묘하고 장대한 것은 장대할수록 기발한 취옹 김명국의 솜씨임이 분명해지네. 공들인 만큼 훗날 제값을 팔고 그림을 거래할 수 있을 테니까. 정리하자면 당연히 이 술 냄새 풀풀 나는 허리 꺾인 당나귀가 진품에 가깝겠지요. 어떻습니까? 김씨 부인과 비슷했습니까?"

한일심과 정주동이 동시에 웃음을 터뜨렸다. 나도 뒤늦게 따라 웃을 수밖에 없었다. 한일심이 일어나서 허리 숙여 족자를 말려는 순간, 김진이 당나귀 허리 위에 손바닥을 대고 이야기를 이어갔다.

"정말 부인과 비슷하려면 지금부터겠군요. 이 술 냄새가 과연 꾸밈이 없는지 살펴야 해요. 당나귀 꺾인 허리 위와 아래를 보시죠. 머리 쪽 붓은 한 번에 죽 그었는데 엉덩이 쪽은 여러 번 덧칠했군요. 이 산도 저 서생도 단숨에 그렸는데 왜 이 부분만 주저했을까요? 자세히 살피면 붓도 다르고 먹도 다름을 알 수 있습니다."

고범영이 따지듯 물었다.

"이것도 그럼 가품인가요?"

김진이 대답 대신 한일심을 보며 물었다.

"소생이 끝까지 살펴야 할까요? 아니면 김씨 부인의 명쾌한 설명을 들려 주시겠습니까?"

한일심이 잠시 족자를 내려다보았다. 비취 목걸이를 손으로 쓸며 좌중을 둘러보다가 김진과 눈을 맞추었다.

"대단한 안목이십니다. 부인은 이렇게 설명을 더하셨죠. '이 그림 전부가 가품은 아닌 듯합니다. 여기서부터는 증명할 길 없으니 소설이라 생각하고 들어 주세요. 폭설 내린 어느 겨울날, 화인은 배도 고프고 술도 고프고 사람도 고팠습니다. 운 좋게도 손이 고운 기생이 따라 주는 송절주(松節酒)로 주린 배 채우며 당나귀 그릴 기회가 찾아왔지요. 화인은 얼어붙은 손을 녹이기 위해서라도 술잔을 비우고 또 비웠습니다. 만취할 즈음 드디어 붓을 들었지요. 산을 그리며 한 잔, 서생을 그리며 또 한 잔, 당나귀 머리를 그리며 또 한 잔을 마셨습니다. 꺾인 허리 그리다가 기어이 붓을 놓고 붉은 치마에 얼굴 묻은 채 잠들었지요. 그날부터 몹시 앓아누웠던 게 아닐까 합니다. 그림을 청한 이는 뒷다리와 엉덩이가 없는 당나귀라도 가질 수밖에 없었겠지요. 세월이 흘렀답니다. 화인은 물론이고 그 그림을 청했던 서생도 저세상으로 갔지요. 서생의 아들은 아버지 서재를 정리하다가 그림 한 점을 발견했습니다. 그땐 화인에 대한 세평(世評)도 더욱 높아져 그림값이 열 곱은 뛰었

지요. 아들은 그림을 내다 팔기로 마음을 정했습니다. 뒷
다리와 엉덩이가 없으니 제값 받기 힘들겠다 여겼지요. 삯
을 두둑이 내고 솜씨 좋은 화인 한 사람을 사서 엉덩이와
뒷다리를 그려 넣었습니다. 엉덩이 없이 나왔다면 더 값이
올랐을 것을. 참 안타까운 일이에요.' 어떻습니까? 이 정도
면 제 기억도 아직 쓸 만은 하지요?"

김진이 크게 고개를 끄덕였다.

그날 우리는 극진한 대접을 받았다. 정주동이 강가에 세
운 청천정(晴天亭)으로 자리를 옮기자고 했지만 김진은 염
고에서 저녁을 먹는 것도 추억에 남을 일이라며 버텼다.
정주동이 잠시 자리를 비웠다가 산해진미와 함께 돌아왔
다. 김진은 한일심과 정주동이 따르는 이강주(梨薑酒)를 사
양하지 않고 받아 마셨다.

"괜찮겠는가?"

나는 귓속말로 물었다. 김진이 잔을 내려놓으며 큰소리
로 답했다.

"오늘은 대취하세나. 내일부턴 또 바쁠 게 아닌가. 이런
좋은 술과 귀한 안주를 두고 그냥 가는 건 큰 죄라네, 죄!"

그제야 나도 잔을 들이키기 시작했다.

술자리는 삼경(밤 11~1시)이 넘어서야 끝났다. 한일심이
잠자리를 보아 주마 했지만 정중히 사양했다. 고범영과 나

는 비틀대는 김진을 곁부축(겨드랑이를 붙들어 걸음을 도움)한 채 염고를 나왔다. 언덕 아래에서 한일심이 김진을 향해 읍한 후 간절하게 청했다.

"다음에 꼭 한 번 저희를 도와주십시오. 요즈음엔 가품이 더욱 많아 여간 애를 먹는 게 아닙니다. 노고에 따른 값은 걱정 마십시오. 언제나 욱불일(旭不日)을 드리겠습니다."

14

"욱불일이 대체 뭐요?"

대취한 김진은 두 무릎을 가누지도 못한 채 문뱃내(입에서 나는 술 냄새)를 풍기며 흐느적거렸다. 그 옆구리에 머리를 끼운 채 언덕을 오르면서 내가 고범영에게 물었다. 마찬가지로 김진을 부축하기 위해 어깨에 힘을 잔뜩 넣은 고범영이 콧김을 내뿜으며 답했다.

"간단합니다. 욱(旭)에서 일(日)을 제하면 뭐가 남지요?"

머릿속으로 '日'을 지웠다.

"구(九)가 남는군."

"그렇습니다. 값을 항상 구로 치겠다는 건 최고 대우를 하겠단 뜻이지요."

"쳇, 그럼 그냥 900냥이든 9000냥이든 구를 드리겠다고

할 일이지 욱불일이 뭔가, 욱불일이."

고범영이 걸음을 멈추고 숨을 헐떡이며 허리를 툭툭 쳐 댔다. 나도 두 다리를 번갈아 흔들며 돌아서서 늘어선 고 들을 살폈다.

"객주마다 저희끼리만 통하는 말들이 있습죠. 물품을 거 래하느라 값을 깎고 올릴 때에 심중에 정한 값이 밖으로 새면 아니 되니까요. 승두세자로 글자에 장난을 쳐 가며 서찰을 주고받는 것도 흔한 일입니다. 처음엔 저도 그 뜻 을 몰라 애를 꽤 먹었죠. 천불대(天不大)는 일(一)이고 왕불 주(王不柱)는 삼(三)이랍니다. 곤불의(袞不衣)는 뭐가 되겠습 니까?"

나는 머릿속으로 뜯게(해지고 낡아서 못 입게 된 옷) 하나를 지웠다.

"육(六)인 게요?"

"그렇습니다."

미칠 노릇이었다. 질청은 질청대로, 객주는 객주대로 밀 어(密語)를 만들어 언행을 숨기고 도출(圖出, 문서를 빼돌림) 을 일삼는 것이다.

"부탁 말씀 하나 드려도 되겠습니까?"

고범영이 눈을 찔끔 감았다 떴다. 어렵게 이야기를 꺼내 는 듯했다.

"앞으로도 제가 계속 객주 장세를 거두도록 사또께 잘 말씀드려 주십시오."

"계속 장세를 거두게 해 달라?"

"그렇습니다. 향청이 맡아 왔던 장세 거두는 일을 사또께서 다시 정하겠다고 어젯밤 말씀하셨습니다."

이덕무가 향청이 운용하는 돈의 흐름부터 끊기로 작정한 것이다.

"명을 기다려 따르도록 하오."

"사사로운 이익을 위해 이러는 것이 아닙니다. 향청에서 장세를 거두지 않는다면 그 일은 질청으로 넘어가겠지요. 육방 중 이 일을 청렴하게 맡을 자가 없습니다."

"허어! 술잔 잡은 팔목은 밖으로 굽지 않는다더니, 향청에서 맡으면 깨끗하고 질청에서 맡으면 더러워진다 이거요?"

고범영 목소리에 물기가 많아졌다.

"적어도 저는 장세 가지고 장난을 치진 않습니다. 못 믿으시겠다면 그동안 거둬들인 장세에 관한 문서를 모두 보여 드리겠습니다. 가감이 없도록 세목(稅目)을 깔끔히 정리해 두었다 자부합니다."

내 눈치를 살피다가 한마디 더 얹었다.

"또한…… 한 도주나 정 행수도 장세를 제가 걷어 주기를 바라고 있습니다."

땅벌처럼 쏘아 주었다.

"그래요? 그만큼 우별감을 다루기 쉬워 그러는 게 아니겠소?"

"저들은 신임 사또가 이참에 장세를 올리지나 않을까 염려하고 있습니다. 괜히 객주를 건드렸다가는 자는 범 코 쑤시는 꼴입니다. 사또께 이로울 것이 하나도 없어요."

"그건 또 무슨 소리요? 이로울 것이 없다니? 두지진 객주 따위가 적성 현감을 이롭게도 하고 해롭게도 할 수 있단 말이오?"

"무릇 장사꾼들은 돈이 되면 어디든 가고, 손해 보는 일은 수단과 방법을 가리지 않고 피합니다. 적성 현감이 장세를 생급스럽게 올려 제 뱃속만 채우려 한다는 풍문이 도성까지 퍼지기라도 하는 날이면……."

나는 두 눈 부릅뜨며 말을 가로막았다.

"지금 무슨 소릴 하는 건가? 어느 놈이 형암 형님을 격알(激訐, 헐뜯음)한단 말인가? 헛소문을 퍼뜨리는 놈이 있으면 가만두지 않겠네. 우별감, 자네 지금 객주를 등에 업고 날 위협하는 게야?"

고범영은 눈물이 그렁그렁한 채 말했다.

"아닙니다. 어찌 감히 제가 그런 짓을 하겠습니까? 다만 지금까지 현감으로 오신 나리들은 두지진 객주와 다투지 않고 좋게 좋게 지내 왔습니다. 객주에서 원하는 일은 큰 무리가 없는 한 대부분 들어 주었고요. 아닌 말로 장세가 없으면 관아를 유지하기 어렵습니다. 또 저들이 딴마음이라도 먹고…….”

“딴마음이라니?”

그 순간 김진이 끄응 앓는 소리를 했다. 망령된 일로 혀를 놀리느니 얼음물 한 그릇 마시는 편이 낫다고 했던가.

“자, 어서 갑시다. 다시는 그딴 소리 마오.”

고범영과 나는 다시 좌우에서 김진을 부축하며 걸음을 떼었다.

내리막길을 휘청휘청 걸어 왼편 솔수펑이(솔숲)로 접어들었다.

숲으로 젖어드는 순간 갑자기 어깨가 가벼워졌다. 무릎을 펴지도 못한 채 질질 끌려오던 김진이 허리를 곧게 세우며 양팔을 벌려 고범영과 내 어깨를 오히려 끌어안았던 것이다.

“자, 자네 대취하였던 게 아닌가?”

김진이 어깨 잡은 손에 힘을 잔뜩 넣으며 답했다.

“꽤 마시긴 했지. 하나 내가 제 몸 하나 가누지 못할 만큼 취하는 걸 본 적 있는가?”

"없지……. 일부러 취한 척했다, 이 말이야? 왜? 무엇 때문에 우별감과 나를 고생시킨 게야?"

"미안하이. 한 도주와 좀 더 친하고 싶어 그랬네."

김진이 문틈으로 밀려드는 샐바람처럼 쑤욱 앞서 걸었다. 나는 바삐 걸음을 옮기며 물었다.

"한 도주와 친하고 싶었다? 취한 척하는 것과 친해지는 것이 무슨 상관이 있는가?"

고범영이 조심스럽게 동의를 구했다.

"지나치게 엄중하고 간략하면 사람을 사귈 수 없는 법 아니겠습니까?"

김진은 미소만 머금은 채 답이 없었다.

"너무 했네. 나는 정말 자네가 만취한 줄 알고……. 아까 언덕에서 우별감과 나눈 대화도 다 들었겠군. 자네 생각은 어떤가? 장세를 향청에서 계속 맡아야겠는가 절청으로 옮겨야 하겠는가?"

김진이 갑자기 내게 고개 돌리며 목소리를 낮추었다.

"그 문젠 나중에 따로 논의하세. 오늘 밤엔 나보다 청전 자네가 더 마신 것 같으이. 나뭇가지 하나도 허투루 보지 않던 자넨데 말일세."

"그건 또 무슨 소린가?"

김진이 걸음을 멈추었다.

"내가 왜 취한 척하며 자네들 부축을 받은 줄 아는가?"

서늘한 기운이 뒤통수를 쳤다.

"혹시?"

김진이 고개 끄덕였다.

"따라붙는 놈들을 조금이라도 안심시키기 위함이었네."

스쳐 지난 소나무들을 되새기며 물었다.

"한 도주 아이들인가?"

"아직 몰라."

"그럼 왜 취한 척 잡희(雜戱) 짓을 갑자기 그만둔 게야?"

김진이 오른팔을 들어 어둠을 가리켰다.

"저놈들이 우릴 포위했으니 소요유(逍遙遊)를 멈출밖에. 모두 일곱 명일세. 저 정도면 의금부 도사 혼자서 해치울 만하지 않나? 100보 전부터 저놈들 걸음이 빨라지더군. 솔 수평이에서 한판 벌이라는 밀명이라도 받은 모양일세. 자네 솜씨를 확인하고 싶은가 보이."

고범영 얼굴이 벌겋게 상기되었다. 나는 김진과 등진 후 고범영에게 속삭였다.

"소나무 뒤에 엎드려 있게. 저놈들이 노리는 건 우별감이 아닐 테니."

고범영이 엉금엉금 기어 소나무 아래로 숨었다.

나는 어둠을 향해 고함을 내질렀다.

"나오너라!"

사방에서 공중제비를 돌며 복면을 한 사내들이 어둠을 뚫고 등장했다. 오랫동안 무예를 닦은 날렵한 몸놀림이었다. 나는 소매에서 표창 두 개를 꺼냈다. 사내들도 등에서 장검을 빼내 들었다. 시퍼런 칼날이 달빛에 부서졌다.

"한 놈은 꼭 사로잡게."

나는 고개를 끄덕였다.

점점 포위망을 좁혀 오던 사내들이 일제히 하늘로 날아올랐다. 단숨에 목을 벨 기세였다. 나도 빙글 몸을 돌리며 땅을 차올랐고, 김진은 낮게 허리를 숙였다가 머리를 치받았다. 내가 뿌린 표창에 허벅지를 맞은 사내 둘과 김진에게 가슴을 두당(頭撞, 박치기) 당한 사내가 동시에 쓰러졌다.

네 명 남았다.

다시 표창을 꺼내 들고 외쳤다.

"순순히 무릎을 꿇어라. 이번엔 가슴이나 목을 뚫어 줄 테다."

사내들이 슬슬 뒷걸음을 쳤다. 강바람이 사방에서 휙 불어와 회오리를 쳤다. 어둠 속에서 더 많은 살기가 일었다.

"엎드려!"

나는 김진 가슴을 힘껏 밀며 바닥을 굴렀다. 화살 두 개가 고범영이 숨은 소나무 밑동에 날아와 박혔다. 어둠을 향해 표창을 뿌린 후 다시 소매에서 표창을 꺼내기 전 화살이 날아들었다. 장검 든 사내들이 픽픽 쓰러졌다.

"윽!"

왼 어깨가 떨어져 나갈 듯 아팠다. 화살이 박힌 것이다. 김진이 급히 와서 내 목을 안았다. 그 얼굴이 점점 가물가물 흐릿해졌다. 장창 든 사내들이 스르르 나와 별빛을 가렸다. 6척 7척 8척이 넘는 거인들이었다. 김진이 내 이마에 손을 짚은 뒤 일어서려고 했다.

'안 돼.'

그 손을 잡고 싶었지만 마음뿐이었다. 온몸에 힘이 빠지면서 손가락 하나도 들 수 없었다.

'화광 혼자 맞서다간 개죽음을 당한다. 야뇌 형님 어깨너머로 배운 솜씨론 어림도 없지. 그래 봤자 서생일 뿐이다. 내가 나서야 한다. 아, 왜 이리 눈꺼풀이 무거울까. 상기증(上氣症, 피가 머리로 몰려 두통과 귀울음을 일으키는 증세)인가. 이래선 안 되는데. 안 되는데.'

그 순간 함성과 함께 하늘로 높이 뻗은 장창들이 흔들렸다. 웅웅웅웅. 청개구리 울음을 닮은 웅성거림이 귀 안으로 밀려들었다. 눈꺼풀이 감겼다. 늪에 머리부터 가라앉는 느낌이었다.

어와, 세상 벗님네야, 이내 말씀 들어 보소.
집안에는 어른 있고 나라에는 임금 있네.
내 몸에는 영혼 있고 하늘에는 천주 있네.
부모에게 효도하고 임금에는 충성하네.
삼강오륜 지켜 가자, 천주 공경 으뜸일세.
이내 몸은 죽어져도 영혼 남아 무궁하리.
인륜 도덕 천주 공경 영혼 불멸 모르면은
살아서는 목석이요, 죽어서는 지옥이라.

처음 듣는 가사였다. 굵직한 남자 목소리에 가느다란 여자 목소리가 얹혀 울렸다. 이마가 따끔거렸다. 눈을 떴다.

톡.

차디찬 물구슬이 이마를 때렸다. 거꾸로 매달린 검은 새가 날개를 오므린 채 흔들렸다. 왼손으로 바닥을 짚고 몸을 일으키려다가 윽 소리를 지르며 다시 누웠다.

'그래, 화살을 맞았지.'

오른손을 들어 왼 어깨를 감쌌다. 웃통이 허전해 더듬어 보니 바지만 겨우 입고 있었다. 화살은 이미 뽑혔고 상처 부위는 무명천으로 돌돌 감겼다. 고개를 이리저리 돌리며 주위를 살폈다.

검은 새라고 생각했던 놈은 박쥐였다. 물구슬이 이번에는 입술로 떨어졌다.

'그렇다면 이곳은 동굴?'

"깨어나셨군요."

맑은 두 눈이 나를 내려다보고 있었다. 김진과 고범영은 어찌 되었을까? 벌어진 입술로 짐승의 말이 흘러나왔다.

"으엄엄!"

혀가 꼼짝하지 않았다. 그 손이 내 이마와 볼을 어루만 졌다. 가을 국화 냄새가 났다.

"입에 무세요. 기갈이 조금은 덜할 겁니다."

입술에 말아 넣어 주는 축축한 천을 물고 힘껏 빨았다.

"접사향(接死香)이란 독약을 화살촉에 발랐더군요. 온몸으로 퍼진 맹독을 중화시키기 위해 파사국(波斯國, 페르시아)에서 사 온 신약(神藥)을 썼답니다. 오늘 밤까지는 말을 하기 힘드시겠지만 내일 아침이면 언제 그랬냐는 듯 노래 부르실 테니 걱정 마세요."

'접사향? 저 여인이 나를 구했단 말인가? 무엇 때문에? 김진과 고범영은 어찌 되었을까? 독화살을 뿌린 놈들은 누굴까? 또 나를 구한 저들 정체는?'

물음이 꼬리에 꼬리를 물고 밀물처럼 몰려들었다. 답답

한 마음을 참을 수 없어 오른팔을 들고 마구 흔들어 댔다. 그녀가 그 팔목을 잡았다. 그제야 나는 횃불에 흔들리는 얼굴을 선명하게 볼 수 있었다.

'아, 이럴 수가!'

침어낙안지용(沈魚落雁之容, 부끄러워 물고기도 가라앉고 기러기도 땅에 떨어질 만큼 아름다운 얼굴)을 뽐내는 소광통교 최고 미녀 남영채였다.

"으어어엄!"

그녀가 내 팔을 꼭 붙들고 고개를 저었다.

"말씀을 마시라니까요. 심신을 편히 하세요. 대인의 마음은 평평탄탄하여 아무런 거리낌이 없다 하지 않는지요. 상처가 덧나기라도 하면 큰일입니다."

오른팔을 뻗어 남영채 왼 팔목을 꽉 잡았다. 남영채가 내 눈을 들여다보며 말했다.

"그때 소녀 청을 살펴 주셨더라면 좋았을 것을. 허나 도사 나리를 원망하지 않는답니다. 이 모두가 주님의 뜻인걸요."

'주님?'

역시 남영채는 야소교도였다.

'이곳은 야소교 소굴인가? 야소교도들이 왜 내 목숨을 구했단 말인가? 나는 저들을 잡아들이려던 의금부 도사다.'

"아, 아파요!"

팔목을 쥔 손에 힘을 풀었다.

"나리를 누추한 곳으로 모신 건 청이 하나 있어서랍니다. 이번엔 꼭 저희 청을 들어주셨으면 합니다."

'청? 야소교도 부탁 따윈 들어줄 수 없다.'

부라린 내 눈을 슬쩍 무시한 채 남영채가 왼손을 들었다. 천장에 매달린 박쥐 한 마리가 푸르득 소리를 내며 날았다.

눈망울 여덟 개가 더 모여들었다. 나는 힘겹게 자꾸 머리를 드는 시늉을 했다.

"알겠어요. 조금 아프시더라도 참으세요, 그럼!"

남영채와 사내 하나가 나를 부축해서 일으켜 앉혔다. 왼가슴과 옆구리가 돗바늘로 찌르듯 아팠지만 입술을 깨물며 참았다.

두 길이 넘는 높이에 쉰 명은 족히 머물고도 남을 크고 깊은 굴이었다. 남영채와 사내 넷이 나를 둘러싼 이 자리는 굴에서도 가장 안쪽이었다.

저쪽에선 아낙과 아이들이 모여 앉아 밥을 먹고 있었다. 다시 목이 마르고 배도 몹시 고팠다.

"저녁까진 아무것도 드시면 안 된답니다. 조금만 참으세요."

남영채가 물러앉았다. 네 사내가 무릎걸음으로 다가왔다. 엄지와 검지가 잘려 나간 곰보 사내가 세 손가락을 제 가슴에 댄 채 이야기를 시작했다.

"소인 놈들은 임 참판 댁 종입니다요."

사내들을 유심히 살폈다. 처음 보는 얼굴이다.

"외거한 지 2년이 넘었습죠."

백옥봉 아래 외거하던 하인들이었다. 김진이 살펴보러 갔을 때 장정 넷이 보이지 않았다 했는데 바로 그들이 내 목숨을 구한 것이다. 들창코에 입술이 두텁고 뚱뚱한 사내가 거들었다.

"돌아가신 새아씨는 저희들에게 외거를 명하시면서, 가세를 일으키는 데 공을 세우면 노비 문서를 불태우고 살 집과 땅을 주시겠다 약조하셨습니다요. 우물 정(井) 모양으로 전답을 나누어 아홉 중 가운데 전답은 2년 내내 저희들 마음대로 거두게 하셨고, 새로 전답을 사들일 때는 열에 셋은 저희들 몫으로 미리 떼어 두셨습니다요. 이랑의 길이나 폭도 세세히 가르쳐 주셨고 희한한 농구(農具)들도 만들도록 하셨죠. 씨를 적게 뿌리고도 이웃 동네 전답보다 세 배 네 배 더 수확을 했습죠. 얼마나 신이 났던지 그땐 밤새 일을 해도 지칠 줄 몰랐습니다요. 너무 방정을 떨었던 것일까요. 노비 문서를 없애기로 약조받은 날이 얼마 남지 않아서 새아씨께서 급사하셨지요."

백탑 서생들 곁에서 주위들은 풍월로 추측해 보자면, 김아영이 스스로 전답을 적게 가지고 나머지를 하인들에게 돌린 것을 가리켜 한전(限田)이라 한다. 또한 우물 정 자 모양으로 전답을 갈라 가운데 땅을 경작한 이들이 공동으로 사용하게 한 것은 가운데 땅은 여덟 가구가 공동 경작하여 세금으로 내고 나머지는 여덟 가구가 각각 가지는 정전(井田) 방식을 응용한 것이다. 백탑 서생들이 쟁론하며 구상하던 전답법을 김아영은 적성에서 벌써 행하고 있었던 것이다. 지금까지 한 뼘 땅도 가져 보지 못한 하인들에게 김아영의 제안은 회오리보다 더한 충격이었으리라. 그들이 목숨 바쳐 땅을 일군 것도 충분히 납득할 수 있었다.

세 손가락이 그다음을 이었다.

"저희들은 사흘 밤 사흘 낮 동안 곡기를 끊고 크게 울었답니다. 새아씨는 내외 가솔 모두를 친자식처럼 아낀 천사셨으니까요."

'천사(天使)?'

야화화를 좌우에서 보필하는 마음씨 착한 무리가 바로 천사라고 했다. 새처럼 날개가 달려 하늘을 마음껏 날아다닌다는 것이다.

"장례를 마치고 대감마님을 찾아뵈었지요. 약조대로 노

비 문서를 내어 주십사, 새아씨가 미리 떼어 둔 전답을 주십사 청하였습죠. 대감마님은 그런 약조 한 적 없다고 오히려 화를 내셨습니다요. 새아씨께서 저희와 약조하신 문서를 보여 드렸습니다만, 대감마님은 새아씬 이미 죽었고 또 새아씨는 노비 문서를 없앨 권한이 없다 하셨지요. 나리! 부디 소인 놈들 억울함을 풀어 주십시오."

'이런 일은 관아에 알려 적성 현감이 처결하는 것이 옳다. 김아영이 아낀 외거 하인들이 모두 야소교도라면, 김아영도 야소교에 깊이 몸담고 있었다는 말인가! 김아영이 김진에게 대국 서책들을 구해 달라 청했다는 소리를 들었을 때부터 의심해야 했다. 공맹지도를 따르는 여인이 어찌 대국 서책에 눈을 돌리겠는가?

김아영이 야소교도라면 열녀문은 세울 수 없다. 이런 비밀이 있었기에 향청에서 서둘러 조사를 마쳐 달라 청한 것일까? 하면 지난밤 나를 공격한 이들은 대체 누구란 말인가?'

뒤로 물러나 있던 남영채가 내 마음을 읽은 듯 말했다.

"그래요. 아영 자매는 주님의 귀한 종이랍니다. 주님을 믿는다는 이유 하나만으로 저희를 사악하다 보진 않으시겠죠?"

말을 끊고 내 어깨 상처를 살폈다.

"아직 저희는 세상에 떳떳하게 나설 처지가 아닙니다.

새로 오신 사또께선 조선의 승암(升菴, 명나라 대학자 양신의 호)으로 불릴 만큼 박학하고 공명정대하시다 들었습니다만 사교도 말은 믿을 수 없다 내치시지나 않겠는지요? 그러니 나리께서 이 일을 잘 처결하여 주세요."

나는 고개를 돌려 아낙과 아이들을 살폈다. 세 손가락의 음성이 귓전을 울렸다.

"대감마님께 계속 청을 넣자 외거조차 거두고 다시 들어오라는 명이 내렸습죠. 급한 마음에 저희 넷만 우선 몸을 피했습니다만, 아낙과 아이들을 잡아 광에 가두려 하신다기에 몰래 모두 데려왔습니다요. 이제 망비(亡婢, 도망친 노비)란 소문까지 날 테니 더욱 소인들 힘만으론 억울함을 풀기 어렵게 되었습니다요. 도와주십시오."

네 사내가 울먹이며 머리를 바닥에 닿을 만큼 조아렸다.

저들을 천인에서 양인으로 만드는 것은 내 책무가 아니다. 김아영은 본디 야소교도이니 열녀 정려가 합당하지 않다고 보고하면 내 할 일도 끝이다.

이상한 것은 저 남영채와의 인연이었다. 그녀는 두 번이나 내게 얼토당토않은 청을 넣었다. 내가 야소교에 관대할 것이라는 터무니없는 확신은 어디서부터 온 걸까? 나는 야소교에 털끝만큼도 관심 없으며 또한 야소교도가 공맹의 도리를 어지럽힌다면 누구보다도 앞장서서 잡아들일 것이다. 김아영이 야소교도가 확실한지, 또 저 하인들에게 노비 문서를 없애 주기로 약조를 하였는지 임 참판을 찾아가서 확인할 필요는 있겠다…….

'그나저나 여긴 대체 어디지? 감악산 자락에 이렇듯 깊은 굴이 있었던가?'

사내들이 나를 들어 다시 뉘었다. 남영채 눈망울이 더욱 커 보였다.

"이제 한숨 푹 주무세요."

남영채가 웃으며 말린 꽃송이를 내 코에 갖다 댔다. 가을 국화 향기가 진했다.

'당장 치워! 한가하게 잠이나 잘 순 없다고. 난 가야 해. 가야 한다고. 바위보다 무겁게 눈꺼풀을 누르는 이놈은 대체 뭐야? 어이쿠!'

15

눈을 떴다.

"가야 해!"

우렁찬 목소리에 나부터 놀랐다. 얼어붙었던 혀가 입천장에 닿았다가 앞니 사이로 나왔다.

"악몽이라도 꾼 겐가?"

김진이 서책을 덮고 다가앉았다. 나는 검은 동자를 위아래로 굴려 주위를 살폈다. 좌우로 마주 본 서가. 금강산 사계를 옮긴 여덟 폭 병풍은 반만 펼쳐졌고, 그 뒷자리에 비스듬히 선 거문고. 서안 좌우로 무릎까지 쌓인 서책. 벽에 붙여 둔 가을 국화 다섯 송이가 여린 바람에 파르르 떨었다. 이곳은 김진과 내가 적성에서 머무는 객사다. 어느새 동굴에서 객사로 옮겨 온 것이다.

'정말 꿈이었나?'

왼 어깨가 쿡 쑤셨다. 오른손으로 상처 부위를 감쌌다. 무명천이 잡혔다. 악몽이 아니다.

"오늘 며칠인가? 내가 왜 여기에 있는 게지?"

"스무사흗날 오시(낮 11~1시)일세. 어젯밤 식철이란 놈이 자넬 업고 왔더라고. 염고에서 100보쯤 떨어진 향나무 아래에 쓰러져 있었다더군."

"자네…… 무사했군. 우별감은?"

"걱정 말게. 오늘도 어김없이 제 발로 걸어 향청에 왔으니까. 한참 싸우다 보니 자네가 없더군. 봉변을 당하지나 않았는지 걱정했으이. 하룻밤을 어디서 지낸 겐가? 치료한 솜씨를 보니 의술을 아는 사람 같네만……."

지난밤 일을 설명하기 전에 이 친구 속마음부터 알고 싶었다.

"화광! 자넨 김 씨가 공맹지도에 충실한 열부라고 보는가?"

김진이 빙긋 웃으며 답했다.

"이재(理財)에 밝은 여인이라고 보네. 자고로 이재에 밝은 이는 위로는 천시(天時)를 알고 아래로는 지리(地理)를 잘 이용하며 가운데로는 사람이 할 바를 놓치지 않는 법일세. 꼭 공맹지도여야 하는가? 인간지도(人間之道)면 아니 되는가? 동조공관(同條共貫, 맥락을 같이함)할 수는 없을까?"

'인간지도!'

그 말을 곱씹으며 더욱 몰아붙였다.

"평범한 여인은 아닌 듯하이. 객주에 가서 그림을 감정하고 서쾌에게 대국 책을 부탁할 뿐 아니라 하인들을 외거시키기도 했다네. 공맹지도를 따르는 여인이 할 일은 아니지."

말을 끊고 김진을 노려보았다.

"자넨 알고 있었지?"

"뭘 말인가?"

대답 대신 동굴에서 들은 가사를 더듬더듬 기억해 냈다.

"천주 있다 알고서도 불사 공경 하지 마소.

알고서도 아니하면 죄만 점점 쌓인다네.

죄 짓고서 두려운 자 천주 없다 시비 마소.

아비 없는 자식 봤나, 양지 없는 음지 있나.

임금 용안 못 뵈었다 나라 백성 아니런가.

천당 지옥 가 보았나, 세상 사람 시비 마소.

있는 천당 모른 선비 천당 없다 어이 아노.

시비 마소, 천주 공경, 믿어 보고 깨달으면

영원 무궁 영광일세."

"공맹지도를 담은 노랜 아니군. 자넨 어디서 그런 해괴

한 노랠 배운 겐가?"

김진은 계속 딴전을 피웠다.

"시치미를 뗄 텐가? 김 씨가 이 노랠 외거한 하인들에게 가르쳤다네."

김진이 두 눈을 반짝이며 다가앉았다.

"그치들이 자넬 구한 게야? 스스로 야소교도임을 밝혔단 말이지?"

"아니면 내가 어찌 이 따위 노랠 알겠나."

"이상한데……."

김진이 고개를 갸웃거리며 오른 주먹으로 이마를 콕콕 쳤다. 나는 재빨리 말꼬리를 잡아챘다.

"이상한 일투성일세. 도성에서 야소교도를 잡으러 다녔던 내가 야소교도 도움으로 살아난 것도 이상하고, 그 야소교도들이 임 참판 외거 하인이란 것도 이상하고, 그 하인들을 야소교로 이끈 이가 김아영이란 것도 이상하고, 소광통교 남영채와 적성 김아영이 둘 다 야소교도로 전부터 아는 사이였다는 것도 이상해."

김진이 굳은 표정으로 내게 청했다.

"지난밤 일을 소상히 말해 주게. 하나도 빼놓으면 아니 되네. 자네 덕분에 일을 빨리 마무리 지을 수도 있으이."

먹잇감을 발견한 송골매가 저러할까. 김진은 귀를 쫑긋

세우고 내가 뱉은 이야기를 한 글자도 놓치지 않으려 했다. 나 역시 상기된 친구 앞에서 진지하게 기억을 풀어 놓았다. 김진은 내 상처를 치료한 이가 남영채임을 밝히는 순간 눈썹을 치켜올린 것 외에는 지나칠 정도로 차분했다. 이미 동굴 이야기를 알고 있던 사람 같았다.

"자넨 김아영이 야소교도였다는 걸 짐작했지?"

"열 골짜기 물이 이제 한 골짜기로 모인 셈이군. 야소교도인지 아닌지가 그리 중요한 문제인가?"

김진은 눈을 지그시 감은 채 턱을 들며 되물었다.

"중요하지. 야소교도라면 열녀가 될 수 없네. 처음부터 야소교도였던 줄 알았다면 우리가 적성에 내려올 필요도 없었네."

"공맹지도에서는 벗어났을지 몰라도 정말 지아비를 공경하고 또 가솔을 훌륭하게 이끌었을 수도 있지 않은가? 공맹지도가 무엇인지도 모르는 파사시(波斯市, 페르시아 번화가)에도 부녀의 귀감이 될 뛰어난 여인들은 있으이. 공맹지도만이 인간지도인 건 아닐세."

"화광! 혹시 자네도 야소교도 아닌가? 어찌 그런 터무니없는 소릴 하는 게야?"

김진이 낮게 웃었다.

"남인들 중에는 야소교를 진심으로 믿는 이들이 몇몇

있다더군. 암자에 숨어 『야소경』을 읽는다는 풍문은 자네도 알고 있겠지? 나는 아닐세. 연암 선생 말씀대로 야소가 과연 공맹보다 더 뛰어난 가르침을 베풀었는가를 우선 깊이 살펴야겠지. 야소교도는 아니지만 공맹지도만이 인간지도라고 보지는 않는다네."

"또 궤변을 늘어놓는 겐가?"

"솔직히 말함세. 확신은 못했으나 김 씨가 야소교에 관심을 두었을지도 모른다 추측은 했지. 대국에서 서책을 들여와 탐독한 사람이라면 누구나 한번쯤 『야소경』을 읽고 야소와 그 제자들에 대해 관심을 갖기 마련이니까. 나도 그랬고 백탑 서생들도 그랬듯이, 김 씨도 그 낯선 가르침에 흥미를 가졌으리라 여겼네. 다시 강조하네만 중요한 건 야소교를 믿고 아니 믿고가 아니었다네."

"그럼 뭔가?"

"김아영이란 여인이 힘써 실천하는 삶에 관심이 갔으이. 북학(北學)을 실현시켜 나간 광경을 목도할지도 모른다는 기대도 했지. 대국을 통해 문물을 익힌 것은 김 씨나 우리나 마찬가지일세. 백탑 서생은 현명한 군주의 부르심을 받아 규장각으로 들어갔지. 아쉽긴 하지만 진언도 올리고 서책도 새로 정리하며 품어 왔던 뜻을 조심스럽게 펼쳐 보이고 있네. 서생이 아니라 아녀자라면 어땠을까? 세상 흐름을 먼저 안 후 어떻게 자신이 아는 것과 원하는 것을 아울렀을지 궁금하더군. 과연 남편을 따라 자진한 열녀인가는 내겐 큰 의미가 없으이. 오히려 적성으로 시집와 2년 남짓 어떻게 삶을 가꾸었는가가 궁금할 따름이지. 자넨 어떤가? 김아영은 야소교도가 분명하다는 글만 올리고 끝낼 작정인가?"

냉정함을 잃고 싶지 않았다. 어디로도 치우치지 않는 중용의 도를 취하고 싶었다.

"그리 할 생각일세. 나는 김아영이 열녀로 정려할 만큼 부덕(婦德)한 여인인가만 살펴 오라는 어명을 받았으이. 그 명에 답을 올리게 되었으니 지체할 까닭이 없네. 그 여인의 삶이 흥미로운 건 사실이지만, 사사로운 흥미와 지엄한 어명을 혼동하진 않겠네. 김아영이 자진한 게 공맹지도에 근거하지 않았음을 확정하는 글을 오늘이라도 당장 초(草)하겠네."

"자진한 게 아니라면?"

김진이 짧게 물었다.

나는 놀라서 그 물음을 덥석 물었다.

"무슨 소릴 하는 게야? 자살이 아니라니?"

"야소교 교리는 자네도 알 텐데."

재작년 겨울 이문원에서 형암 이덕무와 화광 김진이 야

소교를 논하는 것을 들은 적이 있다. 이덕무 말에 야소교 도들은 스스로 목숨을 끊는 것을 가장 큰 죄악으로 여긴다 했다. 그러므로 김아영이 야소교도라면 자살했을 리 없다 는 주장이다.

"꼭 교리대로 사는 건 아니지. 야소교에 대한 믿음이 적 었을 수도 있고."

김진이 내 추측을 일축했다.

"믿음은 지극했을 걸세. 하인들에게 야소교를 전하고 노 비 문서를 없애려고까지 하였으니까. 슬픔이 너무 커서 죽 음을 택했다? 정말 남편을 지극히 연모해서 죽었다면 남편 임거용이 죽고 나서 곧 따라 죽었어야 한다고 보네. 북받 치는 슬픔에 휩싸여 자결하는 경우가 대부분일 테니까. 한 데 김 씨는 남편과 사별하고 2년 후에 죽었어. 그동안 지극 한 슬픔 때문에 앓아누운 적도 없지. 오히려 가세를 일으 키기 위해 하인들을 독려하고 객주를 오가며 돈을 벌지 않 았는가? 공맹지도를 따르는 여인이라면 시장 출입하는 것 조차 꺼리는 이 나라에서 말일세."

날카로운 지적이었다.

'자진이 아니라면? 정녕 누군가 김아영을 죽였다는 건 가?'

하지만 목격자는 물론 검안에서도 자결이 아니라는 의

심은 하기 힘들었다. 죽음의 정황을 더욱 정밀히 따져 봐야겠다는 생각이 들자 마음이 급했다.

"일어나게. 임 참판을 만나 이야기를 들어 봐야겠으이."

김진은 턱을 들며 물었다.

"적은 복병이 많은 정예병을 격파하는 이유를 아는가? 간단해. 복병은 정예병 수와 움직임을 알고 싸우는 데 반해 정예병은 복병이 얼마나 많은지 또 어떤 무기를 들었는지 모른다네."

"갑자기 병법은 왜 논하는가? 여긴 전장이 아닐세. 우린 남편을 따라 죽었다는 여자를 조사하러 왔지 않은가. 과연 자진한 게 아니었다면 자진했다면서 글을 올려 열녀 품신을 청한 자들을 만나 시종을 밝혀야 하지 않겠나?"

김진 목소리가 점점 느려지면서 뿌옇게 떠다니는 안개를 닮아 갔다.

"처음엔 정말 깜깜해서 아무것도 보이지 않았는데, 아직 안개 속이지만 몇몇 윤곽은 잡힌다네. 자칫 잘못 나서면 그 윤곽마저 사라질 수 있음이야."

"지금까지 우리가 만난 이들이 모두 거짓을 토설했단 말인가? 임 참판까지도?"

"적성 현민이 임문 종부를 위하는 건 당연한 일이네. 누구라도 제 고장에 열녀문 서는 걸 자랑스러워할 테니까."

"그 말뜻은 뭔가? 현민이 모두 우릴 속였다 이 말인가?"

"속인 건 아니지만 서로 마음은 합칠 수 있겠지. 우리가 사람들 앞에서 나눈 이야기는 대부분 임 참판 귀로 들어갔을 테고, 또 우리가 만났던 이들 역시 적성에서 열녀를 내기 위해 말을 맞추었다고 보아도 무방하다네. 물론 아무리 완벽한 이야기라도 허점은 있지. 하나만 예를 들어 볼까. 임거용이 진주로 간 이유를, 임 참판은 그저 숙부를 만나러 갔다고만 했지만 남재태는 가슴 병을 치료하러 피접 갔던 것이라 하지 않았는가. 사소한 차이일망정 이런 허점을 계속 찾아야 하네. 지금부터 우리가 복병이 되어야 한다 이 말일세. 복병이 승리하는 초로(抄路, 지름길)는 적에게 두려움을 심어 주는 것일세. 얼마나 많은 숫자가 매복해 있는지 또 앞으로 진법이 무엇인지 들키지 않는 거라네. 숨어 기다리기만 하면 적에게 두려움을 심지 못해. 임 참판을 만난 건 우리가 뇌물이나 권세에 눌리지 않음을 보여 주기 위함이었네. 이제부터 하나씩 두려움을 심어 나가야겠지. 우리에게 가장 유리한 방식으로. 알겠나?"

"복잡하군. 자진이 아니면 도대체 누가 어떻게 살해했다는 겐가? 지금까지 짐작한 거라도 속 시원히 말해 주게."

"아직은 아닐세. 몇 사람만 더 만나면 전후 사정을 완전히 밝힐 수 있을 걸세. 그때까진 김 씨가 야소교도였다는 사실을 형암 형님께도 비밀로 해 주게."

"알겠네. 그리 하지."

김진이 방문 쪽을 바라보며 코를 찡긋거렸다.

"이상하군. 거의 올 때가 되었는데."

"누가 오기로 했나?"

"김 씨를 2년 동안 가장 가까운 곳에서 받들던 사람이라네."

"나리! 소녀 향이옵니다."

김아영의 몸종 향이가 객사에 도착했다.

쓰개치마를 벗자 동글동글한 눈매와 살이 오른 볼이 칙칙한 방 분위기를 금세 바꾸었다. 질문을 던지자 바로바로 꾀꼬리 같은 목소리가 통통 튀듯 답했다.

"올해 몇 살이냐?"

"열여섯 살이에요."

"언제부터 이 댁에 있었지?"

"일곱 살에 팔려 왔어요."

"부모는?"

"몰라요. 쌀 한 멱서리에 절 넘긴 후 사라졌으니까요."

"보고 싶지 않니?"

"그립지 않아요."

너무 딱 부러지게 답하는 바람에 오히려 우리가 말문이 막혔다. 향이는 눈을 동그랗게 뜨고 내 얼굴을 빤히 쳐다보았다. 어서 다음 질문을 하라는 듯이.

"언제부터 새아씨를 가까이에서 뫼셨느냐?"

"적성에 발을 디디신 날부터지요."

"2년 넘게 주욱 뫼셨구나. 너 외에 곁에서 모신 다른 아이는 없느냐?"

"없어요. 몸종을 하나 정도는 더 거느릴 수도 있지만 새아씨는 수발 받기보다 직접 일하는 걸 즐기셨어요. 밥 짓고 옷 만드는 솜씨는 저희보다도 뛰어났지요. 김치 담그기를 즐겨하셔서 어육 김치에 동과 섞박지, 동치미, 동가 김치 가리지 않고 만드셨답니다."

"밥도 짓고 옷도 만들어 보였단 말이냐?"

"새아씨는 한 달에 한 차례씩 여종들을 모두 불러 모아 가르치셨죠. 밥 맛있게 짓는 법과 옷 잘 만드는 법을 배웠답니다. 가령 밥과 죽은 돌솥이 제일이고 오지 탕관이 그 다음이라 하셨지요. 더운 여름날에는 비름 잎으로 즙을 내어 밥에 뿌리면 쉬지 않는다고도 하셨습니다. 그 외에도 한 달 동안 어떻게 지냈는지 돌아가며 말하라 하셨고, 힘겨운 일이나 어려운 처지를 이야기하면 도와주셨어요. 저희들이 모두 언문도 모르는 까막눈인 걸 아시곤 1년 넘게 언문을 가르치셨답니다."

이덕무나 박제가 등이 신분을 뛰어넘어 인재를 견발(甄拔, 구별하여 택함)하여 등용하고 서로 고통을 함께 나누자 주장했지만, 그것은 어디까지나 새 세상을 꿈꾸는 서생들 머리에서 나온 것이지 실현된 적은 한 번도 없었다.

"법도에 어긋난 일이라고 참판 대감께서 나무라지는 않으셨느냐?"

향이가 더욱 신이 나서 답했다.

"물론 대감마님과 안방마님께서는 새아씨가 저희를 가르치는 걸 탐탁지 않게 여기셨어요. 몇 차례 불러 꾸지람을 내리시기도 했지요. 당장 그만두라 불호령을 치신 적도 있습니다. 새아씨는 그저 믿고 맡겨 달라 청하셨지요. 가을에도 그만두라시면 회합을 멈추겠다 하셨어요. 물론 가을에 이 모임은 없어지지 않았답니다. 그사이 곳간 재물이 세 배로 늘었거든요. 여종들이 집안일에 성심을 다하자 그만큼 곡식과 과일, 기타 먹거리와 의복에 들던 돈이 줄어든 것이죠. 가을부터 새아씨는 남종들 자리도 마련하셨답니다."

"남종들을 만났다? 상중에 말인가?"

"소문이 새어 나가지 않게 철저히 단속하셨지만, 농사를 비롯한 바깥일을 맡아 하는 남종들과의 만남을 미루지는 않으셨어요. 놀라운 건 새아씨가 이미 농사 새롭게 짓는 법을 알고 계셨다는 것이죠. 평생 농사만 지어 온 늙은 하인과도 말이 통했으니까요. 씨앗 뿌리는 법, 잡초 뽑는 법, 추수하는 법 등등 새아씨는 정말 모르는 것이 없었답니다. 여종들에게 하셨던 것처럼 남종들에게도 한 달 동안 각자 행한 일들을 이야기하게 하고, 해결하기 어려운 부분은 적극 도와주셨어요. 그렇게 한 해가 지나자 곳간은 자물쇠를 채울 수 없을 만큼 곡식과 재물이 흘러넘쳤답니다."

나는 김진을 보며 크게 감탄한 표정을 지어 보였다.

"백탑 서생의 꿈을 적성에서 실현시키고 있었군. 참으로 대단한 일이네."

김진 역시 밝게 웃으며 말했다.

"그렇군. 백탑 아래에서 우리가 주고받던 이야기가 공론(空論)은 아니었던 것 같으이. 실(實)과 용(用)을 중시하는 학은 도성에서부터 천 리나 떨어진 경상도 진주 가난한 처자를 감동시켰다가 경기도 적성에서 그 꽃을 활짝 피웠군 그래."

우리가 김아영을 거듭 칭찬하자 향이는 묻지 않은 부분까지 털어놓기 시작했다.

"새아씨는 재물 중 절반을 뚝 떼어 가난한 이들, 병든 이들에게 주자 하셨어요. 그렇게 떼어 줘도 창고엔 재물이 넘칠 정도였으니까요. 새아씨 말씀을 따라 농법을 바꾼 우리 전답을 제외하곤 을병년(1755년 을해년과 1756년 병자년 2년 연속으로 큰 흉년이 듦) 대흉년과도 같은 불흉년 때문에 적성에도 죽어 나가는 사람이 많았습니다. 대감마님께서 돈도 받지 않고, 그 뭐라더라, 그렇지! 독질폐질자(篤疾廢疾者, 일할 능력이 없는 병자나 불구자)와 환과고독(鰥寡孤獨, 홀아비, 과부, 고아, 홀로 된 늙은이)을 돕는 일만은 절대 아니 된다고 막으셨지요. 새아씨는 오래오래 아쉬워하셨어요."

김진 두 눈이 갑자기 날카롭게 빛났다.

"호오! 재물을 나눠 주려 했다고? 나라에서도 체휼(體恤, 구제) 못하는 가난을 일개 아녀자 몸으로 해결하려 했다 이 말이냐? 향이라고 했느냐?"

"예. 나리!"

김진이 허리를 약간 숙여 향이의 둥근 볼을 살폈다. 향이는 부끄러운 듯 고개를 돌렸다.

"이상한 게 하나 있구나."

"무, 무엇이 이상하다는 것인지요?"

향이는 오른 손바닥을 가슴에 대며 숨을 들이마셨다. 지금까지 자기가 뱉은 이야기를 되새기는 듯했다. 너무 많은 이야기를 너무 빨리한 것이 화근이었다. 말과 생각을 되새김질하는 데 서툰 아이다. 김진이 내게 슬쩍 눈짓한 후 약점을 찔러 대기 시작했다.

"전에 이르기를, 김 씨는 남편이 죽은 후 2년 내내 망극한 슬픔 속에서 지냈다고 했다. 네 말을 들으니 슬픔의 무게를 그 어디에서도 찾을 수 없지 않느냐? 오히려 하루하루를 알차게 꾸리려 많은 노력을 한 것 같다. 아니 그러하냐?"

"그, 그건 물론…… 새아씨는 큰서방님이 돌아가신 후 슬퍼하셨지만, 내내 눈물만 흘리고 계시진 않았습니다. 아랫것들 앞에서는 얼굴빛 바꾸는 법이 없으셨지요. 이른 새벽이나 늦은 밤, 모두 잠든 시각에 새아씨 방에서 흐느낌이 새어 나오는 걸 몇 번 들은 적이 있어요. 소녀 같은 천것은 새아씨 가르침 받아 언문만 겨우 더듬더듬 읽으니 전에 무엇이라 적혀 있는지 몰라도, 새아씨가 슬퍼하신 건 맞아요. 항상 눈물 흘리신 건 아니지만요……. 생각을 해 보세요. 어찌 사람이 2년 내내 울고만 살 수 있겠어요?"

김진이 고개 끄덕이며 슬쩍 비꼬았다.

"그렇기도 하겠군. 네 말이 맞다. 너희 새아씨는 그렇게 재물을 많이 모아 저승으로 가져가려 했나 보구나."

향이는 두 눈만 끔벅거렸다.

"생각해 보렴. 남편 잃은 슬픔 때문에 2년 후 목숨을 끊을 사람이 뭣 때문에 그리 많은 재물을 모았단 말이냐? 그 재물을 물려줄 자식도 없고 또 친정과는 발을 끊고 지냈는데 말이다. 자고로 재물을 모은다는 건 먼 앞날을 내다본다는 뜻이다. '지금은 이렇게 고생하지만 훗날 편히 행복하게 살련다.' 하는 식으로 말이야. 그렇지 않니?"

"그, 그건⋯⋯."

이번에도 즉답이 튀어나오지 않았다.

"여종들은 물론이고 남종들 형편까지 살피는 모임이 언제까지 이어졌느냐?"

"작년 동짓달까지예요."

"동짓달? 목숨을 끊기 두 달 전까지 아랫사람들을 보살폈다는 뜻 아니냐?"

"⋯⋯."

"이상한 일이로구나. '나는 비록 자살하지만 너희들은 이 집안을 잘 가꾸어라.' 이리 생각했을까?"

"예, 예! 맞아요."

향이는 무턱대고 김진이 꺼내 놓은 답을 물었다. 김진이 고개 저었다.

"아니야, 아니야. 그렇게 집안을 걱정할 정도라면 자살할 리 없지. 그것보단 동짓달부터 심경에 큰 변화가 있었던 건 아닐까? 갑자기 자진을 떠올린 결정적인 일 말이지.”

“……모르겠어요. 새아씨를 가까이 모시긴 했지만, 한 길 사람 속을 어찌 알겠어요?”

“아씨가 스스로 목숨을 끊던 날에도 아씨를 모셨니?”

“……아니에요.”

“아니다? 그때 넌 어디에 있었느냐?”

“그게, 그게…….”

향이가 다시 말을 더듬었다. 나는 오른 주먹을 쥐어 보이며 목소리를 높였다.

“숨김없이 바른대로 대렷다! 옥에 갇혀 봐야 정신을 차리겠느냐?”

감옥에 가두겠다는 말에 향이 두 볼이 퍼렇게 질렸다. 김진이 재빨리 당근을 내밀었다.

“자자, 말하렴. 네가 무슨 말을 하든지 비밀은 꼭 지키마.”

향이가 다짐 받듯 물었다.

“비밀 꼭 지켜 주시는 거죠?”

김진이 사람 좋은 웃음을 보였다.

“소녀는 그날…… 한양에서 늦게 돌아왔어요.”

“한양이라니? 무슨 일로 도성엔 갔단 말인가?”

“필동 세책방에 소설을 구하러 갔답니다. 석 달에 한 차례 정도는 다녀왔지요. 새아씨는 시집오시기 전부터 소설을 좋아하셨답니다."

"그래. 새아씨가 소설 좋아했던 건 알고 있느니라. 그게 무슨 비밀이라고 숨기려 하느냐?"

"그게…… 그게……."

향이는 양손바닥을 제 뺨에 대고 빙글빙글 문질러 댔다.

"적성을 떠날 때는 나흘 말미를 얻었지요. 소설도 구하고 또 바늘겨레와 실몽당이(실을 꾸려 감은 뭉치)도 사고. 그만, 그만, 하루를 더 머물렀답니다. 하루만 일찍 왔어도 새아씨를 구할 수 있었을 건데…… 그게…… 반짇고리를 사러 운종가(雲從街)를 걷다가 드팀전(피륙 파는 가게) 앞에서 똘이를 만나는 바람에……."

"똘이라니?"

내 물음에 김진이 대신 답했다.

"참판 댁 문지기라네. 계속해라."

"맞아요, 문지기! 갑자기 똘이가 앞을 가로막는 거예요. 새아씨가 대문을 다시 고쳐 만드시겠다고 한양에서 이름난 목수 이길대를 만나고 오라 이르셨답니다. 이길대를 만나 흥정을 하고 돌아가는 길에 우연히 소녀를 보았다는 겁니다. 반가운 마음에 함께 이른 점심을 먹고 적성으로 떠나려고 했는데…… 그게……."

"똘이를 좋아하는구나."

향이가 고개를 들고 두 눈을 크게 떴다.

"……."

"괜찮다. 처녀 총각이 좋아하는 게 죄라도 된다더냐?"

김진이 웃어 보이자 향이도 조심스럽게 고개를 끄덕였다.

"어찌 아셨어요? 우리 사일 아는 사람은 새아씨뿐인데. 똘이가 그러던가요? 처음부터 똘이가 좋았던 건 아니에요. 키만 크고 삐쩍 말라 싫었죠. 아씨가 자꾸 똘이만 한 아이가 없다 그러시더라고요. 다시 보게 되었죠. 좀 어리버리하긴 해도 성실하고 착해요."

"똘이와 한양에서 하루를 더 묵은 게로구나?"

"맞아요. 전 그냥 돌아가자 했는데 똘이가 자꾸 하루만 더 놀다 가자 해서…… 한양에서 함께 놀러 다닐 기회가 우리 평생 다시 있겠느냐고 해서…… 살랑살랑 겨울 바람도 그리 매섭지 않고 구경할 물건도 사람도 많고 해서……. 없는 소설을 구하기 위해 서사를 도느라 하루를 더 썼다고 둘러대기로 하고 마음을 바꾸었어요. 이건 아무도 몰라요. 똘이랑 소녀만 아는 비밀이에요. 아무에게도 말씀하시면 안 돼요?"

김진이 입가에 미소를 머금은 채 답했다.

"알았다. 그러니까 네가 돌아왔을 때는 이미 새아씨가

자진한 후였다, 이 말이렷다?"

"맞아요. 왔더니 하인들이 수군수군대더라고요. 새아씨가 스스로 목숨을 끊었다고, 목을 매셨다고."

"누구에게 처음 그 말을 들었느냐?"

향이의 검은 눈동자가 위로 올라갔다. 기억을 더듬고 있는 것이다.

"그게…… 잘 모르겠네요……. 워낙 놀라고 무서워서……."

"그럼, 새아씨 시신을 처음 발견한 사람이 누구라고 하더냐?"

"정확하지는 않지만…… 작은되련님이라고 들었던 것 같아요."

'임거선이라고?'

나는 헛기침을 하며 질문을 던지려 했다. 김진이 먼저 제 무릎을 짚고 자리에서 일어섰다. 이쯤에서 이야기를 마무리 지으려는 것이다. 김진은 따라 일어선 향이를 향해 말했다.

"수고했다. 네 상심 또한 크겠구나."

향이가 턱을 약간 치켜들고 김진을 향해 또렷또렷 물었다.

"나리. 새아씨께서 틀림없이 열녀가 되시겠죠? 2년 넘게 뫼셨으니 소녀도 아씨를 쬐끔은 알아요. 정말 박학하시고 정도 많으신 훌륭한 분이셔요."

"걱정 마라. 나도 잘 알고 있단다."

김진은 향이를 앞마당까지 배웅하고 돌아왔다. 방으로 들어서는 김진에게 물었다.

"이제 똘이란 문지기를 부를 텐가?"

김진이 담뱃대에 불을 붙여 한 모금 들이마셨다가 뱉은 후 답했다.

"아니야. 지금 그 아일 부르면 향이가 했던 말을 앵무새처럼 반복할 걸세. 며칠 지난 후 만나 보도록 하지. 그건 그렇고 자네 요즈음 기력은 어떤가? 내가 보기엔 몸이 많이 상한 것 같은데? 지난번처럼 구토와 설사를 반복하다가는 큰 낭패를 겪을지도 몰라. 어떤가, 용한 의원에게 가서 맥이라도 한번 짚어 보는 것이?"

"자네가 군치리(개고기) 안주로 술 파는 집에라도 데려다 줄 텐가? 산삼 녹용 넣고 보약이라도 지어 줄 텐가?"

농담인 줄 알고 너스레를 떨었다. 김진은 짐짓 정색을 하며 약속을 잡아 버렸다.

"보약 지어 줌세. 내일 저녁 비워 두게."

16

객사에서 아침을 먹고 동헌으로 건너갔다. 김진은 박제가가 검토를 부탁한 청령국(蜻蛉國, 일본) 지도와 시편을 살피기 위해 객사에 남겠다고 했다. 나는 여기까지 규장각 일을 가져왔느냐고 핀잔을 준 후 방을 나왔다.

효계(曉鷄, 새벽 닭 울음)와 함께 산적한 문서를 검토하던 이덕무가 눈을 비비며 나를 맞았다. 야윈 볼에 설만두(雪滿頭, 하얗게 센 머리)가 염려스러운데 이덕무는 내 걱정부터 했다.

"어깨는 어떠한가?"

왼 어깨를 들어 올렸다 내렸다.

"끄떡없습니다."

"범인을 꼭 잡아들이라 명하였으이. 상처가 나을 때까진 밤길 나다니지 말게."

서안 위 문서를 살폈다. 향청에서 거둬들인 장세를 기록한 것이다.

"두지진 객주로부터 장세 걷는 일을 다시 검토하신다 들었습니다."

"향청이 지나치게 비대한 까닭은 저들이 장세를 도맡아 거둬 왔기 때문일세."

"우별감 고범영은 넘치지도 않고 부족하지도 않게, 기울지도 않고 바뀌지도 않는 중용의 정심(正心)으로 장세를 거두었다 자부하였습니다만……. 그가 잘못한 겁니까?"

이덕무가 문서를 손바닥으로 탁 덮었다.

"과오는 없네. 보이지 않는 뒷거래가 문제겠지."

"뒷거래라 하셨습니까?"

"그래. 문서에 기록된 돈만으론 향청을 유지할 수 없으이. 적어도 열 배는 더 필요하지."

표정은 온화하고 목소리는 담담했지만 두 눈엔 힘이 넘쳤다.

'열 배! 그냥 넘길 문제가 아니다.'

"반발이 극심할 터입니다. 향안에 이름을 올린 이들이 들개처럼 달려들 테지요. 우별감 고범영은 사람이 나빠 보이지 않습니다. 질청에 새로 그 일을 맡기실 요량이면 우별감에게 한 번 더 기회를 주시는 게 어떻겠습니까?"

"우별감이 일을 맡은 후로 문서 정리가 더욱 깨끗하고 흠 잡을 데 없음은 인정하겠네. 우별감을 위해서라도 장세 걷는 일을 향청에 맡길 순 없으이."

"우별감을 위해서라고요?"

"차차 알게 될 걸세. 자네 우려가 무엇인지는 잘 알고 있으이. 어깨가 그 모양이 된 것도 어쩌면 내가 향청을 자극했기 때문일세. 물론 다음엔 그 위협이 내 옆구리를 파고들지도 모르지. 어려서부터 나는 다툼을 좋아하지 않았네. 주먹을 쥐고 싸울 일이 있어도 미리 의논하고 화해하는 길을 찾아 왔지만, 적성현을 바꾸는 일에는 상생(相生)을 도모할 수 없으이. 지금까지 너무 상생을 잘해 왔기 때문에 상사(相死)에 가까워진 거라네. 난 적성 관아에 빌붙어 사는 이들 모두를 불편하게 만들 거라네. 질청이든 향청이든 객주든 관례가 하나도 먹혀들지 않는 상황으로 몰고 갈 작정일세."

나는 이의를 제기했다.

"그들 모두를 적으로 만든다고 금이 쏟아지겠습니까, 은이 쏟아지겠습니까? 형님께서 더 잘 아시지 않습니까?"

이덕무가 빙긋 웃어 보였다.

"나는 그들을 불편하게 만들겠다고 했지 적으로 두겠다

하진 않았으이."

"그게 그거 아닙니까?"

"아닐세, 다르다네. 빼앗는 만큼 돌려줄 거니까."

"빼앗는 만큼 돌려준다고요?"

"장세 거두는 일을 질청에 맡기는 대신 관아의 여러 고를 관리하는 일과 현민들이 철마다 감악산 삐뚤대왕비에서 체천(體薦, 희생물의 몸을 반으로 잘라 제물로 드리는 것)하는 제의는 향청에 맡길 생각이네."

고 관리와 제의 준비는 질청 육방들이 대대로 맡아 왔던 업무다. 아전들은 그 일을 하며 질청에 필요한 경비는 물론 생계에 도움이 되는 돈과 재물을 챙겨 왔던 것이다. 향청과 질청의 공무를 맞바꾸겠다는 이덕무의 발상은 쉽게 납득되지 않았다.

"크게 원성을 살 겁니다."

이덕무는 알 듯 모를 듯한 말을 이었다.

"바로 그 원성을 사려고 벌이는 일일세. 날 믿게나. 그보다 청전! 장세 걷는 일을 관장할 아전은 누구로 하면 좋겠는가? 아무래도 이방과 호방 중 한 사람에게 맡겨야 할 듯한데, 자넨 누가 적임자라고 보는가?"

이방 진독주의 넓은 볼과 호방 황종석의 날카로운 턱이 떠올랐다. 개국 초에는 육방 중 호방이 질청에서 상좌를

차지했으나 왜란과 호란을 거치면서 점점 이방의 지위가
강화되는 추세였다.

"형님 뜻대로 하십시오. 이미 마음에 두신 이가 있는 거
아닙니까?"

"글쎄, 난 아직 정하지 않았으이. 김 씨 일로 바쁘겠지만
잠시만 짬을 내어 두 아전을 각각 만나 주지 않겠는가? 내
앞에서는 아직도 말을 아끼고 본심을 털어놓지 않는다네."

"형님을 경계한다면 의금부 도사인 저와는 더욱 거리를
두려 하겠지요. 화광에게 부탁해 보십시오. 지인지감이 뛰
어난 친구 아닙니까?"

이덕무가 눈썹을 올리며 답했다.

"이미 부탁했네. 자넬 추천하던걸. 의금부 도사 6년이면
웬만한 점쟁이보다도 관상을 더 잘 본다고 말일세. 도와주
게. 그냥 만나 본 느낌만 내게 알려 주면 되네."

이덕무가 거듭 권하고 김진이 추천까지 한 일을 무조건
거절할 수도 없었다.

먼저 만난 이는 호방 황종석이었다.

이덕무와 헤어져 동헌 앞마당으로 내려서자마자 기다렸

다는 듯이 내 앞에 나타난 것이다. 읍한 후 아뢰었다.

"긴히 드릴 말씀이 있습니다."

치켜뜬 여우눈이 부담스러웠다. 나는 짐짓 헛기침을 하
며 거절했다.

"나중에, 나중에 하세. 임 참판 일만 살피기에도 바쁘이."

황종석이 집요하게 다시 말했다.

"오늘 꼭 말씀드려야 합니다. 소인에게 시간을 주십시
오. 길지 않을 겁니다."

얼굴을 잔뜩 찌푸렸다가 마지못해 고개를 끄덕이는 시
늉을 했다. 황종석은 성큼성큼 앞장을 서서 객사로 향했다.
객사에는 김진이 있으니 이야기를 나누기에 적당하지 않
다고 생각했다. 황종석이 속마음을 읽은 듯 짧게 읊조렸다.

"규장각 나린 방금 출타하셨습니다."

과연 객사는 텅 비어 있었다. 나란히 앉자마자 질책부터
했다.

"언제부터 객사를 몰래 살폈는가?"

"따로 살핀 적 없습니다. 질청에서 귀를 열어 두고 있으
면 두 분이 어디 계시는지는 곧 알 수 있습죠."

그만큼 김진과 나는 이 고을에서 낯선 존재였다.

"어깨는 좀 어떠십니까요?"

길고 뾰족한 턱을 노려보았다.

"우리들 동정에 그리 밝으니 내 어깨에 독화살 쏜 놈이 누군지도 알겠네그려."

"독……화살입니까? 짐작은 해 볼 수 있겠습니다."

황종석이 또 기분 나쁘게 말꼬리를 잡아챘다.

"짐작이라……. 어디 말해 보게."

그 목소리가 작아졌다.

"말씀 올리면 나리는 소인에게 무엇을 주시겠는지요?"

"지금 나랑 거래를 트자는 겐가?"

황종석은 바로 꼬리를 내렸다.

"어찌 감히 나리께 그런 무례를 범할 수 있겠는지요? 간곡한 청 하나만 드리고 싶습니다."

"말장난 말라. 치도곤을 당해야 입을 열겠느냐?"

황종석이 머리를 조아리며 양손을 맞잡은 채 떨었다.

"마, 말씀드립죠. 범인을 찾는 건 간단합니다요. 무예를 연마한 이들을 부리는 곳은 정해져 있습죠. 나리 때문에 낭패를 당한 이들이 저지른 짓이기도 할 테고요. 그 둘을 충족시키는 무리를 찾으면 됩니다요."

"누가 나 때문에 낭패를 본단 말인가?"

"몇 군데로 나누어 살필 수 있겠습니다. 우선 객주가 있겠죠. 두 분이 우별감과 함께 이포진 고를 살피고 돌아오는 길 아니었습니까? 한 도주가 두 분을 해칠 결심을 했는지도 모릅니다."

"염고에선 아무 일 없었으이."

"제 발 저린 게 도둑이라 하지 않습니까요. 또 하나는 향청. 우별감이 길 안내를 맡았으니 좌수와 별감들이 마음만 먹는다면 두 분을 공격하는 건 손바닥 뒤집깁니다. 사또께서 장세 거두는 일을 재고하기로 하셨으니, 그에 대한 반발로 두 분을 괴롭혔을 수도 있습니다."

"우별감 고범영이 우릴 속였단 말인가?"

"함께 속였을 수도 있고 고 별감까지 속았을지도 모르죠. 셋째, 참판 대감이 움직였을 수도 있습니다. 김 씨에 대한 조사가 의외로 시일을 끌고 있으니까요. 열녀로 정려하기에 곤란한 문제점을 두 분이 찾으신 게 아닐까 의심했을 수도 있고, 또 하루바삐 조사를 끝마치라는 협박일 수도 있겠습니다."

"임 참판 하인들이 무예를 익혔단 말인가?"

"아무나 병조 참판을 맡는 게 아니죠. 대감께서는 문무에 두루 능하실 뿐만 아니라 장검, 편곤(鞭棍, 도리깨 모양 타격 무기)에도 남다른 조예가 있으십니다. 하인들을 능숙하게 조련시키는 모습을 소인도 두어 번 본 적이 있고요."

"음……."

"넷째, 자작극일 수도 있습니다. 의금부 도사가 다쳤다면 적성현민 모두 긴장하고 두려워할 게 분명하니까요. 그런 분위기를 업고 좀 더 치밀하게 조사를 해 나갈 수도 있겠지요."

나는 깜짝 놀라 소리쳤다.

"자작극이라니? 내가 일부러 독화살을 맞았단 말인가? 터무니없는 망발 지껄이지 말게."

"저도 앞서 지적한 넷 중에선 가장 눈길을 적게 두었습니다만 전혀 불가능한 일은 아닙죠."

"이제 다 지적하였는가?"

"마지막으로 하나 더 있습니다. 김씨 부인을 흠모하며 존경하던 현민들이지요."

동굴에서 본 사내들 얼굴이 떠올랐다. 외거 하인에게 그렇듯 정성을 다하였다면 현민에게도 선행을 자주 베풀었으리라.

"부인 덕분에 허기를 면하고 추위를 넘겨 목숨을 건진 이들을 꼽아 본다면 족히 100명은 될 겁니다. 그들이 스스로 결정하여 움직였을 수도 있습니다."

"현민 중 검객과 명궁이 있단 말인가? 믿기 힘들군. 자넨 왜 눈에 띄는 한 무리를 끝까지 말하지 않는 겐가?"

어색한 침묵이 흘렀다. 황종석이 조심스럽게 물어 왔다.

"질청 말씀이십니까?"

"그렇네. 질청이야말로 향청과 더불어 현에서 가장 막강한 무리가 아닌가?"

"나리를 급습한 이들과 질청은 아무 관련이 없습니다."

"고슴도치도 제 새끼 털은 곱다 하지."

"신임 사또께서 오신 후 가장 덕을 본 곳이 질청이기 때문이지요. 향청에 늘 눌려 지냈는데 이제 장세까지 질청이 도맡아 거두게 되지 않았습니까? 사또와 호형호제하는 나리들을 질청에서 공격할 이유가 없습니다."

황종석은 아직 질청이 맡은 일 몇 가지를 향청으로 옮기려는 이덕무의 계획을 모르고 있었다. 질청에 속한 아전 대부분은 이덕무가 향청을 엄히 다루는 것만 기뻐하고 있으리라.

"내게 하고픈 청이 무엇이냐?"

황종석이 턱을 내밀며 답했다.

"장세 걷는 일을 소인이 맡도록 도와주십시오."

두 눈을 부라리며 짐짓 화를 냈다.

"무엇이라고? 나보고 지금 사또께 청탁이라도 해 달라, 이 말인가?"

"육방 중 하나가 그 일을 맡을 게 아닙니까요? 다른 아전이 하는 것보다는 소인이 맡는 게 낫다고 봅니다요."

"그 이유가 무엇이냐, 다섯 아전은 아니 되고 자네만 되는 까닭이?"

"이런 말씀까진 드리지 않으려고 했는데…… 소인 자랑이 아니오라…… 한 도주와 정 행수를 만나서도 밀리지 않고 하나하나 꼬치꼬치 따져 장세를 거둘 사람은 질청에서 소인밖에 없기 때문입니다. 두루 물어보면 아시겠지만 소인은 일처리가 아주 독하고 맵지요. 조실부모하고 아직 미혼인 터라 딸린 식솔도 없습죠."

"장세 하나 거두는 일이 뭐 그리 대단하다고 식솔 운운하는가? 자고로 세를 거두는 일은 마찰 없이 조용히 행함을 최고로 치네. 호방 자넨 사사건건 따지며 분란만 낳을 성싶으이. 차라리 심성이 느긋한 이방에게 맡기는 게 어떨까 하네만……."

황종석이 침을 튀겨 가며 목소리를 높였다.

"이방은 절대 안 됩니다."

"아니 된다? 그 이유가 뭔가?"

"이방이 장세를 걷게 되면 결국 좋은 게 좋다는 식으로 흐를 겁니다. 되는 것도 없고 안 되는 것도 없이 사또께서 원하시는 총 금액만 두루뭉술하게 맞출 겁니다."

"자네!"

황종석의 말을 자르고 노려보았다.

"아무리 이방과 이것저것 다툼이 있다손 쳐도 없는 사

람 험담하는 건 아닐세. 유아독존이 따로 없구먼. 그만 나가 보게."

"그게 아니라 정말 이 일은 소인이……."

"썩 나가지 못할까!"

황종석이 벌겋게 상기된 얼굴로 비틀대며 객사를 나갔다.

이방 진독주는 질청에서 서리(書吏, 서책 담당 아전)들과 공무를 살피고 있었다. 서리들이 올린 문서에 세필로 붉은 먹을 찍어 동그라미를 그리다가, 내가 헛기침을 하자 급히 일어나서 앉았던 상석을 내주었다. 서리들은 검토하던 문서를 한아름 안고 방을 나섰다.

"바쁜데 괜히 방해한 건 아닌지 모르겠네."

"내일 두 배로 하면 되니 걱정 마십시오. 어인 일로 이곳까지 다 오셨습니까요?"

진독주의 딸기코를 쳐다보며 어떻게 이야기를 풀어 갈까 잠시 망설였다. 황종석은 먼저 소금 바른 미꾸라지처럼 달려들어 살피기에 편했는데, 진독주는 땅굴 깊이 웅크린 뱀처럼 꼼짝도 하지 않았다.

"오늘은 몸이 조금 불편해 객사에서 쉬기로 했으이. 관아 이곳저곳을 둘러보다 들른 거라네. 별 뜻은 없네."

"저런, 어디가 편찮으십니까? 의원을 부를까요?"

진독주가 바투 다가앉으며 물었다.

"아, 아닐세. 약을 먹을 정도는 아니라네. 하루 푹 쉬면 나을 거야. 요즈음 일하는 형편은 어떤가?"

"사또께서 오신 후 한결 나아졌습니다."

"나아졌다? 무엇이 말인가?"

"중심이 탁 서니 모든 일에 질서가 잡히는 게지요. 아직 사또의 깊은 뜻을 헤아리지 못하여 더러 작은 실수도 하고 잘못도 있지만, 큰 문제는 없습니다요. 소인은 사또께서 오 랫동안 적성 고을을 다스려 주셨으면 하는 바람뿐입니다."

슬쩍 미끼를 던졌다.

"이방도 알고 있겠지만, 장세 걷는 일 말일세……. 그 일을 질청에 맡기겠다 말씀하셨다네."

"그렇습니까? 어이구, 이거 지금 하는 일도 벅찬데……. 하는 수 없죠. 사또께서 맡기신다면 열심히 해야죠."

"자네에게 맡아 달라 명하신다면 어찌하겠는가?"

진독주는 놀란 표정을 지은 후 잠시 눈을 감았다가 떴다.

"도사 나리도 아시겠지만 이방은 자기 일은 물론이고 다른 아전들 형편까지 살펴야 합지요. 소인이 당장 장세 걷는 일을 맡기는 벅찰 듯합니다. 또 소인은 숫자 놀음을 싫어하기도 하고요. 소인만 빼고 나머지 아전들은 모두 숫 자에 밝으니 다섯 아전 중 한 사람에게 중임을 맡기는 것이 좋겠습니다."

슬쩍 미끼를 다시 던졌다.

"호방 황종석은 어떤가?"

"소인도 방금 이왕이면 호방이 좋겠다 말씀드리려 했습니다. 침착하고 꼼꼼하니 장세 걷는 일을 잘할 겁니다. 혹시 사또께서 적임자를 물어보시면 호방을 천하여 주십시오."

그 순간 나는 장세 걷을 아전을 정했다, 한 점 의심도 없이.

17

진맥하러 가자고 했을 때부터 이상한 기분이 들었다. 백탑 서생은 농법이나 천문은 물론 의술에도 상당한 조예가 있었다. 진맥 살펴 약석(藥石, 약재와 침) 다루는 정도는 김진이 충분히 할 수 있음에도, 하루 저녁 허비하며 보약 짓자고 나선 것이다.

칠중성을 돌아 전답을 가로지르기로 했다. 바람에 더위도 식히고 밤 풍광도 구경할 겸 객사에 말을 둔 채 터벅터벅 말똥비름(논밭 근처 습기 많은 곳에 자라는 두해살이풀) 밟으며 논틀밭틀(논두렁과 밭두렁을 따라 난 길)을 걸었다. 김진의 뒤통수를 보며 낮에 이방과 호방을 만난 이야기를 소상히 해 주었다. 묵묵히 내 이야기를 듣던 김진이 고개 돌려 짧게 물었다.

"누굴 추천하였나?"

"이방 진독주일세. 의중여산(義重如山, 의리를 산처럼 중히 여김)한 성품을 지녔더군."

"뭐라 말씀하시던가?"

"형님도 이방에게 맡기고 싶었다 하셨네. 지금쯤 불러다 알리셨을 테지."

"잘됐군. 나라도 이방을 택했을 거야."

김진까지 내 판단을 지지하니 안심이 되었다.

"자네 아침엔 어딜 갔다 온 겐가? 초정 형님이 부탁한 왜국 지도와 시편을 검토해야 한다더니?"

김진은 다시 어둠을 응시하며 짧게 얼버무렸다.

"잠시 산책하고 왔으이."

전답 사이 평평한 흙길을 따르다가 강을 끼고 걸으니 곧 두지진이었다. 도성에서 올라온 상선들이 나루에 빽빽이 들어와 있었다. 상선에게 좋은 자리를 내어준 작은 고깃배들은 그보다 50보쯤 아래에 배를 묶었다. 김진은 막 고기잡이를 끝마치고 섶(배를 매어 두기에 좋은 물가)으로 오른 늙은 어부에게 다가갔다.

"조 의원을 찾아왔소만……."

늙은 어부는 고개를 숙인 채 떨리는 음성으로 답했다. 내가 입은 융복을 보고 겁을 먹은 것이다.

"강을 따라 조금만 더 내려가십시오. 오른쪽으로 크게 구비를 돌고 또 돌면 기와집이 한 채 나타날 겁니다. 그곳이 바로 조 의원 댁입니다."

"고맙소."

김진은 노을이 깔리기 시작한 강을 따르기 시작했다.

"조 의원이 누군가?"

등 뒤에 바싹 붙어 물었다.

"조광정(曺光庭)이라고, 용하기로 소문난 의원일세. 특히 가슴 병과 여인네들 속병을 잘 다스린다 하더군. 자네 맥은 확실히 짚어 줄 걸세."

조광정? 그 이름이 이상하게 낯설지 않았다.

"이 사람! 완전히 날 병자 취급이로군. 몸이 조금 안 좋긴 해도 보약 먹을 정도는 아닐세. 나 때문이라면 돌아가세."

강을 등진 후 성큼 칠중성을 바라보며 걸었다. 김진이 급히 뒤따라와서 앞을 가로막았다.

"가세. 이미 가겠다고 약조를 했네."

"이럴 겨를이 있으면 차라리 현민 하나라도 더 만나 살피겠네. 이딴 곳에 온 이유가 대체 뭔가?"

언성을 높이지 않을 수 없었다. 김진이 내 얼굴을 가만히 들여다보다가 힘없이 답했다.

"미안하이. 화낼 줄은 몰랐네. 다 자넬 생각해서 그리 한 것인데……. 잘 듣게. 우린 오늘 꼭 조광정을 만나야 한다네. 조 의원도 김 씨 죽음과 깊이 연관되어 있기 때문이야."

"조광정이 말인가?"

"그렇네. 그 사람이 임 참판과 그 가솔들 약을 전담해서 지어 왔어. 임거용이 앓았던 병에 대하여 그보다 더 잘 아는 사람은 없으이. 자, 이제 화가 풀렸는가? 가세. 또 부딪쳐 보자고."

"잠깐, 이제 생각났네. 김 씨가 자진한 후 초검(初檢)을 담당한 이가 조광정이었지?"

"맞아. 바로 그 사람일세."

내 친구 김진은 언제나 이런 식으로 사람을 놀라게 한다. 미리 말해 달라 경신년 글강 외듯(누누이 부탁함) 해도 늘 마지막 순간에 가서야, 때로는 마지막 순간까지 넘긴 후에야 속마음을 드러냈다. 종종 그와 처음 만난 이들이 능구렁이 같다거나 속을 알 수 없는 사내라고 평하는 것도 이 때문이다. 그와 함께 사건을 조사하면 한두 번은 꼭 이런 조금은 난처하고 조금은 불쾌한 순간을 접하게 된다. 자주 겪더라도 결코 익숙해지지 않는다.

"그럼 진작 말을 할 것이지. 웬 난데없는 보약 타령인가 답답했네."

김진이 미안한 듯 이마에 주름을 잡았다.

"미안하이. 보약은 정말 지었으면 해. 자넨 보약 먹고 푹 쉬면서 특히 중부(中部)의 기를 회복할 필요가 있네. 대소변이 편치 않고 장이 불편한 지 오래되지 않았는가?"

"보약은 정말 먹지 않겠네. 이번 일만 마치면 한 며칠 쉬지. 자, 가세. 두 구비를 돌면 조 의원 집이라고 했지?"

이번에는 내가 먼저 잰걸음을 놀렸다.

어둠이 강을 완전히 삼키기 직전 조광정 집에 닿았다.

단원이 이 풍광을 본다면 당장 붓을 놀리리라. 강과 이마를 맞댄 집은 키 작은 밤나무로 울타리를 대신했고 금강, 두류, 백두, 한라를 닮은 수석들이 앞마당 네 모서리에 신상처럼 자리를 잡았다. 소쩍새 울음까지 더하여 세월의 때가 절로 묻은 고찰에라도 온 느낌이었다. 이런 곳에선 청담어(淸淡語, 청고하고 담박한 말)만 나눌 듯싶었다.

나는 방금 전 난처함을 만회하기 위해 앞질러 몇 가지 추정을 했다.

"조광정은 홀아비이거나 아직 혼인 못한 총각이겠군. 여자들은 이런 외딴집에 사는 걸 무서워하지. 풍류와 시문을 아는 사람이겠군. 멋진 풍광을 온종일 볼 수 있는 자리에 집을 짓기가 어디 쉬울까. 실력이 있으니 돈도 꽤 벌었겠지. 여럿이 어울리는 것보다 혼자 지내는 걸 좋아하겠군."

"대단해. 집주인과 인사도 나누기 전에 참으로 많은 걸 알아냈군. 자네 말이 맞네. 조광정은 올해 마흔넷인데, 10년 전 아내가 병으로 죽은 후 끈 떨어진 뒤웅박 신세라는군. 이하를 좋아하여 성당(盛唐)의 웅문거필(雄文巨筆)을 담은 서책이 방 하나를 가득 채우고 있다고 하네. 풍류를 좋아하지만 서로 어울려 즐기기보다 달 아래 혼자 만취하는 사람이라더군. 적성에서 삼대째 의원을 하고 있으니 굶어 죽을 염려는 없겠지. 자, 들어가세."

문은 열려 있었다.

섬돌에는 신발 다섯 켤레가 가지런히 놓였다. 푸른 저고리를 입고 허리까지 머리를 땋아 내린, 열 살 남짓한 미동이 넙죽 허리를 숙였다.

"어서 오십시오. 미리 약조를 하셨는지요?"

말투가 어른스러웠다.

"그래. 의금부에서 나왔다고 여쭈어라."

소년이 방문을 조심스럽게 열고 아깃아깃 들어간 틈을 타 김진이 귓속말을 했다.

"자네 이름으로 연통을 넣었다네. 서책이나 정리하는 규장각 서리보다는 의금부 도사가 낫겠지?"

소년이 다시 문을 열고 나왔다.

"들어오시랍니다."

섬돌 위에 신발을 벗자 소년이 재빨리 내려와서 신발코를 맞추어 정리했다. 장의로 얼굴을 가린 여인이 쓰개치마 쓴 여종을 거느리고 열린 방문으로 총총히 나왔다. 어깨가 스쳤는데도 멈추거나 뒤돌아보지 않았다.

조광정은 방문 앞까지 나와서 넙죽 허리를 숙였다.

"어서 오십시오. 조광정이라 합니다."

김진이 한사코 마다하는 바람에 내가 상석에 앉았다. 약초 냄새가 코를 찔렀다. 천장에 주렁주렁 매달린 약봉지에는 구별하기 힘든 초서로 이름이 적혔고, 크기가 제각각인 작두들 곁에는 썰다 만 마른 풀과 녹용이 함께 있었다.

조광정은 코가 뭉툭하고 이마가 넓으며 눈꼬리가 아래로 처져 순한 인상을 풍겼다. 손톱에 푸른 생기가 돌고 눈이 맑고 깊어 언뜻 보면 소년 같은 기운마저 느껴졌다.

'선약을 많이 먹은 모양이지?'

김진은 그동안 사람들을 대했던 것과는 달리 정공법을 썼다.

"임 참판 댁 큰아드님 병환에 대해 묻고 싶어 왔네. 물론 잘 알겠지?"

조광정은 예상한 질문인 듯 오른손으로 이마를 짚으며

차분히 답했다.

"그러믄입쇼. 큰서방님은 어려서부터 몸이 약하셨습니다. 탁한 기운이 온몸에 퍼져 바로잡기가 힘들었지요. 게다가 시문을 즐기느라 밤을 새워 서책을 읽는 날이 많았습니다. 한 달에 적어도 열흘은 서책을 읽지 마십사 권했습니다만 그 재미를 버리지 못하셨어요. 이런저런 약을 썼습니다만……."

"참판 대감도 그 사실을 알고 있었는가? 알면서 며느리를 맞아들인 것인가?"

조광정이 검지로 자신의 왼 가슴을 찌르는 시늉을 했다.

"이렇게, 칼로 여기를 찔려도 살 사람은 삽니다. 새끼손톱이 어쩌다 빠져도 죽을 사람은 죽지요. 가슴 병을 심하게 앓은 건 사실입니다. 피접을 권할 정도였으니까요. 진주에서 무슨 일이 있었는지 몰라도 병세가 호전되어 돌아왔습니다. 적어도 1년, 아니, 길게 가면 5년은 살 수 있으리라 내다봤죠. 참판 대감과 새아씨도 아시는 일이었습니다."

내가 끼어들었다.

"부인은 남편이 길어야 5년을 넘기지 못한다는 사실을 알고도 혼인했단 말인가?"

"맞습니다. 혼인하기 사흘 전 안방마님께서 직접 큰서방님과 함께 이곳에 오셨습니다. 합궁을 하더라도 기를 빼앗기지 않는 약을 지어 달라 하셨습죠. 맥을 짚는데 그날따라 시간이 오래 걸렸습니다. 안방마님이 잠시 자리를 비운 사이 제가 서방님께 말씀드렸습죠. '너무 자주 합궁하는 건 피하십시오.' 이렇게 답하시더군요. '혼인할 규수도 내가 길어야 몇 년밖에 살지 못한다는 걸 안다네. 죽는 게 두려워 운우지락을 미루진 않겠네.' 새아씨는 참으로 대단한 분입니다. 행복이 지극히 짧다는 걸 알면서도 혼인을 하겠다고 나선 것이니까요."

김진이 물었다.

"행복한 시절이 길지 않으리라 예상했더라도 남편을 잃은 충격은 대단했겠지? 슬픔을 이기지 못하여 몸도 많이 상하였을 테고. 부인을 위해서도 약을 많이 지었다고 들었네만."

"그렇습죠. 아랫사람 부리는 걸 보면 강단도 있지만, 사실 새아씨는 몸이 무척 약했습죠. 게다가 큰서방님마저 돌아가시자 혼절한 적도 네댓 번 있습니다. 안방마님 명을 받들어 계절이 바뀔 때마다 약을 지어 바쳤습죠. 다행히 소인이 만든 약을 드신 동안에는 혼절하지 않았습니다."

"맥도 자주 살폈는가?"

"약을 지을 때마다 살폈습죠. 새아씨는 무슨 약을 어떻게 쓰는지 세심하게 물으셨습니다. 대충대충 넘어가는 법이 없는 분이셨으니까요."

"검시에 자네도 참여하였더군. 부인의 시신을 처음 본 의원이 자네가 맞는가?"

조광정의 얼굴이 딱딱하게 굳었다.

"그렇습니다. 새벽에 대감 댁 하인 하나가 제 집 문을 두드렸습죠. 새아씨가 몹시 편찮으시다고 무조건 가자 했습니다. 허겁지겁 달려가 보니 새아씨는 이미 절명하신 뒤였습죠."

"시신이 대들보에 매달려 있던가?"

"아닙니다. 반듯이 천장을 보고 누워 있었습니다. 목을 맨 동아줄이 옆에 놓여 있었고요."

"누가 시신을 내렸다던가? 힘도 많이 들고 불길하다 하여 나서는 사람이 없었을 터인데?"

조광정은 잠시 말을 끊고 기억을 더듬었다.

"똘이였던 것 같습니다."

"확실한가?"

갑자기 말을 바꾸었다.

"아니, 아닙니다. 똘이는 그 밤에 소인을 데리러 왔습니다. 똘이는 아닙니다."

"똘이가 시신을 내려 놓은 뒤 자넬 찾아 달려왔을 수도 있지 않은가?"

"그렇네요. 그럴 수도 있네요."

조광정이 이마에 맺힌 땀을 양 손등으로 닦아 냈다. 김
진이 말을 돌렸다.

"똘이는 어찌 아는가? 남의 집 하인 이름까지 기억하기
란 쉽지 않을 텐데."

"그 아이가 늘 약을 가지러 왔으니까요."

"몸종 향이가 아니고?"

"여긴 인적이 드문 곳입니다. 대낮에도 여간 용기를 내
지 않고는 여자 혼자 찾아오기 어렵죠. 향이는 큰 눈만큼
이나 겁이 많은 아이라서 똘이가 대신 왔습니다."

"향이 대신 똘이가 왔다, 이 말이지? 이상하군. 향이가
할 일을 똘이가 했단 말인데……."

"무엇이 이상하단 말씀이십니까? 서로 좋아하는 사이니
그럴 수도 있지요."

김진이 조광정의 푸른 손톱을 내려다보며 쏘아붙였다.

"향이와 똘이가 사귄다는 건 어찌 아는가? 향이는 그걸
비밀 중의 비밀이라고 하였네."

'낭떠러지까지 몰았군.'

나는 김진의 차가운 시선이 조광정 팔뚝을 지나 어깨를
타고 목과 턱을 지나 눈까지 올라가는 것을 지켜보았다.
조광정이 간단한 해결책을 찾았다.

"새아씨께서 말씀하셨습니다."

'우물고누 첫수(아주 좋은 대책이나 변명)군. 죽은 자는 말이 없으니까.'

김진이 오른 주먹을 왼손으로 감싸 안으며 고개를 끄덕였다.

"그래, 그랬을 수도 있겠군. 새아씨는 자넬 무척 믿으셨겠네. 비밀 이야기를 들려 줄 정도로 말일세."

"그, 그렇습죠……. 새아씨는 참판 댁에서 늘 외로우셨을 겁니다. 향이와 이야기를 주고받는 것도 한계가 있고……. 이곳에 들르실 때면 이런저런 말씀을 하셨습니다. 참으로 배움이 넓고 생각이 깊은 분이셨습니다."

김진이 다시 말꼬리를 잡아챘다.

"혹시 말이야. 그 이런저런 이야기 중에 남녀 간 정에 관한 이야기는 없었는가?"

"남녀 간 정이라시면?"

김진이 날카롭게 되물었다.

"알면서 왜 시치미를 떼는가? 송곳은 감추려 해도 주머니를 뚫고 나오기 마련일세. 부인은 용자가 몹시 고왔다던데 아무리 바깥출입을 삼갔다 해도 뭇 사내들 눈길을 피할 수 있었을까. 향내를 맡고 나비들이 날아들었을 거라 이말이야. 적성에서 만난 사람들도 그렇고, 전에도 그에 대한 언급이 전혀 없더군. 정신 나간 놈이 추파를 던졌는데 단호히 물리쳤다는 이야기 정도는 있을 법한데……. 그렇지 않은가? 자네가 부인과 속내 이야기를 터놓고 하는 사이였다니 묻는 걸세. 그런 정을 말한 적은 없었는가?"

조광정이 목소리를 높였다.

"새아씨를 모욕하지 마십시오. 새아씨는 정말…… 큰서방님에 대한 그리움만 간직한 분이셨습죠. 단 한 번도 사내와 얽힌 이야기는 없었습니다."

"그랬군. 자네가 그렇게 화를 내는 걸 보니 정말 부인의 지기(知己)였던가 보이. 마음이 상했다면 내 사과함세. 지금도 꾸준히 참판 댁 약을 짓고 있나?"

"……예."

조광정은 말을 아꼈다. 뒷조사를 마치고 던지는 질문인지 아니면 그냥 넘겨짚어 보는 것인지 알 수 없었다. 김진이 긴장된 분위기를 웃음으로 지웠다.

"참판 댁 안방마님께서 직접 이곳에 다녀가시니까 하는 소릴세. 마님께 어떤 약을 지어 드렸는가?"

조광정이 고개 숙인 채 답했다.

"큰아드님을 여의고 2년 만에 며느님까지 잃으셨으니 그 충격이 오죽하시겠습니까? 울화 다스리는 약을 지었습죠."

"울화 다스리는 약이라……. 부탁이 하나 있으이. 여기

있는 이 친구가 말일세, 김씨 부인 일을 조사하느라 심신이 피로하다네. 자네 혹시 이 친구를 위해 약을 지어 줄 수 있겠나? 보아하니 지어야 할 약이 밀려 있는 듯한데……."

조광정이 쾌히 승낙했다.

"오늘 밤에 지어 내일 아침 객사로 보내드리겠습니다. 그 전에 먼저 맥을 짚었으면 합니다."

"급히 도성을 떠나 오느라 돈이 얼마 없다네."

"그냥 해 드리겠습니다. 새아씨를 위한 일인데 당연히 제가 해 드려얍죠."

내가 제값을 내겠다고 말하려는 순간 김진이 인사했다.

"고마우이. 자네 후의를 잊지 않음세."

서둘러 객사로 돌아오는 밤길은 유쾌하지만은 않았다.

결국 김진 뜻대로 보약을, 그것도 조광정을 은근히 협박하여 공짜로 짓게 된 것이다. 김진은 한꺼번에 두 마리 토끼를 잡은 듯 즐거운 표정이었다. 콧노래까지 흥얼거렸다.

"임거용은 도적 떼와 맞서다 머리를 다쳐 죽었다고 임 참판이 말하지 않았는가? 오늘 들으니 그런 화를 입지 않았더라도 5년을 넘기기 힘들었군. 김아영은 왜 그 사실을 알고도 혼인을 한 걸까?"

"연모하는 정이 깊었겠지. 두동달이베개(신혼부부들이 베는 베게) 곁에서 간병하며 회생시키고 싶었는지도 모르고."

"장의를 쓴 여인이 참판 부인이란 걸 어찌 알았는가? 눈 외엔 전부 가렸는데……. 고개를 숙여 자세히 살필 수도 없었고 말일세."

김진이 아무 일도 아니란 듯 답했다.

"눈은 코나 귀에 비해 열 배 스무 배 더 많은 걸 알려 주지. 난 예전부터 눈을 자세히 살피고 나눠 정리해 왔네. 눈 빛깔, 눈썹 길이, 눈초리 모양, 눈 아래 주름까지……. 장의만 쓰면 얼굴을 완전히 가렸다고 생각하기 쉽네만, 눈은 드러나기 마련이거든. 두 사람 중 어린 쪽은 고개를 숙이지도 않고 호기심 어린 눈으로 우릴 쳐다보았네. 감출 것이 없다는 뜻이지. 눈주름이 많은 쪽은 고개를 자꾸 숙였어."

"내외를 하기 위함 아닌가?"

"아닐세. 부끄러워 고개 돌리는 것과 자기 신분이 들킬까 두려워 고개 숙이는 건 다르지. 전자라면 문제없지만 후자라면 따져 볼 필요가 있으니. 적성에서 쉰 살 이쪽저쪽 사대부 여인 중 우리가 누구인 줄 알고, 또 이곳에서 마주치지 않기를 바라는 사람이 누구겠는가?"

나는 또 한 번 패배를 인정하지 않을 수 없었다.

"참판 부인밖에 없겠군."

(2권에서 계속)

소설 조선왕조실록 05

열녀문의 비밀 1

1판 1쇄 펴냄 2005년 6월 10일
1판 7쇄 펴냄 2007년 10월 15일
2판 1쇄 펴냄 2007년 12월 24일
2판 5쇄 펴냄 2011년 2월 7일
3판 1쇄 찍음 2015년 2월 10일
3판 1쇄 펴냄 2015년 2월 25일

지은이 김탁환
발행인 박근섭·박상준
펴낸곳 (주)민음사

출판등록 1966. 5. 19. 제16-490호
주소   (135-887) 서울특별시 강남구 도산대로1길 62(신사동)
          강남출판문화센터 5층
대표전화 515-2000 | 팩시밀리 515-2007
홈페이지 www.minumsa.com

ISBN 978-89-374-4206-3 04810
ISBN 978-89-374-4201-8 04810(세트)